»Es gibt keinen Weg zum Glück,
Glück ist der Weg.«
Buddha

Für Clemens

Kapitel 1

»Die Allertörichsten und die Allerweisesten haben leicht Erfolg.
Aber der zwischen den beiden Stehende hat zu leiden.«
Indische Weisheit

Raj sah dieses Mal nicht zu, wie das heiße Wasser in seine Teetasse plätscherte. Er war unruhig, etwas stimmte nicht. Der Teebeutel würde ohne sein Zutun kurz schwimmen, bevor er vollgesogen auf den Grund der Tasse sank. Sein Blick glitt nach draußen. Ein zartrosa Sonnenaufgang brach durch das Lila der tropischen Morgendämmerung. Die Palmen am Horizont wirkten wie ein Gemälde von Turner. Ein kurzer Monsunregen hatte Bangalore gereinigt. Es tropfte von den Bäumen und nur langsam verdampften die Pfützen von den Straßen. Er liebte den frühen Morgen, diese sanfte Frist, in der der Tag sich auf den Weg machte, bevor der Verlag und die Millionenstadt zum Leben erwachten. Spätestens gegen Mittag würde normales indisches Chaos eingekehrt sein. Aber jetzt war es friedlich.

Um ihn herum trudelten seine Kollegen ein. Alles schien wie immer, aber etwas war anders. Seit dem Aufstehen zuckte sein linkes Augenlid, ein sicheres Vorzeichen drohender Veränderung. Deshalb war er vor Arbeitsbeginn in den Tempel gefahren, um den Göttern zu huldigen. Das hatte er seiner Mutter versprochen, als er gegen den Wunsch der Familie aus Agra nach Bangalore gezogen war. Wann immer er spürte, dass etwas Ungewöhnliches seine geregelten Bahnen bedrohte, befragte er die Priester und gehorchte dem Rat der Götter.

Raj gab drei Zuckerstücke und einen Spritzer Milch in den Tee. Dabei fiel sein Blick auf sein Spiegelbild im Fenster.

Es schaute ihn nicht mehr der dürre Bauernjunge in abgegriffener Jeans und farbenfrohem T-Shirt an. Gegen den Rat des Vaters brach er auf und nahm den Job in einem deutschen Verlag an. Dafür zog er von Delhi in den fast 2000 Kilometer entfernten Süden.

Seine Vorgesetzte Gabi erkannte sein Potenzial recht schnell und nahm sich seiner an. In der ihr eigenen direkten Art veränderte sie sein äußeres Erscheinungsbild, erfolgreich, wie Raj fand. Form follows function war einer der wenigen englischen Sinnsprüche, den sie zitierte. Das Urteil des Auges ist schnell, der Verstand braucht etwas länger.

Heute dankte er dieser Fügung des Schicksals. Gabi wurde seine Mentorin. Sie freute sich über seine Beförderung zum Gruppenleiter vor zwei Jahren mindestens ebenso wie er. Ohne ihr Schubsen hätte er es nie so weit gebracht. Dünn, lang und schlaksig war er immer noch. Doch jetzt trug er meist ein weißes Hemd, dazu schlichte Stoffhosen und Ledersandalen im Büro. Das gab ihm das beruhigende Gefühl, passend gekleidet zu sein. Die Sonne wischte die Spiegelung seines Gesichtes weg und kündigte hinter den Palmen den jungen Tag an. Die Tasse in der Hand wandte er sich seinen Kollegen zu. Der Arbeitstag konnte beginnen.

Seine Kollegen alberten herum und begrüßten einander, als hätten sie sich ewig nicht gesehen. Viele trugen auch einen Punkt auf der Stirn. Ein Zeichen dafür, dass sie als gläubige Hindus vor der Arbeit im Tempel die Götter geehrt hatten. Er genoss diese Minuten, bevor jeder hinter seinem Computer verschwand und seiner Tätigkeit nachging. Für ihn fand der Großteil seines Lebens in Bangalore hier statt: in der unteren Büroetage der Filiale des deutschen Hopverlages.

ॐ

Sein Freund Sven, der als deutscher Lektor tätig war, ereiferte sich wieder einmal über die Zustände auf den Straßen.

»Es ist unfassbar! Gegen Indien am Morgen ist die Bronx ein Freizeitpark.«

Raj fand es immer unterhaltsam, wenn Sven sich über die Missstände des indischen Alltags aufregte. Er bemerkte Dinge gegen die Raj blind war. Im Spiegel von Svens Augen entdeckte Raj sein Land und dessen Marotten neu.

Obwohl er gefahren wurde, kritisierte er den Verkehr, den Müll oder die Tiere.

»...und was machen die Ziegen? Sie knabbern an einem vertrockneten Busch mitten auf der Straße.«

Raj spitzte die Ohren, um dem Gespräch zu folgen, das sich

in eine hitzige Debatte verwandelte.

»Ich schwöre euch, um ein Haar hätten wir einen Unfall gebaut. Dieser kleine Pritschenwagen hat uns fies geschnitten und sich vor uns reingedrängt. Einfach so. Da fehlten nur Millimeter!«

Raj radelte den kurzen Weg vom Haus seines Onkels zur Arbeit, einige Kollegen schlängelten sich mit ihren Motorrädern durch den Verkehr, die meisten kamen mit dem Bus. Sven wurde mit dem Auto gebracht, da die deutschen Mitarbeiter nicht selbst fahren durften. Sein Fahrer hupte, schrie, beharrte auf seinem Recht und brachte Sven so sicher ins Büro.

»Glaubt ihr, der schaut? Glaubt ihr, es schert sich jemand darum? Niemand! Gibt es in diesem Land keine Straßenverkehrsordnung? Macht ihr keinen Führerschein? Und wo ist die Polizei, wenn man sie braucht?«

»Sven, beruhige dich bitte. Ist dir was passiert?«, versuchte einer der älteren Kollegen, ihn zu besänftigen.

»Nein. Gott sei Dank, aber es war haarscharf!« Vor lauter Aufregung vergaß er sogar den Knopf der Kaffeemaschine zu drücken.

»Wie könnt ihr so leben? Es ist ein Chaos! Überall stehen Kühe. Frauen huschen mit wehenden Saris zwischen den Autos durch und am Straßenrand tummeln sich Schweine und Affen im Dreck. Es ist ein Wunder, dass nicht andauernd grauenhafte Unfälle passieren!«

Nein, es war kein Wunder, dachte sich Raj, das ist Indien.

»Wozu sollte man das ändern? Es läuft doch prima. Alle fahren und finden ihr Ziel. Verkehr ist Leben«, warf Sunil ein.

»Ihr müsst klare Regeln definieren. Festlegen, wer wann in welche Spur wechseln darf, vorher blinken und dabei die Umgebung im Auge behalten. Ist doch gar nicht schwer! Da wäre das Chaos schnell strukturiert.«

»Mhm«, fragte Sunil, »wer soll das deiner Meinung nach überwachen? Wir können nicht neben jeden Fahrer einen Wachposten setzen.«

Raj verstand Svens Problem nicht, aber er merkte, wie es seinen Freund erregte.

»Sven, calm down! Du kannst nicht alles ändern, was dir nicht gefällt. So funktioniert das Leben nicht. Aber du musst deine Einstellung ändern. Erfreue dich an deinem Kaffee und atme tief durch. Schließe die Augen. Was hörst du? Nichts? Gut. Jetzt bist du bei uns, hier ist kein Verkehr, kein Gehupe und gleich beginnt unser Arbeitstag.« Zufrieden beobachtete Raj, wie Svens Brustkorb sich sachte hob und senkte. Er beruhigte sich.

ॐ

Auf dem Weg zu ihren Schreibtischen fragte Raj Sven: »Woran arbeitest du?«

Er betrachtete den Freund. Sven hatte seinen eigenen, speziellen Stil. Heute trug er ein rosa Hemd mit Rüschen an der

Knopfleiste. Dazu beige Bermudas. Nie würde ein männlicher Inder in verlängerten Unterhosen in der Öffentlichkeit auftauchen, aber die Europäer liebten ihre haarigen Beine. Es wunderte Raj, dass das Gabi nicht zu stören schien. Es stand ihm nicht zu, seine Meinung aufzudrängen. Selbst einem Freund gegenüber fände er es vermessen. Sollte Sven aber jemals fragen, wie er sein Outfit fand, würde er nicht schweigen und nicken oder gar lügen. Das hatte er sich fest vorgenommen. Er wartete nur, bis er ihn darum bat.

»Ich überarbeite ein Heilmittelbuch aus Lateinamerika«, sagte Sven, »das vergessene Wissen der Mapuche. Der Titel wird noch adaptiert.«

»Mhm, seit wann machen wir so was? Passt es in den schulmedizinischen Fachbuchbereich? Oder ist es eine populärwissenschaftliche Sache?«

Sven war Lektor und formte normalerweise aus medizinischen Standardwerken günstige Taschenbücher. Er hatte Medizin studiert, sich aber nach einer Sinnkrise und einem interkulturellen Praktikum in Indien entschlossen, lieber im Verlag zu arbeiten.

Inzwischen hatten sie Rajs Schreibtisch erreicht. Er saß als Gruppenleiter der Kleinkorrekturabteilung mit 26 Ortskräften im hinteren Teil des Großraumbüros. So hatte er seine Gruppe im Blick und konnte per Handzeichen um Hilfe gebeten werden. Jetzt waren alle Köpfe über die Arbeit gesenkt. Nur das leise Klappern der Tastaturen untermalte die Stille.

Raj ließ seinen Rucksack neben den Tisch fallen und setzte sich. Sven hob die Hand, winkte und schlenderte weiter zu seinem Büro.

ॐ

Der Duft von Curry aus unzähligen Lunchboxen, der die Etage erfüllte, kündigte die Mittagszeit an. Unter lautem Gerede gingen die indischen Angestellten in die Kantine. Das Essen und die Chapatis brachten sie in Lunchboxen mit zur Arbeit. Begleitet von Schmatzen und Schlürfen, Neckereien und Gelächter sorgten sie so für einige Momente orientalischen Trubels im sonst so sterilen Bürogebäude.

Rajs Magen knurrte, was ihn daran erinnerte, dass er etwas essen sollte. Leider hatte er nicht das Glück einer kochenden Mutter oder Frau. Deshalb ging er meist zu einer Straßenküche, die jeden Mittag auf einem unbebauten Grundstück schräg gegenüber auftauchte.

ॐ

Der fahrbare Bretterwagen mit einer offenen Feuerstelle stand keine 200 Meter vom Haupteingang des Verlages entfernt. Raj hatte ein Faible für den Besitzer, den lebhaften Karim, der immer behauptete, ein Großcousin vom berühmten Karim in Old Delhi zu sein. Raj glaubte nicht an diesen engen

Verwandtschaftsgrad zur bekanntesten Mogulküche in Indiens Geschichte, aber Karim kochte ausgezeichnet, das Essen schmeckte hervorragend und Karim fabulierte gern. Dabei kam es durchaus vor, dass er in die zauberhafte Welt aus 1001 Nacht abdriftete, in der märchenhaft reiche Maharadschas über das Land herrschten. Manchmal, fand Raj, war Karim sogar ein besserer Erzähler als Koch. Darin bestand für Raj der Charme des Landsmannes mit dem Aussehen eines gewitzten Kobolds. Wie immer drängten sich viele hungrige Inder um die kleine Garküche.

»Oh mein Freund Raj, wie schön, dich hier zu sehen«, begrüßte Karim ihn. Seit drei Jahren war Raj regelmäßig am Mittag Essensgast und genoss die schmackhafte indische Küche, die Karim für wenig Geld bot.

»Es riecht überaus köstlich. Was ist es? Koriander? Kurkuma? Ein Hauch Zimt, etwas Kardamon? Was hast du Leckeres gekocht?«

»Deine Nase trügt dich nicht, mein Freund, es gibt Matar Paneer, das den Augen ebenso schmeichelt wie dem Gaumen. Das Grün der Erbsen im Rot des Sugo und das helle Gelb des Paneer spiegeln die Farben Indiens wider. Laut einer Legende wurde es immer dann serviert, wenn Feinde unseres Staates im Herrscherpalast logierten. Dazu habe ich ein Kokos-Okragemüse. Ein Sultan soll süchtig nach dem Rezept gewesen sein. Möchtest du ein oder zwei Rotis?« Karim bot ihm das indische Fladenbrot, das in Rajs nördlicher Heimat Chapati hieß, an. Rasch wechselten Essen und Geld den Besitzer.

Nachdem Raj mit dem Chapati die Reste vom Bananenblatt gewischt hatte, das Karim als Wegwerfgeschirr benutzte, klemmte er sich das Telefon zwischen Ohr und Schulter und versuchte, seine Schwester Meena zu erreichen. Ihr Sohn Nagar war schon sieben Monate alt und wurde immer lebhafter. In zwei Wochen würde Raj in seiner Heimatstadt Agra über den Winter als Fremdenführer arbeiten. Dann lernte er den kleinen Kerl endlich persönlich kennen. Eine aufgeregte Meena meldete sich und erzählte ihm, dass sich Nagar morgens selbst gedreht hatte. Sie würde ihm ein Video per WhatsApp schicken.

Sein Mobiltelefon ließ ihn die 1850 Kilometer, die sie trennten, kurz vergessen. Er hörte ihre Stimme, wann immer er sie vermisste. Sie war für ihn die Gleichgesinnte, die ältere Schwester, mit der er so viele Erlebnisse teilte.

»Wie geht es Baba? Ist sein Rücken besser?« Raj machte sich Sorgen um seinen Vater, der dickköpfig und stur war, wenn es um seine Gesundheit ging. Seit einigen Jahren plagten ihn Rückenschmerzen, aber er traute den Ärzten nicht.

»Du weißt doch, wie er ist. Alle außer ihm sind Scharlatane und Quacksalber. Er ist überzeugt, dass die Ärzte nur sein Geld wollen. Mama-ji pilgert indessen zum Priester des Schlangengottes und opfert für ihn. Wenn es wirklich schlimm wäre, würde er sich behandeln lassen. So mault er rum. Ich denke, er ist alt und verbraucht.«

Raj war weit weg und konnte nur einmal im Jahr mit eigenen Augen beurteilen, wie es um seine Eltern stand. In Momenten wie diesem war er froh, Meena zu haben. Dinge, die ihn zur Verzweiflung brachten, wurden harmlos und klein, wenn er sich mit ihr, seiner Stimme der Vernunft, besprach. Darüber hinaus verwaltete ihr Mann, sein Schwager Rakesh die Buchungen der Touristen und plante Rajs Termine vor Ort.

»Wie sieht die Auftragslage aus? Bei uns kommen dieses Jahr kaum Touristen.«

»Mach dir da mal keine Sorgen. Ganz ehrlich, Bruderherz, was soll man sich in Bangalore anschauen? Wir hier oben haben das goldene Dreieck mit dem Taj Mahal. Rakesh hat fast den ganzen Oktober voll. Die Agentur in Delhi arbeitet jetzt mit der österreichischen Botschaft zusammen. Rakesh meinte, es gäbe pro Tour zwar weniger Geld, dafür bist du aber den ganzen Monat ausgelastet. Ich muss auflegen, Nagar wird gleich wach werden und ich möchte vorher mit Mama-ji einen Tee trinken.«

Meena hatte Recht. Der Norden war der Hotspot des indischen Tourismus. Wenn man nur für kurze Zeit in das unendlich große Land kam, fand man in Rajasthan genau das Indien vor, das in der Fantasie der Gäste existierte und die Tourismusindustrie farbenfroh bewarb. Bangalore stand für die Internetbubble.

Raj fehlte der lebhafte Austausch mit seiner Verwandtschaft und den Freunden. Gelegentlich verfluchte er das indische

Wetter, die glühende Hitze, die von April bis September den Norden plagte. In dieser Zeit gab es nicht genug Touristen, um seinen Geldbeutel zu füllen. Seltener verdammte er die indische Gesellschaftsform, in der es ihm als Sohn der Familie oblag, für die Eltern zu sorgen. Das zwang ihn sowohl im Verlag als auch in Agra zu arbeiten, um genug Geld zu verdienen. Anfangs hatte er nur deshalb die Trennung und den Aufenthalt im fernen Süden in Kauf genommen. Mittlerweile wollte er sich ein Leben ohne die Arbeit im Verlag nicht mehr vorstellen.

Er zerknüllte das Bananenblatt und warf es über die Mauer neben der Garküche. Mit einem Winken verabschiedete er sich von Karim und schlenderte zurück ins Büro.

ॐ

Im Aufzug traf Raj Sven.

»Hey Raj, wo kommst du her? Du bist fast nie in der Kantine.«

»Das ist nichts für mich. Zu eintönig. Ist ja ständig nur eine Variation derselben Gerichte. Ich mag's einfach. Außerdem bin ich mittags gern draußen.«

»Gehst du immer zum gleichen Straßenstand? Wundert mich, dass du dir da noch keine Mörderlebensmittelvergiftung eingehandelt hast. Ist doch alles nicht hygienisch.«

»Da wäre ja schon halb Indien verendet. Ein bisschen Dreck härtet ab. Außerdem sagte ich dir schon, dass Garküchen sicher sind. Das Essen wird frittiert, wie sollen da Bakterien überleben? Du kannst alles essen, was gekocht, frittiert oder geschält ist. Die Gerichte dort sind lecker und vielfältig. Und wenn man zurückkommt, ist es im Büro kühl, sauber und riecht klinisch rein nach Limonen.«

Mehr als nur das billige Essen genoss er den Spaziergang an der frischen Luft. Inmitten des lauten, bunten Durcheinanders, das entstand, wenn hungrige Inder aufeinandertrafen, fühlte er sich wohl. Die Eindrücke der Straße, der Duft des Essens, vom leckeren Gebackenen bis zur Kokosnussnote des Chutneys und der Koch Karim erfrischten ihn. Es war wie ein Kurzurlaub für die Sinne und es gab ihm das Gefühl, trotzdem noch ein Sohn Indiens zu sein.

»Du bist ja fast ein Philosoph! Hast eh schon oft davon geschwärmt. Wäre es in Ordnung, wenn ich morgen mal mit zu diesem Straßenhändler, Karim heißt er doch, käme?«

Sven schaute Raj abwartend an. Raj schwieg. Wie Sven wäre, wenn er nicht sein deutsches Selbstbewusstsein hätte, wunderte sich Raj. Wäre er weniger offen und etwas zurückhaltender? Trotz oder sogar wegen seiner gnadenlosen Direktheit mochte er ihn. Sven war oft so gutmütig, dass es fast naiv wirkte. Ohne seine Hilfe würde Sven im indischen Alltagsdschungel untergehen, denn Raj wusste, wie sich die gefährliche Mischung aus Bestechung, falschem Lächeln, Machtspielchen und einem extremen Kastenbewusstsein auf das Leben auswirken konnte. Sven nicht. Seine erlebte Realität war anders. Er nahm kein Blatt vor den Mund, weil er es aus seinem Leben in Deutschland gewohnt war. Er atmete die gleiche Luft und sah dieselben Farben wie Raj, aber er nahm sie unterschiedlich wahr.

»Du hast dir seinen Namen gemerkt? Das überrascht mich. Natürlich kannst du mitkommen. Es ist aber kein Restaurant im üblichen Sinne. Man isst mit den Fingern der rechten Hand und dem Chapati von einem Bananenblatt. Wenn dich das nicht stört, gehen wir morgen zusammen essen.«

»Cool, super! Das mit den Fingern kriege ich hin. Aber schmeckt dann nicht alles nach Seife oder Alkoholgel?«

Da Raj um die Phobie der Deutschen wusste, sich ständig die Hände zu waschen oder zu desinfizieren, verdrehte er nur die Augen.

»Sven, man wäscht sich die Hände hinterher, okay?«

ॐ

Um die Zeit bis zu seinem nächsten Auftrag zu überbrücken, ging Raj aufs Klo. Er liebte die Toiletten im Verlag. Sie waren hell, sauber und groß. Wie viele seiner Kollegen nutzte er diese in der Früh für die tägliche Hygiene. Die wenigstens Europäer wussten, dass es in Indien noch immer viele Haushalte ohne eigene Badezimmer gab.

Auch Raj teilte sich im Haus seines Onkels nicht nur das Zimmer mit einem Cousin, sondern auch die Waschgelegenheit im Hof mit der gesamten Familie. Daher bevorzugte er diesen sauberen Ort im Verlag für die tägliche Reinigung. Jetzt wusch er sich nur sorgfältig die Hände, dann schlenderte er erneut zur Pausenzone, um sich einen Nachtisch zu holen. Aus dem Obstkorb nahm er eine Banane und ließ seinen Blick über seinen Zuständigkeitsbereich wandern. Alle 26 indischen Ortskräfte waren in ihre Arbeit vertieft. Unvermittelt tauchte Sven neben ihm auf.

»Komische Stimmung heute, findest du nicht?«

Er hatte es also auch gespürt, es lag etwas in der Luft.

»Ja, ich hab den ganzen Tag schon so ein eigenartiges Gefühl. Hast du was mitbekommen?«

»Pia, die Praktikantin, sagte dass zwei wichtige Anzugträger aus der Zentrale da sind. Sie sitzen schon den ganzen Tag im Besprechungsraum. Sie jammert, weil sie ununterbrochen Getränke hinbringen muss,« sagte Sven. Er war ein alter Fuchs, das musste man ihm lassen. Da er selbst einst Praktikant gewesen war, wusste er, wie er am schnellsten zu Hintergrundinformationen kam. Die Praktikanten, seine freien Radikalen, wie er sie gern schmunzelnd nannte, waren überall und nirgends. Auf ihren Botengängen hörten sie mehr, als den meisten Angestellten lieb war.

»Frag die Wissbegierigen. Die kennen sich im Verlag aus. Was sie nicht beobachten oder hören, erfahren sie in den Pausen, wenn sie zu dritt zusammensitzen und ihr Wissen austauschen.«

»Pia? Ist das nicht der Feuerkopf, die ist doch gar nicht im Haupthaus, sondern in der Schnittstelle zur Druckerei?«

»Ja, klar. Pia, die kleine Maus mit dem erdbeerroten Lockenkopf. Heute flitzt sie schon den ganzen Vormittag zwischen Kaffeeecke, Kantine und oberer Etage hin und her. Also ist sie wenigstens kurzfristig nicht in der Kontaktstelle. Da trifft es sich doch fabelhaft, dass sie heute Abend mit in den Druid Garden zum Praktikantenabend geht. Da können wir sie gemütlich aushorchen. Du hast es doch nicht vergessen?«

Mist, das hatte er. Ihm wäre ein Kinobesuch oder ein Lauf um den See lieber gewesen, aber er konnte schlecht fehlen. Schließlich hatten Sven und er diese After-Work Abende ins Leben gerufen.

Entstanden war die Idee, als Raj mit Sven zusammen durch Bangalore gestreift ist und dem Freund Indien erklärte. Angefangen bei Dosas, die es nur vormittags gab bis zur Wäscherei am Ghat, dem natürlichen Wasserlauf jeder indischen Stadt.

Gemeinsam halfen sie nun den deutschen Studenten beim Eingewöhnen und stellten nebenbei einen persönlichen Kontakt her. Deshalb waren diese After-Work Meetings wichtig, vor allem heute, wo offenbar etwas in der Luft lag. Damit der Abend finanziell erträglich blieb, würde Raj auf dem Weg dorthin ein Shawarma beim arabischen Straßenstand essen. Dann trank er dort nur ein Bier.

»Wann fängt das heute an?«

»Der Tisch ist auf sieben Uhr reserviert. Wir fahren von hier aus hin. Hab' ein paar Tuktuks organisiert.«

»Alles klar, ich bin dabei, komme aber ein bisschen später.«

ॐ

Im Druid Garden tummelte sich ein lebhaftes Gemisch aus ausländischen Gästen, Expatfamilien sowie jungen und reichen Indern. Man aß und trank bei lauter Musik in der Mikro-Brauerei. Gekocht wurde so italienisch, wie es in Südindien möglich war. Raj suchte den Tisch, den Sven im klimatisierten Hauptrestaurant reserviert hatte. Die drei Praktikanten, zwei jungen Männer und eine junge Frau, unterhielten sich mit Sven. Raj trat an den Tisch.

»Ihr kennt ja schon Raj, er ist der Gruppenleiter der Kleinkorrekturabteilung.«

Sie schauten ihn neugierig an. Raj war für sie ein Exot. Er sah aus wie ein Inder und sprach trotzdem akzentfrei deutsch. Außerdem war er die einzige Ortskraft in der unteren Führungsebene. Die drei waren sichtbar hin- und hergerissen.

Raj bestellte sich ein Wasser und ein Bier. Als hätte Sven nur auf sein Auftauchen gewartet, wandte er sich an Pia: »Und Pia, was war heute los? Du hast ganz schön genervt gewirkt, als ich dich auf dem Gang gesehen habe.«

Die junge Studentin verdrehte die Augen und griff in ihre langen Locken, um sie in einer Art Vogelnest auf dem Kopf zu befestigen.

»Keine Ahnung. So genau weiß ich nicht Bescheid, aber es waren zwei Chefs aus München da und die haben lange mit Gabi und dem Personalchef gequasselt. Ich musste ununterbrochen kalte Getränke bringen und vorhin kam der Zweigstellenleiter auch noch dazu«, erzählte sie. »Helen aus der Personalabteilung hat mich aus meiner Abteilung angefordert. Sie durfte das Büro nicht verlassen, falls etwas zu organisieren sei. Jetzt«, sie sah auf ihre Applewatch, »sind die alle im Taj Hotel bei einem Arbeitsessen.«

Raj und Sven sahen sich kurz an. Sven bohrte nach: »Weißt du noch was?«

Da es, soweit sie wussten, um einen seltenen Besuch aus der Firmenzentrale ging, schien diese Neugierde begreiflich.

»Nein, aber es lagen einige Bücher auf dem Tisch.«

»Mhm, was für Bücher? Taschenbücher oder Hardcover? Waren welche aus der grünen Reihe dabei? Du weißt schon, die medizinischen Fachbücher?«

Das war Svens Fachgebiet. Pia hatte zwei Monate bei Sven verbracht und in der Zeit kurz bei Raj volontiert.

»Nein, normale Romane. Belletristik. Einige hatten so einen orangefarbigen Kleber drauf. Ihr wisst schon, die Empfehlungen der Spiegelbestsellerliste. Ich glaube, einer war von diesem Schweden mit dem Hundertjährigen. Ach ja, und ein Arto Paasilinn, aber ich habe den Titel vergessen.«

ॐ

Da unterbrach Frederick, ein schwedischer Nachbar von Sven, das Gespräch und setzte sich mit an den Tisch. Damit war jedes weitere Aushorchen passé.

Schade, dachte Raj, aber Höflichkeit ging vor.

Er hatte Frederick schon kennengelernt. Der Hüne würde mit Sven bechern, was ein salopper Ausdruck für zechen war, und dann über Indien, die Frauen und den Rest der Welt sinnieren. Die Augen des Schweden hafteten an einer Gruppe junger Inderinnen, die einige Tische entfernt kicherten. Raj erfasste mit einem Blick, dass hier nicht nur verschiedene Welten, sondern zwei Generationen aufeinanderprallten.

»Raj, altes Haus, du musst mir helfen. Wie lerne ich eine indische Frau kennen?«

Die glasigen Augen starr auf den Frauentisch gerichtet, nahm Frederick einen Schluck Bier und wartete auf Rajs Antwort. Für Raj ein unmögliches Vorhaben.

Froh darüber, dass die Praktikanten abgelenkt waren, wandte sich Raj Frederick zu. Es war ihm peinlich, dieses Thema zu erörtern.

»Ich weiß nicht, wie ich dir das erklären soll, aber das kannst du vergessen. Wenn du nicht ernsthafte Absichten hast oder das Mädchen im Umfeld der Arbeit kennenlernst, sehe ich schwarz. Ehen werden von den Eltern arrangiert. Und ich glaube, dass die jungen Frauen, die dir gefallen, niemals eine andere Beziehung akzeptieren. Damit wäre ihr Wert dahin.«

Man kriegt nicht immer, was man sich wünscht, dachte sich Raj. Das behielt er für sich. Die drei Praktikanten verabschiedeten sich und machten sich auf den Heimweg. Die Zurückgebliebenen stießen mit dem frisch servierten Bier an.

»Ehrbar wäre mir jetzt nicht das Wichtigste«, witzelte Frederick und bestellte sein nächstes Bier.

»Ernsthaft Raj, Zwangsehe? Das ist doch mittelalterlich. Wir leben im 21. Jahrhundert! Ich darf mir gar nicht vorstellen, wen ich an meiner Seite hätte, wenn meine Mutter da was zu sagen hätte. Sicherlich die Tochter einer ihrer Freundinnen.«

»Sven, man lebt, wie man erzogen wird. Diese ›arranged marriages‹ sind ein Teil unserer Kultur. Dafür gibt es bei uns keine Scheidungen und trotzdem jede Menge Kinder. Ich sehe nichts Böses darin, den Eltern und dem Horoskop zu vertrauen.«

Frederick lachte. »Das Horoskop! Also, was soll man denn daraus sehen? Die Potenz des Löwen? Oder den Facettenreichtum der Zwillingsfrau? Oder lest ihr aus dem Kaffeesatz, wie viele Kinder man bekommt?«

Verwundert sah Raj den Schweden an. Wie war es möglich, hier zu leben, ohne zu sehen, was doch auf der Hand lag? Warum suchte er keine Frau aus seinem Kulturkreis und versuchte, mit ihr glücklich zu werden?

»Im Horoskop kann man die Gedanken der Götter erkennen. Sie sagen uns, ob eine Konstellation unter einem guten Stern steht. Du bist kein Inder, kein Hindu. Das ist schon negativ. Wenn du eine indische Frau haben möchtest, musst du ihre Eltern trotz dieses negativen Vorzeichens für dich gewinnen, am besten, indem du einen Mittelsmann bittest, für dich zu werben. Besser wäre es, deine Eltern würden den Kontakt herstellen. Und dann muss man die Sterne befragen, ob die Vorzeichen für eure Verbindung positiv sind.« Erneut nahm Raj einen Schluck Bier. »Wir sind Teil einer sehr alten Gesellschaftsstruktur und haben aus den Fehlern mit den Briten gelernt.«

»Du willst uns doch nicht mit diesen vertrockneten Engländern vergleichen, oder?«, fragte Sven.

»Das nicht, Sven, aber siehst du nicht ein Problem in den unterschiedlichen Religionen? Wir Hindus ehren unsere Götter und sind dankbar, dass sie uns so liebevoll durch unser Leben begleiten. Kannst du das von dir behaupten? Wann hattest du deine letzte Puja? Wie oft gehst du in deine Kirche?«

»Puja, Kirche, Religion. Nein, Kirche und Beten sind für alte Damen oder verzweifelte Loser. Ich bin selbst für mein Glück verantwortlich.«

»Mir wird das jetzt zu ernst, lass uns noch einen Whisky als Schlummertrunk nehmen und dann muss ich heim. Morgen ist wieder ein langer Tag. Eigentlich wollte ich mich hier mit Peter und Gisela treffen. Du weißt schon, meine Golffreunde. Er ist Architekt und für die Erweiterung des Airports zuständig. Die sind wahrscheinlich noch auf dem Golfplatz«, sagte Frederick.

»Ich muss langsam nach Hause«, schloss Raj das Thema und das Gespräch ab. Er schwor sich, dass das sein letzter Abend mit Frederick gewesen war und verließ das Lokal.

Kapitel 2

»Glaube ist der Vogel, der singt,
wenn die Nacht noch dunkel ist.«
Indische Weisheit

Sven wartete am nächsten Morgen in der Kaffeeecke auf Raj. Schuldbewusst hielt er ihm einen Becher Chaitee entgegen.

»Sauer wegen gestern? Tut mir echt leid, Frederick steckt in einer blöden Phase. Und der Alkohol macht es nicht besser.«

Raj zögerte. Er wog ab, ob er unverblümt seine Meinung äußern konnte. Wenn nicht Sven gegenüber, wem dann?

»Nein, ich bin nicht sauer. Es ist offensichtlich, dass du dich um Frederick sorgst. Er ist dein Freund. Das respektiere ich. Es macht aus dir einen vortrefflichen Freund. Aber ich möchte nicht mehr oft mit ihm zusammentreffen. Sein Karma ist zäh. Seine Aura dunkel. Und er ist ungläubig. Ich bin ein Hindu. Mein Glaube ist die Basis meines Lebens!« Raj drehte sich zu einem der Stehtische. Er hatte wenig Lust darauf, dass seine Welt wieder infrage gestellt wurde.

Sven schwieg, dann hakte er nach: »Du meinst das ernst mit dem Glauben? Das ist nicht nur so eine Gewohnheit von dir? Ein Mechanismus, der seit der Kindheit besteht?«

Verblüfft sah Raj auf. »Selbstverständlich meine ich das

ernst! Der Glaube ist der Anfang und das Ende. Gott ist die alles durchdringende Kraft.«

»Hey, ihr habt doch unzählige Götter! Wer ist dein Hauptgott? Rama, Shiva, Vishnu oder Ganesha?«

»Sven, das sind nur Schatten. Es gibt viele Götter in den Veden, genau genommen sind es 3306 Götter. Davon abgesehen ist der Hinduismus eine universelle Lehre. Jeder Gott ist ein Avatar. Er kommt auf die Erde, um den Menschen vor einer Gefahr zu retten. Bist du nicht der große Computerspieler von uns beiden? Du musst doch Avatare kennen. Das sind keine Erfindungen der modernen Onlinespiele. Das Wort kommt aus dem Sanskrit und bedeutet Abstieg. Das meint, eine Gottheit steigt in irdische Sphären herab. Krishna und Rama sind Avatare von Vishnu. Und alle drei sind Aspekte Gottes. Brama ist der Schöpfer, Vishnu der Erhaltende und Shiva der Zerstörer. In deiner Religion ist es genauso. Ihr habt die göttliche Dreifaltigkeit. Soweit ich weiß, gibt es in jeder Religion drei Teile: Philosophie, Mythologie und Ritual. Unser Glaube ist speziell, weil die Rituale farbenfroh und lebendig sind. Das Ziel im Leben ist das Samsara, die zeitlose Ewigkeit, der Kreislauf der Wiedergeburt. Dahin wollen wir gelangen, indem wir uns tadellos aus einem Leben ins nächste bewegen. Das ist Karma.« Er spülte seine Tasse und stellte sie zum Trocknen auf das Abtropfgitter. Er wandte sich langsam in Richtung Großraumbüro.

»Entschuldigung, ich wollte dich nicht belehren.«

»Oh Mann, ich wusste nicht, dass das so ein Ding für dich

ist. Bei uns ist die Religion was für alte Frauen und Schwächlinge. Ich glaub da nicht so dran. Bin ausgetreten.« Sven folgte ihm.

»Wie kann man aus dem Glauben austreten?«

»Antrag ans Pfarramt und fertig. Hat den Vorteil, dass man keine Kirchensteuer mehr zahlen muss.«

»Und wenn du morgen gefragt wirst, nach welchen Regeln du lebst? Welcher Gott ist dir wichtig? Was sagst du da? Welches Familienfest ist bei euch heilig? Zu welcher Gelegenheit besuchst du deine Großeltern? Außer zum Geburtstag? Wann feierst du mit ihnen? Zum moslemischen Fastenbrechen am Ende des Ramadan, zu Weihnachten oder zum hinduistischen Lichterfest Diwali?«

»Raj, du weißt doch, dass ich zu Weihnachten heimfliege. Meine Familie ist katholisch. Meine Oma weiß nicht mal, was Diwali ist. Ramadan, ja, das kennt sie.«

»Dann ist alles klar: eines Christen Kind ist ein Christ.«

Raj war an seinem Schreibtisch angekommen. »Ich muss loslegen, sonst werde ich heute nicht fertig mit meiner Arbeit. Und wo wir so wichtige Leute aus München hier haben, möchte ich nicht beim Dauerschwätzchen ertappt werden. Bleibst du bei deinem mutigen Vorhaben, dich der indischen Straßenkost auszuliefern? Sehen wir uns zum Lunch?«

Mit dieser Bemerkung schaffte er es, die Stimmung wieder in gefahrlosere Bahnen zu lenken.

»Klar, ich freu mich drauf. Ich hole dich um halb eins ab.«

Sven ging weiter zu seinem Büro, zögerte und drehte sich

noch einmal um. »Ich habe vorhin nochmals mit Pia geredet. Sie ist sich sicher, dass sie gestern einige Hardcoverbücher aus der Spiegel-Bestsellerliste auf dem Tisch gesehen hat. Komisch, oder? Wir verlegen weder Hardcover noch Belletristik.«

Mit diesen Worten verschwand er in seinem Büro.

ॐ

Der Straßenstand ähnelte einem Bienenkorb. Eng drängelten sich Inder aus den Bürogebäuden um den kleinen Karren. Sie bestellten, hielten ihr Geld hin und grapschten nach einem gefüllten Bananenblatt. Der ganze Vorgang ging so schnell, dass es Sven wunderte, wie das Essen seinen richtigen Besitzer fand.

Auf dem kurzen Weg hatte Raj Sven erklärt, dass es keine Speisekarte gab, weil Karim immer zwei Gerichte kochte, dazu Reis und Roti oder Chapati, je nach dem wie man es nannte. Was es war, roch man. Serviert wurde das Mahl auf Bananenblättern.

Raj besorgte ihnen etwas zu essen und zeigte Sven, wie es gehandhabt wurde. Die Kunstfertigkeit mithilfe des Fladenbrotes die Speise nur mit der rechten Hand zum Mund zu führen, brauchte etwas Übung. Heute gab es Dhal Makhani, ein Linsengericht und Goghi Samosas, eine dreieckige Teigtasche gefüllt mit Blumenkohl, Rosinen und Cashewnüssen. Mit einem zufriedenen Seufzen biss Raj in die Samosa. Es gab nichts Besseres. Das Zusammenspiel von Chili, Honig und knusprigem Teig war verblüffend. Der Duft des frittierten Teigs benebelte seine Sinne. Neben ihm schnappte Sven nach Luft.

»Alter, das ist vielleicht scharf. Höllisch, aber köstlich, süß, cremig und salzig.«

Karim, der Sven hörte, wandte sich den beiden zu.

»Die Kunst der indischen Küche liegt im Spiel mit den Gewürzen. Jedes Gericht ist eine Variation von 36 Gewürzen. Leider darf ich die uralten Rezepte nicht verraten. Es sind streng gehütete Familiengeheimnisse. Ich stimme alle Zutaten aufeinander ab. Das Ziel ist eine ausgewogene Gaumenfreude. Es muss ebenso harmonisch wie erregend sein.«

Nichts, aber gar nichts auf der Welt, ließ Karim so triumphal fabulieren, wie die Lobpreisungen indischer Errungenschaften. In diesem Fall die Vielfältigkeit seiner Küche.

»Raj, wer ist der kultivierte Gast, den du heute zu meinem bescheidenen Restaurant mitgebracht hast? Seine Worte deuten auf eine Herkunft aus dem mittleren Europa hin.«

Sven sah überrascht den schmächtigen Inder an. Raj lächelte in sich hinein. Karim wusste, dass Raj bei einem deutschen Verlag arbeitete und hatte nur zwei und zwei zusammengezählt. Mit Mitteleuropa lehnte er sich nicht allzu weit aus dem Fenster. Aber er spielte das Spiel gern mit.

»Hochgeehrter Karim, Nachfahre des großen Mogulkochs Karim aus Old Delhi, darf ich dir meinen werten Freund Sven aus Deutschland vorstellen. Du hast ihm nicht nur die Sprache verschlagen und die Lippen verbrannt, nein, du hast ihm die einfachen Freuden eines indischen Mahls beschert.«

»Oh, Deutschland, welch große Vergangenheit. Das Land der Dichter und Denker, von Gutenberg und Goethe - sei gegrüßt!«

»Es ist mir eine Ehre, Karim. Danke für dieses leckere Mahl. Du beschämst mich, weil du dich so gut auskennst. Mein Wissen über Indien ist armselig.« Auf die Schnelle fielen Sven weder Erfindungen noch Literaten ein.

»Das braucht dir nicht unangenehm zu sein. Ist doch die Bescheidenheit einer unserer überragenden Wesenszüge!«

Bei dieser Aussage schnaubte Raj. »Karim, du bist so bescheiden wie Steve Jobs. Lass Sven in Ruhe essen.«

»Ich bin demütig und dankbar. Obwohl ich ein Sohn der größten Nation der Welt bin, bin ich ein Nichts. Ein Sandkorn in der Wüste. Ein Tropfen im Strom des Lebens. Vielleicht haben wir Inder deshalb die Null erfunden. Aber«, fügte er mit einem listigen Blick zu Sven hinzu, »ohne sie wäre Mathematik undenkbar.«

»Die Null musste erfunden werden?«, fragte Sven und schob sich einen Bissen in den Mund. »War mir gar nicht bewusst. Ergab sich die nicht von selbst durch die Abwesenheit von allem?«

»Das ist Leere, nicht eine exakte Größe! Die Null ist ein Startpunkt, von wo sich die Mathematik in positive und negative Richtung wenden kann.«

Sven betrachtete sein leeres Bananenblatt und überlegte,

was er antworten könne und wohin das Blatt gehörte.

»Falte es und werfe es über den Zaun«, riet ihm Karim.

»Ich kann es nicht einfach wegschmeißen!«, entrüstete sich Sven. »Die Straßen sind voller Müll. Mir wäre ein Abfalleimer lieber.«

»Geschätzter Gast aus der Ferne, unsere Straßen sind voller Müll, weil deine Zivilisation Plastik nach Indien brachte. Plastik kann nicht verdaut werden. Es ist nicht Teil des Kreislaufs der Natur. Das Bananenblatt hingegen macht die Rinder glücklich, die hinter der Mauer im Schatten auf ihr Futter warten. Und das in weiterer Folge erfreut die Menschen, die die Milch satter Kühe bekommen.«

Man lernt nicht aus, dachte Sven. Er zerknüllte das Blatt und warf es über die Mauer, bevor er sich mit Raj auf den Rückweg machte.

Raj sprach kein Wort, wohlwissend, dass Sven jede Menge zu sagen hatte. Umso erstaunter war er, als Sven zurückblickte, sich wieder umwandte und murmelte: »Toller Bursche. Hut ab. Ein kochendes Lexikon. Ich muss mich ein bisschen auf mein nächstes Mittagessen bei Karim vorbereiten.«

»Koch, Bauernbub und wahrscheinlich Analphabet. Wenn du es genau wissen möchtest.«

Karim hatte die Schule nicht abgeschlossen und keine Lehre gemacht wie in Deutschland üblich. Aber er kochte gut genug, um seine Familie mit seinem kleinen Straßenstand zu versorgen. Raj bezweifelte, dass der windige Koch je ein Geschäftskonzept oder einen Marketingplan entwickelt hatte. Er war aus dem Sand der Wüste entstanden und deshalb stand ihm Anerkennung zu.

»Wenn du das nächste Mal mitkommst, gehen wir danach zum Getränkewalla. Da gibt es einen Milchkaffee für 20 Cent. Heute ist es zu knapp. Ich möchte nicht zu spät kommen.«

ॐ

In der Pausenzone traf Raj auf Gabi, die sich einen Latte macchiato holte.

»Ich hab deinen Stundenzettel bekommen. Danke. Woran arbeitest du gerade?«

»Ich habe den Beipackzettel für das Kopfschmerzmittel fertig. Als Nächstes prüfe ich die Zeitabrechnungen meiner Abteilung.«

»Mhm, wann fährst du nochmals nach Agra?« Sie nahm ihre Tasse aus dem Ausgabefach.

»Dauert noch ein bisschen, ich habe Zugtickets für Freitag nächster Woche«, sagte Raj. »Bis dann kann ich noch einiges erledigen.«

»Kommst du gleich kurz in mein Büro? Ich will dir was zeigen.« Gabi nahm eine Banane aus dem Obstkorb und schritt Richtung Büro davon.

»Komme sofort!« Er ergriff seine Tasse und schaute ihr nach. Mit ihrer kunterbunten Flatterbluse sah Gabi aus wie ein riesiger Schmetterling, der sich in den Gang verirrt hatte. Nach einem kurzen Stopp an seinem Schreibtisch, wo er seinen Geldbeutel gegen sein Notizbuch eintauschte, stürmte er hinter Gabi her.

»Bitte schließ die Tür, ich möchte nicht, dass uns jemand stört.«

Er gehorchte. Das Büro schien angesichts von Gabis körperlicher Fülle winzig, wie ein Turnschuhkarton für Winterstiefel. Aber es war perfekt, eine Oase der Ruhe. Ein Fenster mit Jalousien, ein Schreibtisch und ein Besucherstuhl. Die linke Seite beherbergte ein Sideboard. Die gegenüberliegende Wand beherrschte ein volles Bücherregal. Neben der Zimmertür stand ein winziger Besprechungstisch. Das war alles. Gabis Arbeitsplatz bestand aus zwei großen Tischplatten, die über's Eck montiert waren. Auf der niedrigeren stand der Mac. Rechts war eine kleine Glasvase mit lila Trockengras und einer Lilie. Es wirkte elegant und europäisch. Doch es wäre nicht Gabi, wenn sie sich nicht eine exotische Besonderheit leisten würde. Wegen ihrer Bandscheibenbeschwerden hatte sie einen riesigen rosaroten Gummiball in ihrem Büro, der im Augenblick vor dem Fenster lag. Sie schwor darauf, dass ihre Schmerzen deutlich abnahmen, wenn sie auf dem Ball statt auf dem Schreibtischstuhl saß. Dem gleichen Zweck diente der kleine, giftgrüne Gummidonut, der auf ihrem Stuhl lag.

An der Wand über dem Sideboard hing ein Bild von Gandhi, bei dem man, wenn man genau hinsah, feststellte, dass es aus unzähligen kleinen Menschen zusammengesetzt war. Vor zwei Jahren hatten sie alle dafür gesammelt und es Gabi zum 50. Geburtstag geschenkt. Das Bild hieß: Gandhi-ji.

Im ersten Moment hatte Gabi befürchtet, dass der Name des großen Gandhi falsch geschrieben worden wäre. Raj erinnerte sich gern an diese seltene Gelegenheit, wo er Gabi belehren durfte. Es war ihm eine Ehre gewesen, Gabi die Bedeutung von Ji zu erklären. Mit dieser sehr gebräuchlichen Nachsilbe drückte man seine liebevolle Hochachtung aus und dass man den Angesprochenen über alle Massen schätzte und verehrte. Und deshalb sprachen alle ehrfurchtsvollen Inder von ihrem großen Vorbild als Gandhi-ji.

Für Raj war ein eigenes Büro der größtmögliche Luxus. Es war kühl und man konnte die Zimmertemperatur individuell regulieren. Er stellte sich ein eigenes Büro unheimlich gemütlich vor. Er hatte noch nie ein Zimmer für sich allein gehabt. Erwartungsvoll sah er Gabi an.

ॐ

»Raj, wie läuft es in deiner Abteilung?«

Sie trafen sich regelmäßig zu Feedbackgesprächen, bei denen Gabi ihn für seine Aufgabe schulte. Seit längerem waren diese Entwicklungsgespräche immer seltener geworden. Raj wunderte sich, worauf das Gespräch hinauslaufen würde. Und da war es wieder. Dieses Kribbeln im Nacken.

»Danke, Gabi, gut. Ist alles okay?«

Sie nahm ein Buch von einem Stapel auf ihrem Sideboard und legte es auf den Schreibtisch vor Raj. Mit dem Zeigefinger deutete sie darauf. *Grün ist die Hoffnung* von T. C. Boyle.

»Raj, bevor du nächste Woche zu deiner Familie fährst, habe ich dir einen Vorschlag zu machen. Wie du sicher mitgekriegt hast, hatten wir Besuch aus der Zentrale hier. Es geht um eine Erweiterung unseres Portfolios. Wir expandieren in den belletristischen Bereich. Bisher hatten wir kaum Romane, aber das ändert sich bald. Wir werden umstrukturieren und eine Art Verlagsleiterposition schaffen. Man hat mir die Leitung dieses neuen Zweiges angeboten. Ich hoffe, dass Sven den Teil meiner Arbeit übernimmt, der zu seiner Sparte passt. Dann fehlt uns für den Rest eine geeignete Person. Da habe ich dich als meinen Nachfolger vorgeschlagen. Ich bin mir sicher, du kannst das schaffen. Ich bin ja anfangs da und helfe dir beim Einarbeiten, wobei du schon einen Teil durch deine Gruppenleiterfunktion kennst. Du bekommst einen neuen Vertrag als Abteilungsleiter mit allen Vorteilen, wie ein eigenes Büro und deutlich mehr Gehalt. Eine Voraussetzung ist allerdings, dass du deinen Zweitjob als Fremdenführer an den Nagel hängst.« Gabi schaute Raj an.

»Wir beginnen mit den personellen Umstrukturierungen im nächsten Frühjahr. Gleich nach Holi.«

Perplex ob dieser Wendung seines Schicksals, schwieg Raj.

»Schau, mein Reisepass läuft ab und da ist das Arbeitsvisum drin. Zur Erneuerung muss ich persönlich nach New Delhi auf die Deutsche Botschaft. Dauert nur drei oder vier Tage. Ich dachte, du könntest solange hier die Stellung halten und reinschnuppern, ob dir die Arbeit gefällt.«

Überrumpelt von diesem unvorstellbaren Angebot

schluckte Raj, doch umgehend übernahm die ihm eigene Höflichkeit die Oberhand.

»Welche Ehre, danke. Ich werde darüber nachdenken und natürlich überbrücke ich deine Abwesenheit mit Freuden.« Raj war sich nicht sicher, ob er den Erwartungen gerecht werden würde. Doch er lauschte konzentriert Gabis Ausführungen und notierte sich die täglichen Routinen.

»Du kümmerst dich um das Tagesgeschäft. Es liegt nicht viel an. Falls Anfragen kommen, kannst du die beantworten. Manchmal werden uns unverlangte Manuskripte geschickt. Wir machen kein Lektorat von Neuerscheinungen, da habe ich eine automatisierte Absage. Du kannst die Konzepte gern lesen, musst du aber nicht. Ein elektronisches Nein genügt, das Manuskript wird weggeworfen. Kümmere dich um deine Abteilung und rede mit Sven, sein Job ist meinem ähnlich. Du weißt, dass ich deine Arbeit schätze, und ich bin mir sicher, es wird dir gefallen.«

»Oh, Gabi. Das ist eine große Ehre.«

»Bevor ich es vergesse, sprich mit niemandem außer Sven darüber. Mit ihm muss ich als Nächstes reden. Während du mich vertrittst, kannst du in mein Büro ziehen und an meinem Computer arbeiten. Sonst wird das so mühsam mit der Telefonbetreuung.«

»Wird das nicht komisch aussehen, wenn ich in deinem Büro arbeite?«

Gabi verzog ihren Mund und nahm die mohnrote Brille ab. Dabei musterte sie ihn eindringlich.

»Nein, ich habe mit Helen aus der HR geredet. Wir wollen, dass keine zusätzliche Unruhe entsteht. Wir sagen den anderen, dass du mich vertrittst und eine Onlineschulung hast, wozu du Ruhe brauchst. Ich habe einiges zu tun, bevor ich den Flieger nach Delhi nehmen kann. Aber ab morgen sitzt du hier.«

Raj spürte, wie sich seine Mundwinkel dramatisch nach oben bewegten und seine Wangen zu glühen begannen. Ein eigenes Büro! Wenn auch nur für kurze Zeit. Das war wunderbar und bei der Hitze ein Traum. Mit einem tiefen Namaste zog er sich zurück. Er eilte an seinen Schreibtisch, packte seine Sachen, um bereit zu sein, sobald er in Gabis Büro gehen konnte.

ॐ

Verunsichert durch das Gespräch suchte Raj den Rat seines Freundes. »Hast du kurz Zeit? Ich muss dir was erzählen, wozu mich deine Meinung interessiert.«

Nach dieser vagen Ankündigung folgte ihm der Freund in die Pausenzone und von dort auf den leeren Raucherbalkon. Aufgeregt berichtete er Sven, um was Gabi ihn gebeten hatte.

»Mensch, Raj, super. Ich hab's doch gewusst. Irgendwas ist im Busch, sonst wären die Chefs aus München nicht da. Das ist super! Und ganz ehrlich: Für eine einheimische Kraft ist das ein enormer Schritt. Worüber denkst du da noch nach?«

»Sven, mein Herz schlägt in Agra bei meiner Familie, hier

wohne ich nur. Meine Schulfreunde leben dort. Außer-dem habe ich dort auch einen Job. Ich weiß nicht, ob ich ohne den leben kann und will.« Warum verstand Sven sein Dilemma nicht? Er war doch selbst nur auf geliehene Zeit hier. In drei oder vier Jahren würde Sven wieder zurückgehen. Da war sich Raj hundertprozentig sicher. Alle Expats gingen wieder heim.

»Na, mit dem neuen Job wirst du sicher ordentlich mehr verdienen. Da brauchst du keine Touristen mehr durch die Stadt treiben.«

»Es geht nicht um die Touristen. Ich muss noch die Schulden von Meenas Hochzeit abzahlen. Und wenn ich dauerhaft hier lebe, brauche ich ein eigenes Zimmer und womöglich andere Kleidung. Du weißt doch, dass ich bei einem entfernten Onkel schlafe. Das ist keine Dauerlösung.«

»Muss mich das interessieren, warum du für die Hochzeit deiner Schwester zahlst?«

»Vergiss es, das ist in Indien so. Die Familie der Frau zahlt für die Hochzeit und für die Mitgift.« Raj fixierte Sven. »Und was ist, wenn ich der Aufgabe nicht gewachsen bin. Wenn ich scheitere?«

»Schau, Gabi bietet dir an, mal reinzuschnuppern, während sie in Delhi ist. Nutze das! Ich denke, der Job wäre prima für dich. Glückwunsch! Wenn du wirklich unsicher bist, kann ich dir helfen. Ich schau gleich mal nach, ob ich ein Buch auf dem Tisch habe, das deiner neuen Aufgabe ähneln könnte. Lies es und schau, was ich verändert habe. So fängst du an, dich mit der Aufgabe vertraut zu machen. Ich muss noch einen Korrekturauftrag für einen Roman haben. Ein New-Adult-Thema, tragisch. Nimm es als einen Versuchsballon sozusagen. Es ist ein amerikanischer Jugendroman, hab den Titel gerade vergessen. Der wird in einer ganz günstigen Taschenbuchausgabe gedruckt. 10.000 Exemplare für den indischen Straßenmarkt. Ich bin gespannt, ob das gut geht. Vom Umfang her durchaus machbar. In Englisch. Ich schicke dir gleich mal die Datei. Schau dir meine Kommentare und Korrekturen an und lass mich wissen, ob du mit mir übereinstimmst. Wirst schnell merken, worum es geht und ob es dir gefällt.«

Nach diesen Worten machten sich die beiden auf den Weg zurück an ihre Arbeitsplätze. Wenige Minuten später reichte Sven Raj eine Taschenbuchausgabe eines amerikanischen Romans.

»Datei ist schon auf dem Weg. Viel Spaß beim Schmökern. Ich hoffe, nach all den Beipackzetteln hast du noch die Ausdauer für 200 Seiten zusammenhängenden Textes.«

Grinsend ging Sven zum Kaffeeautomaten und holte sich den nächsten Latte macchiato.

Fasziniert betrachtete Raj das Buch in seiner Hand. Überall markierten gelbe Klebenotizzettel Passagen, an denen etwas nicht passte. Er konnte es kaum glauben. Ein Roman, eine Geschichte, die sein Leben verändern würde. Ein Leseabenteuer, das Kurzweil und Freude versprach. Was für eine schöne Aufgabe. Seine Fantasie gaukelte ihm sofort eine wunderbare Entwicklung vor. Er sah sich in seiner neuen Rolle. Der nächste Schritt wäre eine weitere Stufe hochzusteigen und irgendwann hätte er es geschafft: Er, eine unbedeutende indische Ortskraft würde das Unvorstellbare geschafft haben und wäre Lektor.

Auf dem Rückweg blieb Sven noch einmal stehen.

»Und Raj, was hältst du davon, wenn wir nach der Arbeit gemeinsam um den Sanky Tank spazieren. Da können wir weiterreden.«

Er wäre liebend gern mit dem Freund um den idyllischen Teich spaziert, aber er griff zu einer Notlüge: »Geht heute nicht. Was ist mit morgen?«

Raj verschwieg dem Freund, dass er heute die Götter befragen musste: Wie standen die Sterne für seine berufliche Zukunft? Was würde aus seiner heimatlosen Seele werden? Er wollte mit seinem Vater reden, denn diese Veränderungen hatten Auswirkungen auf die ganze Familie. Aber all das konnte er Sven unmöglich sagen.

Sosehr er ihn bewunderte, Sven war ihm kein Vorbild. Für ihn gab es keine Zwänge. Er hatte keine Verpflichtungen. Wann immer er an eine Weggabelung in seinem Leben kam, entschied er aus dem Bauch heraus. Er ließ sich im Schicksalsfluss treiben und genoss es. Das hatte Raj schon festgestellt, als Sven Praktikant im Verlag war. Er verstand nicht, wie man auf die Idee kam, ein Studium kurz vor dem Abschluss abbrechen zu wollen. Es erschien ihm unsagbar verschwenderisch, Geld, Zeit und Sinn infrage zu stellen. Damals lebte Sven ein halbes Jahr in Indien, arbeitete im Verlag, bereiste das Land und sammelte Eindrücke, bevor er nach Deutschland zurückging. Niemand, weder er noch seine Familie wussten, wie es weitergehen würde. Doch dann war er wiedergekommen, um zu bleiben, solange es ihm gefiel, wie er betonte. Für Raj gab es diese Zeitspanne nicht. Er trug Verantwortung. Er musste Verantwortung tragen.

Raj beneidete Sven um diese Spontanität. Er brauchte Gewissheit. Er hatte nicht den Luxus, Zeit und Geld in grenzenlosem Umfang zur Verfügung zu haben. Er unterstützte mit dem Großteil seines Gehaltes die Familie in Agra. Immerhin hatten seine Eltern ihm die Ausbildung beim Goetheinstitut bezahlt. Mit einer falschen Entscheidung konnte er die Zukunft der ganzen Familie gefährden. Deshalb würde er sein Horoskop befragen, um Klarheit zu gewinnen.

Dann würde er sich mit den Aufgaben, die Gabi ihm hinterlassen hatte, beschäftigen. Und den Roman lesen, den Sven ihm gegeben hatte. Es war immer gut, informiert zu sein, bevor man wichtige Entscheidungen traf. Später würde er lernen, spontan zu sein, wobei ihm nicht klar war, wozu. Er mochte Svens Leichtigkeit. Die Freiheit wo-auch-immer, wie lange er wollte und ohne Verbindlichkeiten von der Hand in den Mund zu existieren, waren für Rajs Weltbild unglaublich. Zwei Menschen, gleich an Alter und Geschlecht und doch wie Tag und Nacht? Er bewunderte Sven und die deutsche Genauigkeit kombiniert mit dem angeborenen Wissen, dass sich alles regeln ließe. Er saugte jeden Aspekt dieser Lebens- und Denkweise auf wie ein Schwamm das Wasser. Er las die Klassiker, auch wenn es ihm schwerfiel, und er liebte die Märchen der Brüder Grimm, die so erdnah waren. Geradeaus und lehrreich. Wann immer er die Möglichkeit hatte, lauschte er den Erzählungen über ihre Pünktlichkeit und ihre Zielstrebigkeit. Niemand stellte sich dem germanischen Gemüt in den Weg. Sehen, erkennen, anpacken, ändern. Das machte 'Made in Germany` zu einer weltweit strahlenden Marke. Das beeindruckte ihn zutiefst.

Kapitel 3

»Es muss anders werden, wenn es gut werden soll.«
Georg Christoph Lichtenberg

Eine Träne lief über Rajs Wange, während er die letzte Seite des Buches las. Sein Blick fixierte den Schlusspunkt. Er schniefte und die Spannung verließ seine Schultern. Was für ein Drama! Wozu? Es war niederschmetternd. Nach jeder Seite hatte er auf eine Wendung gehofft. Eine Entdeckung in der Behandlung der Krankheit, eine Verwechslung der Laborergebnisse oder eine Schwangerschaft, die der Nachwelt ein Stück der Lebensenergie des jungen Mannes zurückgab. Doch er wurde enttäuscht. Bis zum traurigen Ende. Fassungslos legte er das Buch zur Seite. Da half keine Kaffeepause.

Niemals würde ein indischer Gott tatenlos bei diesem Trauerspiel zuschauen. Welchen Sinn hatte der Tod des jungen Ehemannes? Was lernte der Leser aus dem Roman? Schauten nicht alle auf seine Frau? Schutzlos. Am Karma lag es nicht. Wo blieb der Glaube?

Fragen über Fragen schossen Raj durch den Sinn und er verstand nicht, warum die Protagonisten sich nicht hilfesuchend an ihre Götter wandten. Welcher Heilige würde helfen, wenn die beiden vergaßen, sich an höhere Mächte zu wenden? Mit einer Prise Zauber oder einem Hauch Wunder wäre Unvorstellbares möglich. Raj malte sich aus, wie eine sanfte Göttin über den Kopf des Schwerkranken strich und gütig lächelte. Sie bestätigte ihn in seiner glühenden Sehnsucht nach Leben. Er würde kämpfen und die Dämonen der Krankheit besiegen. Der Hinduismus hielt immer eine Lösung bereit.

Das erforderte aber einen inbrünstigen Glauben. Was hatte Sven gesagt? Gläubige Christen seien alt. Den Gottesdienst in die Kirche zu feiern war unmodern. Würde man ihn um Mithilfe bitten, würde er genau an dem Punkt ansetzen und er gäbe den Protagonisten zuerst einmal einen hoffnungsvolleren Hintergrund. Mal angenommen die beiden hätten indische Wurzeln. Oversea citizens of India, so genannte OCIs, Kinder von Indern, die im Ausland ihr Glück gefunden hatten. Durch die ehernen Regeln der hinduistischen Gesellschaft kamen die Großeltern immer mit. Es wäre eine Großmutter vorhanden, nennen wir sie Ami und diese Ami würde das junge Paar in die richtige Richtung stupsen mit der Folge, dass die Götter Wind davon bekommen. Aber nicht direkt, das war undenkbar. Niemals käme ihm das in den Sinn. Der angemessene Weg war es, in seiner Religion zuerst die tierischen Gefährten der Gottheiten anzusprechen. Jedes Kind kannte Ganeshas Ratte oder Shivas Stier Nandi. Durch deren Augen und Ohren erfuhren Ganesha und Shiva, was die Menschen auf der Welt trieben.

ॐ

Dieses Buch brauchte deutlich mehr Indien und weniger Tod. Sollte er mit Sven in der Mittagspause reden? Nein. Er hatte eine bessere Idee. Wie hatte Konfuzius gesagt: »Ich höre und ich vergesse. Ich sehe und ich erinnere mich. Ich tue und ich verstehe.«

Er hatte vor, in den Verlauf des Romans einzugreifen, die Götter spielen zu lassen und ihn mit einem indischen Ende zu versehen. Erst dann würde er ihn Sven in die Hand drücken. Es zuckte in seinen Fingerspitzen. Davon hatte er schon so oft geträumt. Romane umzuschreiben, um sie so enden zu lassen, wie es ihm gefiel. Frohen Mutes ließ er sich gedanklich auf das Abenteuer ein.

Raj sah das große Finale in rot-pink-orangener Farbenpracht vor sich: Eine dramatische Romanze mit Happy End, wie es sich in seiner Kultur gehörte.

Vor seinem inneren Auge tanzte die alte Großmutter in einem Sari mit ihren kleinen Enkeltöchtern zu mitreißender Musik. Die Familie würde das Wunder bejubeln. Die sorgenfreie Ehefrau sähe glatzköpfig wie ein unschuldiges Reh aus.

An Ideen mangelte es ihm nicht. Er verstand die westliche Literatur nicht. Warum siegte das Böse? Was war aus Leid und Tod zu lernen? Woraus schöpften die westlichen Kulturen Hoffnung, wenn ihre Unterhaltungsliteratur so deprimierend war?

ॐ

Wie der eine Tag endete, begann der nächste. Noch immer bewegte ihn das Gelesene. In der Nacht hatte er verzweifelten Dialogen in seinem Kopf gelauscht. Unfähig einzugreifen, raubten sie ihm den Schlaf. Deshalb verzichtete er auf den Besuch des Tempels, sondern radelte zur Arbeit. In seinem Kopf tummelten sich Textpassagen und geniale Lösungsvorschläge.

In Indien wäre dieser Roman so bis in alle Ewigkeit unverkäuflich. Es fehlten Esprit und Geistesstärke, die der indische Leser erwartete. Wer las ein Buch, das die Welt so bedrückend darstellte, wie sie gelegentlich war. Welchen Geschichten lauschten die Kinder abends an den Feuern? Wie erduldeten die Ärmsten der Gesellschaft ihr Schicksal ohne eine Fata Morgana, die durch die Dunkelheit schimmerte?

In seinem Land war jeder neue Film eine Einladung, um Vertrauen zu schöpfen. Sehnsüchtig erwartete Lichtblicke von tausenden. Das Kino half den Mächtigen dabei, die Masse der emsigen Tagelöhner zu beruhigen. Diese strömten Woche für Woche ins Filmtheater, begierig darauf, dem Alltag zu entfliehen. Aus demselben Grund spielten sie Kricket mit Stöcken, wobei sie eifrig die Stars des Volkssportes nachahmten. Immer beseelt von der Hoffnung, dass sich ein Talent unter ihnen befand, das es zu entdecken galt. So entstünde aus dem Staub der Straße ein Sieger, geschaffen für die Ruhmeshalle indischer Erfolge.

Dem Buch fehlte dieser Spritzer Hoffnung. Raj vermisste die Ausgewogenheit. Wo Licht war, war Dunkel. Wo Trauer war, brauchte man Unbeschwertheit. Dazwischen eine mitreißende Tanzszene. Kein Bollywoodfilm kam ohne Musik, Moves und zuckende Körper aus. Auch wenn nicht jeder seine Hüfte so schwingen konnte, wie der große Chandra Gupta und doch rissen die Beats alle mit. Zeigten diese Einlagen nicht eindrucksvoll, dass jedem Körper eine Schönheit innewohnte? Die Liebe zu Musik und Bewegung lag Indern im Blut. Egal ob jung oder alt, dick oder dünn, einfältig oder weise, Tanzen vereinte die Menschen. Der Tanz war nicht nur ein Ausdruck des gesellschaftlichen Lebens, sondern ein trojanisches Pferd, das Fröhlichkeit und Lachen in die Welt brachte.

Das beflügelte ihn. Er würde ein Beispiel, das auf dem Roman basierte, formulieren. Mit Weisheit anreichern und ihn so enden lassen, dass man gern das nächste Abenteuer in Angriff nahm. Und dieses Idealbild der indischen Erwartungen an Unterhaltung würde er Sven präsentieren. Dann verstünde sein Freund, welche Mächte in seinem Leben entscheidend waren.

Wenn dieser Roman Svens Sicht der Welt widerspiegelte, würde er ihm antworten. Aber nicht mit gesprochenen Worten, dafür war Sven zu geschickt mit den schnellen Retourkutschen. Glatt wie eine Kobra glitt er aus jeder engen Situation. Immer wenn Raj dachte, er hätte ihn aufs Glatteis geführt, verpuffte in seiner Schlagfertigkeit das beste Argument. Raj brauchte Zeit. Er ließ es langsamer angehen. Seine innere Uhr tickte nicht, sie rieselte wie der Sand in einem Stundenglas.

Grob würde er die Macht der indischen Götter skizzieren und deren Auswirkungen auf das Schicksal zeigen. Damit zwang er Sven, ihm geistig zu folgen. Was wäre dann? Würde er es besser verstehen?

Gesprochene Worte waren Schall und Rauch. Raj fürchtete, dass einmal Gedachtes oder Gesagtes spurlos verschwand, weil man es nicht verschriftlicht hatte. Raj wollte den Text nur ein bisschen verbessern, wie die jungen Inder ihre Motorräder. Er kannte das Wissen um die Kraft des Karmas und wollte dessen Auswirkung auf den Kreislauf der Wiedergeburt nutzen.

ॐ

Das junge Paar würde verreisen, denn dort, wo man erkrankt war, konnte man nicht heilen. Und diese Reise würde sie nach Indien führen. Zurück zum Ursprung. Dazu brauchten sie indische Wurzeln. Alles machbar. Hier käme besagte Ami ins Bild. Er sah sie vor sich, die zierliche Patriarchin, die ihre spinnendünnen Hände im Spiel hatte. Er würde sich auf geringe Änderungen vor allem auf den letzten Seiten konzentrieren. Das wäre vom Umfang her machbar. Vorher würde er die Familie in Indien erwähnen, aber weniger war mehr. Ein Telefonanruf hier und ein Videocall dort, das würde reichen.

In beiden Fällen wäre aus dem Hintergrund die zeternde Stimme der Großmutter zu hören. Schrill, bestimmend und zu hoch, um angenehm zu sein. Genau! So würde er es machen. Für seine Zwecke war das Buch ideal. Nein, genial. Mit einem Lächeln beschloss er, sich sobald er in Gabis Büro war, in die Arbeit zu stürzen.

Als zweiten Punkt sah er vor, dass die Protagonisten um Weisung oder Hilfe durch die Götter baten. Mit einer entsprechenden Opfergabe, beispielsweise den Haaren der jungen Frau, ließ sich Shiva gnädig stimmen. Die beiden würden nach Madurai pilgern und dort dem großen Nandi die Haare opfern, damit er seinem Gott ihre große Bitte weiterleitete.

Sven würde endlich verstehen, dass man sich nicht an eine Gottheit wandte. Dazu gab es die Transportwesen. Es existierte kein Gott ohne ein Vahana, ein Reittier. Jedes Kind kannte diese sogar beim Namen: Shiva hatte den Stier Nandi, Lakshmi den Adler Garuda, Sarasvati den Pfau und Ganesha die Ratte. Zudem musste das Opfer der Bitte entsprechen. Hier reichte nicht eine Kerze oder ein Gebet. Nein, die Ehefrau würde ihre schwarzen, langen Haare dem Perückenmacher opfern. Zusätzlich würde der Elefantengott Ganesha, bezaubert von der Anmut der Frau, seine schützenden Hände über das junge Paar halten. Der Priester im Tempel der Schlangengottheit würde Anweisungen geben, durch welche Gaben und Gebete der Geist der Krankheit zu beschwichtigen sei. Zwingend notwendig wäre eine körperliche Veränderung. Die beiden würden sich der vegetarischen Kost der ayurvedischen

Ernährungslehre zuwenden. Raj war klar, dass diese jungen Amerikaner nur Kaffee und Bier tranken. Rauchen wurde ja sogar im Roman explizit erwähnt.

Er hielte kurz inne, weil ihm der Gedanke kam, dass ein Schicksalsschlag doch immer die ganze Familie betraf. Vor Rajs innerem Augen entstand eine tränenreiche Szene: Die Mutter bat den Priester, die Sterne zu befragen. Womöglich waren die Vorzeichen für die erste Ehe der Frau unheilvoll gewesen. Da moderne Inder spirituelle Ratschläge gern in den Wind schlugen, hatte man auf die Vermählung mit einem Baum verzichtet. Diesen Sachverhalt Sven zu erklären, würde schwierig werden, aber nicht vollkommen unmöglich. Soweit sich Raj erinnerte, waren in der Tempelanlage im ältesten Teil der Stadt unzählige bunte Fäden um die Bäume geknotet. Tie the knot, wie die Inder sagten. Den Knoten knüpfen war eine gängige Metapher für heiraten. Jeder Knoten symbolisierte die Hoffnung einer Familie, dass die Götter diesen kleinen Trick nicht durchschauen würden und es als erste Ehe der Tochter gelten ließen. Diese wurde dann nach wenigen Tage widerrufen und das Mädchen konnte ihren Bräutigam ehelichen.

Raj steigerte sich so in diese göttliche Aufgabe, dass seine Finger über die Tastatur flogen und seiner Fantasie Flügel verliehen. Nach wenigen Stunden war er am Ziel. Sven musste durch die Adaption dieses Beispiels verstehen, wie Inder schwere Situationen lösten. Es war ihm gelungen, aus dem Sumpf negativer Vorzeichen und Belastungen Material zu gewinnen, um ein hoffnungsvolles Ende zu formen. Sein

Freund würde nicht sofort erkennen, was der entscheidende Vorteil seines Glaubens war, aber sie hätten eine Grundlage für lebhafte Gespräche.

ॐ

Gedankenverloren dehnte sich Raj über die niedrige Rückenlehne seines Schreibtischstuhls. Er las die letzten Zeilen und bekam feuchte Augen. Diesmal aus Rührung.

Dank der Kraft der unerschütterlichen Liebe gab es Licht am Ende des Tunnels. Und dieses Wissen war das Geheimnis Indiens, sein tägliches mentales Brot. Das war der Stein der Weisen. Nach dieser Essenz Indiens gierten so viele Amerikaner: der tief verwurzelte lebendige Glaube. Die Ruhe und Gelassenheit, die aus dem Wissen entsteht, dass alles nur den Sinn hat, gut zu enden.

Befriedigt von den Früchten seines kurzen Ausflugs ins Reich der Fantasie, begann er sich auf den Feierabend vorzubereiten. Alles Schöpfen, Dichten und Denken verschwand und er fuhr den Computer runter. Peinlichst genau achtete er darauf, dass er die Fassung auf seinem privaten USB-Stick speicherte. Er mochte sich gar nicht ausdenken, was passieren würde, wenn diese Version in falsche Hände fiele. Den kleinen USB-Stick in Form eines winzigen Bauhelms, ursprünglich ein Geschenk von Frederick an Sven, der ihn an Raj weitergab, verschwand in seiner Hosentasche. Ihm war, als könne er es spüren: Die Kraft, die Menschen auf den Subkontinent trieb, ewig auf der Suche nach Erholung und Erleuchtung.

Die Sonne versank hinter den Häuserzeilen von Malleswaram, als er die Redaktion verließ. Es war spät geworden. Beschwingt radelte er zum Haus seines Onkels.

Kapitel 4

»Wenn jemand sagt: »Das geht nicht!, denke daran.
Das sind seine Grenzen, nicht deine.«
Verfasser unbekannt

»Raj, du bist ein Kindskopf!« Sven grinste, als er ihn wieder zu Karim begleitete. Er hatte Rajs Adaption des Romans gelesen. »Man kann die Welt nicht einfach ändern, nur weil einem das Ende der Geschichte nicht gefällt. Und überhaupt, muss man nicht zumindest Hindu sein, damit der Elefantengott hilft?«

»Lass Ganesha aus dem Spiel. Schau dir das große Ganze an. Es geht mir darum, dass du verstehst, was unsere Religion mir bedeutet. Mein Text dient nur als Tragetier, als Vahana, er ist ein Musterfall. So müsste die Geschichte in Indien erzählt werden.«

»Dann wäre es aber eine andere Geschichte. Ich mein, das Ende ist schon sehr prägend für einen Roman.«

»Natürlich. Aber so ein Buch kannst du nicht in Indien verkaufen. Für mein Land gelten andere Regeln. Wir brauchen einfach schöne Geschichten. Dann hätte dieser Forster eine Chance, gelesen zu werden. Solche Geschichten sind das Salz der Erde und taugen für einen Bollywoodfilm.«

»Hallo! Erde an Raj. Den Film zum Roman gibt es doch

schon.«

»Dann muss er aber schlecht sein. Ich bin mir sicher 90% von 1,4 Milliarden Indern kennen ihn nicht. Kinofilme, die hier erfolgreich sind, folgen dem Muster: Erwartung, Befriedigung und ein gutes Ende. Das ist einfach zu verstehen und unterhält die Zuschauer besser.«

In dem Moment hören die beiden ein Geräusch näher kommen und jemand rief nach Sven. Pia, die Praktikantin war ihnen auf den Fersen. Sven und Raj blieben stehen und schauten ihr entgegen. Direkt vor den beiden stoppte sie und schnaufte. Ihr Gesicht war erhitzt. Sie stützte sich auf ihren Oberschenkeln ab, sah hoch, holte erneut tief Luft und sagte: »Du, Sven, mein Boss braucht dringend die Druckdatei, sonst muss er die Maschine runter- und wieder hochfahren. Kannst du sie schicken? Bitte, das ist wichtig. Ich dachte mir, wo ich doch schon bei dir war, komme ich einfach vorbei und du tust mir den Gefallen. Dieses Mitteilungen hin- und herschreiben dauert immer so lang.«

Sven zögerte.

»Ich habe gerade Mittagspause. Kann das nicht kurz warten? Halbe Stunde?«

»Nee, das ist so umständlich. Ich brauch es jetzt. Was ist, wenn ich es selbst schicke?«

»Klar, gute Idee. Die Datei liegt in dem Ordner auf dem Desktop mit den überarbeiteten Druckdateien. Du kennst dich ja aus. Hast du noch mein Passwort?«

»Klebt unter der Tastatur, Sven. Einmal gelernt, niemals vergessen.«

»Okay, prima, danke. Ich zahle den nächsten Kaffee.«

»Ha, ha, guter Witz. Der ist eh umsonst.« Pia drehte sich um und rannte zum Büro zurück. Sie wollte sicher auch Mittagspause machen und sich mit den anderen Praktikanten zum Essen treffen.

Sven wandte sich wieder an Raj.

»Wo waren wir stehen geblieben?«

Raj konnte sich einmal mehr nur wundern. Er würde niemals seinen Magen vor seinen Job stellen.

»Wir haben Bollywood mit Hollywood verglichen.« Raj sah stirnrunzelnd dem Mädchen hinterher, das soeben vom Ein-gang des Gebäudes verschluckt wurde.

»Stimmt. Bei euch ist alles bunter, schriller und es wird ständig getanzt.«

Die Worte weckten ihn aus seiner Starre.

»Sven, für uns ist das Kino das Gegengewicht zum Alltag. Wir wollen Gefühle, Emotionen, Musik und Tanz, klare Fronten, eindimensionale Charaktere und ein Happy End. Und wenn das nicht passt, muss es zumindest deutlich in diese Richtung weisen. Oder wie der Protagonist in *The best Marigold Hotel* immer sagt: Und wenn es nicht gut ist, ist es noch nicht das Ende.«

Sven schaute Raj zweifelnd an. Nach den wenigen Bollywooddramen, die er sich Raj zuliebe angesehen hatte, war er erschlagen gewesen. Eine Musik-Tanz-Farborgie sondergleichen ohne erkennbare Storyline, dafür mit schönen, sehr schönen Menschen. Vor allem die Frauen. Gott musste wirklich gute Laune gehabt haben, als er die Inderinnen erschuf. Trotzdem konnte er sich nicht vorstellen, dass sämtliche indische Blockbuster gleich gestrickt waren.

»Alle sind so?«

»Na ja, es gibt ein paar modernere Filme. *Queen* und *Drei Idioten*, aber das ist Kino für Gebildete. Amir Shah ist der bekannteste Produzent in diesem Sektor. Er war früher selbst Schauspieler. Jetzt arbeitet er oft in der Doppelrolle: Produzent und Schauspieler. Was hältst du davon, wenn wir uns einen seiner Filme gemeinsam anschauen? Mein Vorschlag wäre *Drei Idioten*.«

»Gute Idee. Wir machen einen Filmabend bei mir. Ich kann schauen, was wir streamen können und dann ziehen wir uns Bildungsniveau versus Straßenniveau rein.« Sie grinsten sich beide an.

»Wenn wir das noch machen wollen, müssen wir uns beeilen. Ich fahre nächsten Freitag und muss vorher packen.«

»Okay, das wird knapp. Sonst verschieben wir es auf danach,« sagte Sven und machte Luftgänsefüßchen. Er verstand nicht, warum sein Freund zwei Jobs hatte. Er würde nie in seinem Urlaub arbeiten, wenn er einen Verlagsjob in Bangalore hätte. Aber da bohrte Sven nicht nach.

Raj antwortete seinem Freund nicht. Wie sollte Sven das verstehen? Er war Deutscher und hatte lange seinen Eltern auf der Tasche gelegen, was ihn aber im Gegenzug nicht dazu zwang, jetzt seine Eltern zu unterstützen. Was Raj schade fand, war, dass Sven diese Sonderstellung nicht schätzte.

Raj hingegen war die Haupteinnahmequelle seiner Familie, weil sein Vater kaum noch arbeiten konnte. Langes Sitzen war Gift für seine Bandscheibe. Als Chauffeur kostete ihm das den Job. Mittlerweile schaffte er es nur noch an guten Tagen, Tagesgäste durch Agra zu fahren.

Dazu kam, dass Meenas Hochzeit ein Vermögen verschlungen hatte. Er hatte sich ausgerechnet, dass er noch zwei Jahre brauchen würde, um die Schulden abzubezahlen. Obwohl er seine Schwester liebte, hoffte er, niemals Vater vieler Mädchen zu werden. Mädchen waren für die Eltern eine enorme finanzielle Belastung. Sollte er ein Mädchen bekommen, würde er ab dem Tag ihrer Geburt für ihre Hochzeit sparen. Das schwor er sich. Er hatte so viele Träume, die er sich mit genug Geld erfüllen könnte.

Kapitel 5

» Wenn der Mensch nicht über das nachdenkt, was in ferner Zukunft liegt, wird er das schon in naher Zukunft bereuen. «

Konfuzius

Es war immer dasselbe, dachte sich Raj, als er zusah, wie das große Paket am Bahnhof in Sackleinen eingenäht wurde. Er wischte sich den Schweiß von der Stirn. Obwohl er sich einigen Luxus beim Reisen gönnte, war es mühsam.

Eine dieser Extravaganzen war das Verschicken seiner Habseligkeiten. Vor seinen Augen nähte einer der Kulis mit dem roten Hemd, die um den Bahnhof herum ihre Dienste anboten, einen Karton in Nesselstoff ein. Er hatte Kleidung, Bücher, Stoffe aus Mysore und Holzspielzeug für seinen Neffen verpackt. Doch im überfüllten Zug war kein Platz dafür. Deshalb versandte er den Pappkarton. Der Kuli schrieb Rajs Adresse in Agra ebenso wie seinen Absender drauf. So war es bequem und sicherer. Er bezahlte bar mit ein paar abgegriffenen Rupies. Der Preis war lächerlich verglichen mit der Erleichterung, die ihm das auf der Bahnfahrt brachte.

Er schaute auf sein Handy. Es wurde schon wieder knapp. Entschlossen schulterte er seine Reisetasche und rannte zum Bahnsteig. Er hastete zum Zug und sprang in seinen Wagon.

Erleichtert fand Raj den reservierten Sitzplatz in einem

Sechserabteil der ersten Klasse. Er reiste mit einem Rucksack, der als Kopfkissen und Stütze herhielt, wenn er schlief. Sein Proviant, Bananen und hart gekochte Eier, steckten ebenso wie die Wasserflasche in einer blau-weißen Stofftasche mit der Silhouette Münchens. Ein Geschenk von Sven. In der prall gefüllten Reisetasche, die er umständlich in das Fach über seinem Sitz quetschte, waren Kleidung, Waschzeug und Schuhe. Seine Wertsachen, der Ausweis und das Geld steckten in den vielen Taschen seiner Jacke. Egal wie heiß es werden würde, er zog sie unter keinen Umständen aus. Sie diente ihm als Safe und Decke. Die Reise dauerte 35 Stunden. Niemand blieb so lange wach, womit jeder indische Dieb rechnete. Und so warteten diese auf den Moment, wo der Kopf des Reisenden nach einigem muskellosen Wackeln endgültig zur Seite kippte, um dessen Wertsachen zu rauben. Bis der Bestohlene dies bemerkte, waren Dieb und Besitz längst aus dem Zug gesprungen und in den Weiten des riesigen Landes verschwunden.

Raj machte es sich in seinem Sitz bequem. Gespannt beobachtete er die drängelnden Menschen auf dem Gang und hoffte, dass seine Sitznachbarn weder fett noch ungepflegt waren.

ॐ

Er hatte sich vorgenommen, die Fahrt zu nutzen, um seine Situation zu drehen und zu wenden. Es gab allerlei zu bedenken. Verführerischen Vorteilen standen wenige gewichtige Nachteile entgegen.

Die Arbeit wäre eine berufliche Herausforderung. Sie wäre lukrativ, er würde mehr Geld bekommen. Er hatte sich in seinen Tagträumen schon ausgemalt, was er sich als Belohnung vom ersten Gehalt gönnen wollte: eine Vespa. Er sah sie schon vor sich: knallrot mit braunen Ledersitzen.

Durch den neuen Job könnte und musste er seine erste Wohnung mieten. Endlich wäre das beengte Leben mit der Familie seines Onkels vorbei. Es war schon eine enorme Erleichterung gewesen, dass Sven ihm anbot, einen Teil seiner Sachen in einem Einbauschrank einzulagern, solange Raj in Agra war. Dankbar war er beim letzten gemeinsamen Fernsehabend mit einer Tasche gekommen. Raj hatte seine Arbeitsuniform, wie er sie nannte, dort verstaut. In Agra brauchte er weder weiße Hemden noch Stoffhosen. Dort trug er indische Kleidung, meist eine Kurta, eine Art langes Baumwollhemd und eine leichte Stoffhose, die Pyjama. Wenn er Touristen durch die Stadt führte, trug er einen roten Turban. Der stand ihm genau genommen nicht zu. Er war weder ein Sikh noch ein Sippenchef, aber mit dem gemogelten Accessoire entsprach er der Vorstellung seiner Gäste. Diese Sachen hingen bei seiner Mutter im Schrank. Aber das war alles keine Dauerlösung. In einer eigenen Wohnung könnte er sein Leben besser strukturieren und organisieren. Freilich würde das Unsummen verschlingen. Er hatte weder Möbel noch Hausrat. Er hatte nicht einmal eine Lunchbox. Sven hatte sofort angeboten, mit ihm zu dem neuen Ikea zu fahren, wo Frederick arbeitete. Das war nichts für ihn. Es gab genug gebrauchte Sachen. Seine Mutter würde ihm Bettwäsche und Handtücher geben. Er seufzte leise, schloss die Augen und kuschelte sich in seinen Sitz. Schwieriger wäre die Hausarbeit. Er war ein Sohn. Seine Mutter hatte ihm nie auch nur das kleinste bisschen Wissen über die Banalitäten des Alltags beigebracht. Und das Kochen. Genau das Gleiche. Er konnte sich nicht vorstellen, jemals ein Biryani zuzubereiten oder Spaghetti, wie Sven sie kochte. Würde er als Cupnoodle-Junkie enden? Tagein, tagaus asiatische Nudeln aus dem Becher essen?

ॐ

In den letzten Tagen vor seiner Abreise hatte er häufiger als sonst bei Karim gegessen und mit dem einfallsreichen Koch geredet. Er hatte ihm zugehört und viele pfiffige Ideen gehabt. Mit der Entscheidung wollte er nichts zu tun haben, plädierte aber deutlich für den Süden.

Gegen den Job gab es nur ein echtes Gegenargument und das war seine Familie. Seine Wurzeln waren in Agra. Sein Vater hatte schon bei seinem ersten Aufbruch gezetert und gedroht. Raj wollte gar nicht daran denken, was ihm diesmal einfallen würde. Endlose Belehrungen und lange Tiraden würden den gesamten Aufenthalt überschatten. In manchen Dingen hatte sein Vater Recht. Agra hatte Vorteile. Aber es gab dort keinen Job für ihn. Nichts kam annähernd an seine jetzige Beschäftigung heran. Geschweige denn an die neue Position. Und von einem Guidejob in Agra konnte er unmöglich leben und die Familie ernähren. Zwei seiner Cousins arbeiteten in einer Marmorschneiderei und verdienten dort kaum genug, um sich und ihre Familie über Wasser zu halten. Dagegen war Raj ein Krösus.

Es stand in den Sternen, ob er überhaupt ablehnen konnte. Gäbe es seinen Job nach der Umstrukturierung noch? Gabi hatte sich da in Schweigen gehüllt. Ohne den gut bezahlten Job im Verlag wackelte sein gesamtes Finanzkonstrukt.

Zweifelsohne beschäftigte ihn die Entfernung zu seiner Familie und mit Schrecken malte er sich aus, nur vier Wochen im Jahr seine Eltern und Meena mit Nagar besuchen zu können. Rund um Agra lebten unzählige Onkel und Tanten mit ihren Kindern. Er wäre nicht im Stande, jedes Mal 35 Stunden mit dem Zug zu kommen, wenn einer seiner zahlreichen Cousins oder eine Cousine heiraten würde.

Heiraten! Noch so ein Thema, das es zu bedenken gab. Seine Mutter suchte seine zukünftige Frau in ihrem unmittelbaren Umfeld. Daher würde er sie vor der Verlobung nicht treffen können. Abgesehen von heftigen Diskussionen mit Sven, wenn er von einem auf den anderen Tag eine Braut hätte, hatte er ein ungutes Gefühl bei dem Gedanken. Wenn er Glück hätte, wäre es ein Mädchen, das er schon lange kannte. Wenn es eine unbekannte Braut war, was sollte er da tun? Er könnte mit ihr per Internet und Whatsapp sprechen und sie dabei auch sehen. Nur erkannte das Auge nicht die verborgenen Werte und am Ende könnte er sie nicht riechen. Schüchterne Töchter konnten leicht zu gemeinen Biestern werden. Sein Onkel hatte eine Xanthippe am Hals, die er sich sicher nicht so ausgesucht hatte. Ihm war bange. Würde dieses fremde Mädchen nach Bangalore umsiedeln? Statt unter der Anleitung seiner Mutter die Notwendigkeiten des Haushaltes zu lernen, säßen die Frischvermählten allein im Süden. Er hoffte, dass seine zukünftige Frau längst gelernt hatte, wie man putzt, kocht und wäscht.

Oh, das Leben war doch schon für ihn allein schwer! Was würde das Mädchen erwarten und wie konnte er es einer weiteren Person recht machen? Und wenn sie Eltern würden? Kinder in eine fremde Welt setzen, Enkel, die die Großeltern nicht kannten. Nein, für seine persönliche Zukunft mit Frau und Kind schien ihm eine Tätigkeit fern der Heimat nicht erstrebenswert.

Während ihm all diese Gedanken wie Affen durch den Kopf tobten, wurde er schläfrig. Bald war er endlich wieder daheim. Aus Vorfreude auf das opulente Festmahl zu seiner Ankunft wurde ihm warm ums Herz. Bei dem Gedanken an stundenlanges Essen, Reden und Lachen wurde es ihm warm ums Herz. Es war schön, heimzukommen.

ॐ

Am Montag warteten seine ersten Touristen auf ihn. Sein Schwager hatte gemeinsam mit den Agenturen in New Delhi die Zeit bis Diwali vollständig ausgebucht. Er freute sich auf die Arbeit, die mehr Spaß als Belastung bedeutete.

Seine Mutter würde ihn verwöhnen und bekochen, dass er am Ende der Zeit mindestens fünf Kilo mehr auf den Rippen hätte. Er würde abends mit den Nachbarn auf der Straße hocken und über alles reden, was sich tagsüber ereignet hatte. Manchmal traf man sich bei Hochzeiten. Verabreden war nicht nötig, weil jeder dieselben Orte aufsuchte und die gleichen Wege ging. Er konnte sich um seinen Vater kümmern, der ihm Sorgen bereitete. Das Problem mit dem Rücken musste genau untersucht werden. Er hatte schon vor Jahren den Job als fester Fahrer beim Goetheinstitut verloren. Die Schmerzen waren so unerträglich, dass er nur noch gelegentlich als Privatchauffeur für ein Hotel fuhr. Da konnte er zwischendurch Pausen einlegen. Wenn es seine Zeit erlaubte, führte Raj diese Gäste durch Agra. Es blieb in der Familie und brachte ein nettes Nebeneinkommen.

Trotzdem waren seine Eltern in den letzten Jahren immer mehr von Rajs Einkommen abhängig geworden. Da böte der besser bezahlte Job im Verlag Sicherheit und finanziellen Spielraum.

Wie immer gab es Licht und Schatten. Hier die Sippe, dort die Rupies. Doch wer weiß, flüsterte eine Stimme in seinem Kopf, vielleicht würde er ja doch eine eigene Familie gründen. Mit Kindern wäre es eine andere Situation. Seine Zukunft als Familienvater lag in Bangalore. Eine moderne Stadt mit fortschrittlichen Menschen, das wollte er für seine Kinder. Raus

aus dem Staub, der Hitze und dem Dreck. Sein Kopf sank langsam auf den Rucksack in seinen Armen und er überließ sich seinen Tagträumen. Er würde gleich nach dem Schläfchen eine Excelliste erstellen. Für seine Familie würde er sparen, damit sie sich eine Klimaanlage leisten konnten. Eine anständige, nicht so ein billiges Ding, wo Wasser durch Bastmatten floss. Wenn er Kinder hatte, wollte er nicht mehr vier Monate im Jahr als Fremdenführer arbeiten. Er würde einen feinen Anzug tragen und geschätzt sein. Jemand, der es sich leisten konnte, Kleidung für die ganze Familie zu kaufen, damit sich seine Kinder nicht schämten. Sie sollten ihn mit Hochachtung anschauen und von jung an lernen, dass es wichtig war, in jeder Beziehung etwas aus sich zu machen.

Bei diesem Gedanken fielen ihm endgültig die Augen zu.

Kapitel 6

»Laute Freunde sind oft leise Feinde.«
Konfuzius

»Namaste! Mein Name ist Rajnagar, aber Ihr könnt mich Radsch nennen. Ich freue mich, euch heute durch Agra zu führen«, sagte Raj und rutschte auf den engen Beifahrersitz des Toyota Innova. Er schloss die Tür hinter sich. Mit einem Lächeln wandte er sich um und schaute in die Runde: eine Familie mit zwei Kindern.

»Mein Name ist Stefan und das ist meine Frau Ella. Kinder stellt Ihr euch selber vor?«

»My Name is Ben«, erklärte der kleine Junge, wobei ihn die wenig ältere Schwester sofort belehrte: »Ben, der kann Deutsch. Du brauchst nicht Englisch zu reden. Ich heiße Marie, aber nenn mich Mary.«

Ungewöhnlich, dass im Oktober Eltern mit Schulkindern reisten. Meist kamen um diese Zeit rüstige Pensionisten in Bussen, dachte Raj. Während er den Einführungstext mechanisch von sich gab, wanderten seine Gedanken zu den kommenden Wochen. Bald war Diwali, sein Weihnachten, das hinduistische Lichterfest. Er freute sich auf ein freies Wochenende mit der Familie.

Er bat den Fahrer, sie auf der Zufahrtsstraße zum Taj Mahal hinauszulassen, und wandte sich seinen Gästen auf der Rückbank zu. Raj begann mit den Eisbrechern, jenen Fragen, auf die jeder etwas antworten konnte. »Wo kommt Ihr her? Deutschland?«

»Nein, wir sind aus Österreich. Austria, aber ohne Kängururus. Ich bin Österreicher, meine Frau ist Deutsche. Wir leben bei Wien. Kennst du Wien?«

Raj wusste, dass Wien die Hauptstadt von Österreich war. Er hatte selten Gäste von dort. »Natürlich! Mozart und Beethoven, die Stadt der Musik, Operette, Walzer und von Freud.«

»Warst du schon in Wien?«, fragte der Vater.

Raj wunderte sich. Sah er aus, als würde er im Geld schwimmen? Als wäre es sein Hobby, die Leute durch Agra zu lotsen?

Begleitet von lautem Hupen kroch das Auto zur ersten Station der Reise und es wurde Zeit, auf den Inhalt der Führung einzugehen.

»Leider nein«, beantwortete er die Frage des Vaters und begann sofort mit seiner Guidetour-Routine.

»Ich zeige euch heute alle wichtigen Sehenswürdigkeiten meiner Heimatstadt. Wir fangen mit dem Bekanntesten an. Welches könnte das sein?«

»Das Taj Mahal!«, sprudelte es aus der Mutter. Woraufhin ihr Mann sie sanft ermahnte, dass Raj doch sicher die Kinder gefragt hätte.

»Tut mir leid.«, lenkte Ella ein.

»Alles klar, Mama, wir sind nicht doof«, warf das Mädchen Maria oder Mary keck ein.

Jede Touristengruppe war anders. Kinder waren schwieriger, aber reizvoll, weil vor ihren Augen die Geschichte zum Leben erwachte. Ihre Fantasie hatte Flügel. Und ihre unerwarteten Fragen konnten Raj ins Fabulieren bringen. Das mochte er. Solche Touren waren abwechslungsreich.

»Wir fahren jetzt zum östlichen Tor des Taj Mahal, von dort starten wir unsere Besichtigung. Das Ticket kostet 10.000 Rupies pro Person, Kinder bis 15 sind frei. Wir können nicht bis zum Eingangstor fahren, aber es gibt ab dem Parkplatz eine Fahrradrikscha, ein Tuktuk oder eine Kamelkutsche. Geben Sie mir 20.000 Rupies, ich hole Tickets.«

»Kamelkutsche, Kamelkutsche!«, rief der kleine blonde Junge.

»Ben, das stinkt sicher fürchterlich. Ich hätte gern etwas Klimatisiertes, es ist ungewöhnlich heiß für Oktober. Raj, finden Sie nicht? In meinem deutschen Buch über Indien steht, dass es normalerweise um diese Zeit schon deutlich angenehmer sei. Mir kommt es immer noch drückend schwül vor. 37 Grad morgens um zehn Uhr ist selbst für Indien ungewöhnlich. Nicht wahr?«

»Ja, Madam, es ist sehr heiß, wir hatten bisher keinen Monsun.«

»Du sprichst sehr gut Deutsch, wo hast du das gelernt?« Diese Frage kam immer.

»Ich habe drei Jahre in Delhi am Goetheinstitut studiert.«

»Drei Jahre!«, echoten die Eltern. »Kids, da schicken wir euch hin, um Französisch zu lernen.«

»Mensch, am Goetheinstitut lernt man nur Deutsch. Erich's Mama arbeitet da, die bringen den Indern Deutsch bei«, belehrte der Sohn seine Eltern.

Bevor die Diskussion ausuferte, sprang Raj aus dem Auto und begab sich zum Kassenhäuschen. Wenig später traf er die Familie am Pick-Up Point und sie stiegen in ein XL Tuktuk.

»Haben Sie Ihre Sprachkenntnisse in Deutschland perfektioniert?«, erkundigte sich die Frau.

»Nein, ich habe nur in New Delhi gelernt.«

»Unvorstellbar«, murmelte sie.

»Aber ich arbeite acht Monate im Jahr in Bangalore als Übersetzer beim Hopverlag«, sagte er stolz. Jeder Deutsche kannte den Verlag, weil er zu den Großen der Branche gehörte.

»Als Übersetzer? Das ist ja hochinteressant!«

Endlich standen sie vor dem Haupteingang des Taj und seine Tour konnte beginnen.

»Wir stehen jetzt vor dem östlichen Eingang zum Taj Mahal. Taj heißt in ihrer Sprache Palast. Das Taj Mahal ist eines der berühmtesten Gebäude der Welt, viele Menschen zählen es zu den sieben Weltwundern der Moderne. Shah Jahan ließ es 1631 für seine verstorbene Lieblingsfrau Mumtaz Mahal errichten. Die vollkommenen Proportionen und die erlesene Ausführung hatten ihren Preis: Es kostete 41 Millionen Rupien und 500 Kilogramm Gold.

Links ist das südliche Tor, es führt zu den Wohnungen und Werkstätten der Handwerker. Viele von ihnen sind Nachkommen der Männer, die der große Sultan extra aus fernen Ländern kommen ließ, um mit ihrer Kunstfertigkeit das Taj Mahal zu seiner heutigen Schönheit auszustatten. Die seltenen Halbedelsteine wie Lapislazuli, Smaragde und Achate wurden aus der ganzen damals bekannten Welt nach Agra gebracht. Sobald wir im Grabmal sind, zeige ich Ihnen die aufwendigen Blumenintarsien.«

»Was machen die Handwerker heutzutage? Das Taj Mahal ist ja offensichtlich fertig«, fragte der Vater.

»Gute Frage. Um das Taj Mahal in seiner heutigen Pracht zu erhalten, bedarf es ständiger Instandhaltungsarbeiten. Sie restaurieren täglich am Taj Mahal und nutzen dieselben überlieferten Handwerksweisen wie ihre Ururgroßväter. Diese Arbeiten können nicht von Maschinen übernommen werden. Dazwischen steht es den Handwerkern frei, ihre Kunstfertigkeit in kleineren Formaten als Souvenirs für Touristen anzuwenden. Untersetzer, Dekoteller und Elefanten aus Marmor sind bei unseren Gästen beliebt.« Raj positionierte sich an dem Punkt, der für seine Ausführungen ideal war. »Schauen Sie, sehen Sie die kleinen Kuppeln auf dem Eingang? Zählen Sie sie, es sind genau 11. Jeweils elf auf beiden Haupttoren, insgesamt 22. 22 Jahre lang haben 20.000 Arbeiter daran gearbeitet. So lange hat es gedauert, bis Sha Jahan das Denkmal der Liebe für seine Lieblingsfrau vollendet hatte.

Sehen Sie die Dekorationen um das 30 Meter hohe Tor? Was denken Sie? Gemalt? Nein, das sind alles Einlegearbeiten aus schwarzem Marmor. Können Sie Arabisch? Ich leider nicht. Aber ich weiß, was dort steht. Sie sehen das erste Kapitel aus dem Koran. Eine Sure. Und damit alles perfekt proportioniert ist, werden die einzelnen Buchstaben nach oben hin größer, womit sie dem Betrachter gleich groß erscheinen. Damit präsentieren sie sich dem Eintretenden in vollendeter Harmonie.

Gehen Sie hinein und staunen Sie. Sie haben fünf Minuten Zeit für Fotos, dann treffen wir uns rechts neben dem Eingang, unterhalb der Treppe.« Mit diesen Worten wandte sich Raj ab und schlängelte sich durch die Massen von Touristen mit Handys und Kameras, die den ersten Blick auf das berühmte Taj Mahal festhielten.

Aus Erfahrung wusste er, dass es mindestens 10 Minuten dauern würde, bis seine Gäste bereit dazu waren, die Tour fortzusetzen. So lange wartete er mit seinen Kollegen im Schatten der Mauer unterhalb des Eingangs. Raj kannte viele schon seit Jahren.

ॐ

Mit einem Auge behielt er die Fotografierenden im Blick und genoss die kurze Pause, bevor er wieder seine Gäste mit Geschichten zur Geschichte versorgte. Am Taj Mahal ging in Agra kein Weg vorbei. Er hatte so oft Touristen hierher geführt, dass jedes Wort und jede nur mögliche Antwort in sein Gedächtnis gebrannt waren. Wie immer genoss er den Anblick des schönsten Grabmals der Welt. Manchmal träumte er von einer deutschen Märchenfee, die ihm drei Wünsche anbieten würde. Er bräuchte nur einen: Er wollte eine Reise über die Grenzen Indiens in die Welt machen und sich die Pyramiden anschauen. Dann wollte er vergleichen, ob ihr Anblick auch nur annähernd an die Schönheit des Taj Mahal herankam.

Seit seiner frühesten Kindheit kannte er die Erzählungen und Legenden seiner Heimat und die blutrünstigen Machenschaften der Sultane. Schon sein Großvater hatte ihm Geschichten erzählt, die er von seinem Großvater gehört hatte. Nach dem Tod des geliebten Abus hatte er den Alten zugehört, die in Erinnerungen an vergangenen Ruhm schwelgten.

Heutzutage hingen die glänzenden Augen der Nachbarskinder an seinen Lippen, wenn sie nach Einbruch der Dunkelheit um ein Feuer saßen. Begleitet von den Geräuschen der Nacht erwachten die Legenden seines Volkes über die Taten ihrer Götter. Er war kein Großvater, aber für die kleinen Zwerge, die ihn mit schwarzen Knopfaugen beobachteten, war er ein Quell des Wissens und die beste Ablenkung in den Stunden vor dem Schlafengehen.

Sie liebten seine Schilderungen von Sklaven, die zu Sultanen wurden. Von Wüstensand, der Menschen in die Verzweiflung trieb und von unglaublich schönen Frauen, die nie ein fremder Mann zu sehen bekam. Seine Heimat war reich an Märchen und an Sprachen, von denen er nur wenige beherrschte. Sein Bestreben war es, jedes Jahr eine weitere indische Sprache zu lernen. Es gab dreiundzwanzig. Mit dem Job im Verlag hätte er die Möglichkeit, diesen Traum zu verwirklichen.

Während er auf seine sandigen Zehen schaute, verglich er erneut seine Möglichkeiten in Agra mit denen in Bangalore. Er konnte Führungskraft werden. Was für eine Erfolgsgeschichte!

Für ihn war das ebenso märchenhaft wie die Geschichten aus 1001 Nacht. Er würde heute Abend mit Sven telefonieren. Vielleicht hatte der Freund schon Einzelheiten erfahren, wie die neue Ausrichtung des Verlages aussehen würde.

Mit diesem Vorsatz wandte er sich wieder der Familie zu, die ihn bat, ein Foto von ihnen vor der Kulisse des Weltwunders zu machen. Auf dem Spaziergang durch das Taj Mahal wurde er all sein Wissen los. Die zwiebelförmige Kuppel erhob sich 70 Meter hoch über der Erde. Die vier dreißig Meter hohen schlanken Minarette neigten sich leicht nach außen, der perspektivischen Wirkung entgegen, einerseits um die Harmonie und die Proportion zu unterstreichen und andererseits um das Grabmal bei einem Erdbeben zu schützen. Und diese überirdische Schönheit hatte ihren Preis und ihre Regeln. Daher musste er den Europäern erklären, dass man die Schuhe ausziehen müsse, wenn man den schneeweißen Marmorboden betrat. Das führte zu einem Zusammenzucken der Gäste, für die überall Bakterien, Dreck und Gefahr lauerten. Deshalb waren die Beamten in der Stadtverwaltung von Agra den internationalen Gästen entgegengekommen und lieferten Sohlenschoner zum Überziehen, wie man sie aus Krankenhäusern kannte. Er rechnete bei dieser Bitte trotzdem mit mehr Murren als während der gesamten restlichen Tour.

ॐ

Während sie sich zurück zum Auto begaben, beantwortete er die Fragen der Mutter. Sie schien fast ein wenig ungehalten. Er konnte sich nicht erklären warum. Soweit er wusste, hatte er bisher alles richtig gemacht. Es lag sicher an der drückenden Schwüle. Die meisten Gäste unterschätzten die Hitze, die aus der Wüste Thar bis nach Agra wehte.

Der nächste Stopp war das Red Fort, der ehemalige Palast von Shah Jahan und seiner Familie nebst Harem. Die Geschichte über seinen Niedergang und den Meuchelmorden an seinen ältesten Söhnen, konnten moderne Menschen nur schwer verstehen. Die Gemüter erhitzten sich bei der Geschichte und nur die genaue Erklärung der Erbfolge besänftigte seine Zuhörer. Da Kinder dabei waren, beschränkte Raj die Ausführung auf eine weniger blutrünstige Schilderung des Massakers.

Für diesen Job brauchte man kaum Vorwissen, aber ein

hohes Maß an Feingefühl. An den Einladungen zum Essen und dem Trinkgeld konnte er recht genau ablesen, wie seine Leistungen gewürdigt wurden. Doch selbst großzügige Anerkennung und personenreiche Reisegruppen brachten nicht genügend Umsatz. Ein weiterer Pluspunkt auf seiner Liste, die für das Jobangebot in Bangalore sprach. Gleich nach seinem Telefonat mit Sven würde er mit Rakesh und Meena über das Angebot und die Möglichkeiten, die es für ihn barg, sprechen. Er hatte bewusst bisher geschwiegen, um die ersten Tage harmonisch zu genießen. Er war gespannt, wie seine Schwester und ihr Mann die Beförderung beurteilen würden.

Aber vorher geleitete er die Familie durch den alten Herrscherpalast, das Red Fort, und dann ging er mit ihnen zum Abendessen. Das war meist eine angenehme Abschlussveranstaltung, bevor die Gäste zum nächsten Stopp auf ihrer Reiseroute hetzten. Die Erfahrung zeigte, dass Indien mit all seinen Schätzen zu groß und die Zeit immer zu kurz war. Daher beugten sich die Touristen einem straffen Zeitplan. Für Agra und das Taj Mahal stand oft nur ein Tag zur Verfügung, bevor die Reise weiter nach Jaipur oder Delhi ging. Mit dem Beschluss, seine Schwester und den Schwager einzuweihen, fehlte ihm die Ruhe. Aber Job war Job. Die Erörterung und Klärung seiner beruflichen Angebote konnten warten.

Kapitel 7

»Schicksal ist nie eine Frage der Chance,
sondern eine Frage der Wahl.«
Isaac Newton

»Echt nicht schlecht, Dad«, bestätigte Sapna ihrem Vater Swarmi Balasub, einen mächtigen Filmproduzenten Bollywoods. »Mal sehen, was ich so zusammenkriege. Aber du musst schon zugeben, das erste Loch ist verhältnismäßig easy. Warte bis zum nächsten, da lockt das seitliche Wasserhindernis und frisst deine Bälle.«

Mit einem runden Schwung landete Sapnas Golfball mittig auf dem Fairway. Zufrieden senkte sie den Schläger und reichte ihn ihrem Caddy, der das Schlägerblatt reinigte und in die Tasche steckte. Sie strich sich eine Haarsträhne hinters Ohr und folgte ihrem Vater zu den Bällen.

Seit sie freiwillige Helferin beim Jaipur Literaturfestival war, dem liebevoll JLP genannten literarischen Großereignis in Rajasthan, blieb kaum Zeit für Golf oder ihre Familie. Umso mehr genoss sie die Runde mit ihrem Vater auf dem Golfplatz neben der Wohnanlage Magnolias, in der die Familie ein großzügiges Apartment besaß. Berufliche Termine hatten ihn aus Mumbai nach New Delhi kommen lassen. Was für ihre Eltern eine willkommene Gelegenheit bot, um sich mit ihr dort zu treffen.

Für ihren Vater war es schwer, zu akzeptieren, dass sie aus dem Nest schlüpfte. Baba, wie sie ihn liebevoll nannte, Baba-Ji, wenn es ernst wurde, legte Wert auf die Konventionen der indischen Oberschicht, zu der sie gehörten. Obwohl er selbst es im Büro lässig liebte, sprach sein Blick Bände, als er sie im Clubhaus entdeckt hatte. In einem rotkarierten Miniröckchen mit knappem Poloshirt entsprach sie nicht seiner Vorstellung der wohl erzogenen Tochter. Die Kleidung hatte sie auf einem Kurztrip nach Bangkok entdeckt. Allerneueste asiatische Golfmode. Aber es entsprach nicht der indischen Sittlichkeit. Ihr Vater war spießig und verstand nicht, dass sie im 21. Jahrhundert und nicht hinter vergitterten Palastfenstern lebte. Von seiner einzigen Tochter erwartete er ein tadelloses Erscheinungsbild und bezaubernde Auftritte.

Sie respektierte, dass Jeans und ein Top im indischen Alltag ein Affront waren. Sichtbare Oberschenkel, Schultern und Dekolletee wurden von der älteren Generation ebenso missbilligt wie wehende Haare. Und da war ihr Vater kein bisschen moderner. Er akzeptierte das westliche Erscheinungsbild nur, wenn sie im Ausland unterwegs waren oder im Urlaub in den Bergen. Dabei kam er selbst aus einfachen Verhältnissen. Oft genug hatte er ihnen von seinem Weg aus den Slums an die Spitze einer der großen Produktionsfirmen in Bollywood erzählt. Das war ein Grund, warum er seine Familie wie ein Löwe beschützte. Sporadisch wünschte sich Sapna, ihre Eltern hätten viele Kinder in die Welt gesetzt und nicht nur zwei. Ihr verheirateter Bruder war keine Hilfe, um die Sorge des Vaters zu zerstreuen.

»Und Schätzchen, wie ist der Job? Behandeln sie dich gut?« Er war verstimmt, dass seine Tochter seine Hilfe ablehnte und für Kost und Logis in Jaipur arbeitete.

»Es ist großartig, Dad, einfach unbeschreiblich!«, schwärmte sie. »Wir sind 20 Freiwillige und es ist so viel zu organisieren und vorzubereiten, manchmal sind wir noch zu wenige. Im Augenblick verschicken wir die Einladungen.«

»Welche Einladungen? Ich dachte, da kann jeder hin?«

»Natürlich, es ist öffentlich und kostenlos. Aber was wäre das JLP ohne bekannte Gäste, die so genannten Speaker? Sobald die feststehen, wird eine Liste der Ehrengäste, Promis und Sponsoren erstellt. Wir sind mittendrin. Ein General aus Delhi hat zugesagt und einige Autoren stehen fest. Stell dir vor, Yann Martel nimmt teil. Du weißt schon, der Autor von *Schiffbruch mit Tiger*. Ich bin so aufgeregt.«

»*Schiffbruch mit Tiger*?«, hakte Swarmi nach. »*Life of Pi*? Das ist doch von Ang Lee verfilmt worden und Lee bekam einen Oscar dafür.«

»Ja, genau der kommt. Nicht Ang Lee, sondern Yann Martel, der den Roman schrieb. Und Colson Whitehead, ein junger amerikanischer Autor. Sogar Barack Obama fand sein *Underground Railroad* total cool. Whitehead hat dafür den Pulitzerpreis bekommen!«

Seit seine Tochter diesen Job hatte, fand Swarmi, tauchten immer mehr Ausrufezeichen und cools in ihren Schilderungen auf. Er würde sogar so weit gehen, ihr einen gewissen Amerikanismus zu unterstellen. Mit Hilfe derselben Begeisterung hatte er sein Imperium erschaffen. Er hatte gebrannt für seine Ideen. Jetzt war nicht mehr viel Feuer übrig. Dass seine Tochter dieses Gen von ihm geerbt hatte, erfüllte ihn mit Genugtuung.

»Erwägt ihr auch indische Schriftsteller einzuladen oder reduziert sich der Fokus auf das kulturelle Schaffen Amerikas?«, brummte er, während er dem Caddy den Golfschläger aus der Hand nahm.

Sapna sagte keinen Ton, solange ihr Vater den Ball ansprach. Mit einem kurzen Pitch landete der Ball zwei Schlägerlängen neben dem Loch inmitten des Grüns.

»Es gibt einen Schwerpunkt zum Thema Geschichte. Ich kannte die beiden Schriftsteller nicht, aber die anderen Studenten freuen sich auf die Vorträge von Christopher de Hamel und Dan Jones. Hamel ist ein weltbekannter Spezialist für mittelalterliche Handschriften. Jones drehte Netflixserien zur britischen Geschichte.«

»Cool. Toller Schlag!« Mit dem Pitching Wedge beförderte sie ihren rosa Golfball an den Rand des Grüns. »Schade, zu kurz.«

»Das machst du beim Putten wieder wett«, tröstete Swarmi. »Nachdem die Engländer sich in Indien nicht mit Lorbeeren bekleckert haben, ist mir deren Geschichte gleichgültig.

Kann und will ich nicht verfilmen.«

»Aber Baba-ji, es gibt keine sinnvollen Veröffentlichungen zur indischen Geschichte. Das ist alles aus der Sicht der Eroberer. Oder der Esoteriker. Oder Schulbücher. Da gibt es nichts zu verfilmen.«

Wenn Sapna die hoch achtende Koseform 'ji' anhängte, schmeichelte sie ihrem alten Herren. Diese offensichtliche List durchschaute er natürlich, genoss jedoch gleichzeitig die Koseform seines familiären Titels. Nachdem beide geputtet und versenkt hatten, unterhielten sie sich auf dem Weg zum nächsten Loch weiter.

»Wo waren wir stehen geblieben? Der indische Beitrag bei diesem Literaturtreffen. Was gibt es da zu erzählen?«

»Dad, das ist kein Literaturtreffen! Das ist das größte Literaturfestival der Welt.« Sapna sah bittend zum Himmel. »Wir rechnen mit einer Million Gästen in den fünf Tagen. Große indische Persönlichkeiten werden erwartet. Aber damit du zufrieden bist: Meghan Gulzar kommt und spricht über ihren Vater.«

»Beeindruckender Mann. Leider schon tot. Weißt du, ob lebende Schauspieler berücksichtigt werden?«

Ihr Vater betrachtete alles durch seine Bollywoodbrille. »Betriebsblind«, dachte sich Sapna und verdrehte die Augen.

»Wer schwebt dir vor? Lass mich raten. Chandra Gupta? Vielleicht ein Interview über seine kultivierten Wurzeln?« Provozierend erwähnte sie seinen großen Star. Beide grinsten bei dem Gedanken an den attraktiven Schauspieler. Trotz seiner Belustigung gelang es Swarmi, den Ball vortrefflich zu platzieren.

»Nein, das lassen wir besser. Nicht jede schöne Karaffe enthält exquisiten Wein.«

Nur wenige seiner treuen Fans ahnten, war, dass der große Leinwandstar im wahren Leben ein einfältiger Mensch war. Sapna hatte ihn auf den Partys ihres Vaters erlebt und jedes Mal erinnerte er sie an einen Gorilla.

Als kleines Mädchen betete sie ihn an. Sie hatte gebettelt und getrotzt, weil sie ihn heiraten wollte. Was war sie froh, dass ihr dieser Wunsch abgeschlagen wurde. Vor einigen Jahren stellte sie fest, dass der Schönlinge mit der Warnung hätte kommen müssen: 'Don't rate a book by its cover'. Enttäuscht hatte sie in ihrem Mädchenzimmer die Poster von der Wand genommen und der Putzfrau in die Hand gedrückt. Die Autogramme, die sie wie Schätze gehütet hatte, gab sie dem Fahrer. Nach außen wirkte Chandra trotz seines Alters beeindruckend. Innerlich war er eine Dumpfbacke, ein hirnloser Wurm. Da half sein erotischer Tanzstil wenig.

»Ich gebe zu, dass Chandra nicht der hellste Stern am Himmel ist«, warf Swarmi ein, »aber wir produzieren gerade einen Beitrag, um sein Image zu verbessern. Ich konnte Anamika dafür gewinnen, sich um das Projekt zu kümmern. Nur zu deiner Information, es gibt auch andere Schauspieler.«

»Oh ja«, schwärmte Sapna weiter, »Amir Shah. Der ist fantastisch.«

»Also so toll ist er jetzt aber nicht.« Sapna überhörte den Einwand ihres Vaters und rühmte weiter:

»Intelligent und so gutaussehend.«

»Alt, der ist richtig alt.« Swarmi ging diese Anbetung der Konkurrenz gegen den Strich.

»... da würde ich um eine Assistentenstelle betteln. Dad, der wäre perfekt, leider kommt so jemand nicht nach Jaipur.« Ach, das waren neue Töne, aber gut zu wissen, dachte Swarmi sich.

»Wenn Amir Jaipur besucht, dann nur, um mit dem Maharadscha Tee zu trinken oder Polo zu spielen«, warf Swarmi ein. »Schätzchen, ist es sinnvoll sich mit bürokratischen Tätigkeiten zu befassen? Ich brauche dich in den Studios in Mumbai. Und deine Mutter vermisst ihren Sonnenschein.«

»Ach Baba, ich liebe diesen Job. Sobald das JLP anfängt, wird es aufregend. Es gibt Lesungen, Diskussionen und Buchvorstellungen. Wollt ihr nicht zu einer Veranstaltung kommen? Du telefonierst einfach mit einem der Macher und schon bekommst du Tickets.«

»Wozu soll ich anrufen, wenn meine Tochter dort im Komitee ist?«, brummte Swarmi.

»Ich bin in Jaipur nicht Swarmi Balasubs Tochter, Baba-ji. Ich bin eine normale Studentin. Wenn rauskommt, wer mein Vater ist, kann ich dort nicht mehr arbeiten. Dann wird es womöglich gefährlich.« Sie musste an der Sorgenschraube drehen, sonst könnte sie den Job vergessen. Zudem wäre es ein Drama für ihre Freiheit, weil ihr Vater ihr Sicherheitspersonal nach Jaipur schicken würde. Fieberhaft suchte sie nach einem ungefährlichen Thema, um die Aufmerksamkeit ihres Vaters umzulenken.

»Da fällt mir etwas ein: Stell dir vor, was wir entdeckt haben: einen Roman mit Seltenheitswert.«

»Ach ja?« Swarmi trank ein Cola, das ihm der Caddy reichte. Aus dem Schatten eines ausladenden Baums sah er seiner Tochter beim Abschlag zu.

»Paul Forster, ein amerikanischer Autor, hat seinen Jugendroman *Der liebe Gott hilft nicht* für Indien umgeschrieben.«

»Wie meinst du das? Sind alle Protagonisten Inder? Oder spielt die Handlung statt in New York in New Delhi?« Es war ja nicht überall Indien drin, wo Indien draufstand.

»Nein. Anders, besser. Er hat den Roman indisch enden lassen. So haben es mir meine Kollegen erzählt.«

»Und das von einem Amerikaner? Ungewöhnlich.«

»Ich will das Buch unbedingt lesen. Alle Studenten sind begeistert. Aber es ist wie verhext. Erst konnte man ihn an jeder Kreuzung kaufen und jetzt ist es verschwunden. Deshalb warte ich darauf, dass meine Zimmernachbarin Prapti mir ihr Buch leiht, sobald sie fertig ist.«

Swarmi schauderte bei dem Gedanken, dass seine Tochter abgegriffene Bücher las.

»Was heißt, er ist nicht zu bekommen? Versuche es über

Amazon oder in einer Buchhandlung.«

»Nein, das geht nicht. Es gibt diese indische Fassung nur auf der Straße. Ich hatte sie mir auf meinen Kindle geladen, aber es war die mit dem normalen Ende.«

»Ruf meine Assistentin an. Gib Priya den Namen des Autors und den Titel des Buches. Wir besorgen dir sofort ein eigenes Buch.«

»Dad, wenn ich es nicht schaffe, kannst du es vergessen. Ich bin ja nicht blöd.«

»Gib Priya trotzdem die Daten, sie kümmert sich gern darum. Das wäre auch ein nettes Buch für deine Mutter. Komm, lass uns fertig spielen. Wo ich gerade an sie denke, sie möchte heute mit uns ins Taj Restaurant. Kala hat ein Abteil im Orient Express reserviert und da können wir nicht im Golfoutfit hin.« Mit einem anklagenden Blick auf ihren kurzen Rock wandte er sich zum Gehen. Das Anfahren des Golfcart spürte er nicht, weil er sein Handy aus der Tasche zog und sich notierte, dass Priya unbedingt drei Bücher besorgen sollte. Er hatte da so ein Gefühl.

ॐ

Weil heutzutage selbst ein Filmstar sein Image pflegt, hatte sich Chandra Gupta für eine Coverstory im Mayapuri herabgelassen. Das populäre Filmmagazin zollte den weiblichen Fans, die ihn liebten, Tribut. Umso unbeliebter war er bei den Journalisten. Launisch wie eine Diva und entsetzlich blasiert.

Aber er war hübsch anzusehen. Anamika, Swarmis Geheimwaffe für schwierige Pressejobs, hatte ein Wunder vollbracht. In den Händen hielt sie das fertige Produkt: ein Interview mit Fotomaterial zum Dahinschmelzen. Mit Schaudern erinnerte sie sich an den Fototermin.

ॐ

»Anamika, das ist immer das Gleiche. Eine Aufnahme von mir auf der Couch oder ein Foto auf der Terrasse. Warum dehne ich mich nicht im Türrahmen?«

Seit ihn vor einigen Jahren ein Foto mit definierten Bauchmuskeln zum "sexiest man alive in India" machte, liebte er diese Position. Und mit dem Alter war er sogar bereit, mehr als nur ein bisschen Bauch zu zeigen. »Ich will mich neu positionieren. So kann ich nicht ewig weitermachen.« Chandra zog den Rauch seiner Zigarette tief in die Lungen. »Ich möchte weiser und reifer rüberkommen. Du verstehst schon, so wie Amitabh.«

»Aber Amitabh spielt den Patriarch, dafür bist du zu jung.«

Der Fotograf hatte sich aus dem Staub gemacht, als die Situation sich zuspitzte. Er wollte nicht in die Auseinandersetzung hineingezogen werden. Stattdessen ließ er seinen scheuen Assistenten als Bewacher des Kameraequipments zurück.

»Was hältst du von einem intellektuellen Touch?« Chandra war kaum zu bremsen gewesen. »Wir müssen mir einen

Doktortitel besorgen und neue Visitenkarten!«

Was für eine haarsträubende Idee. Sie zuckte heute noch zusammen, wenn sie daran dachte.

»Wie wäre es mit einem Buch? Das wirkt belesen.« Das dünne Stimmchen des Assistenten lieferte eine großartige Idee.

Chandra marschierte zu dem Bücherregal im Hintergrund der Kulisse. Er zog einen großformatigen, honigfarbenen Prachtband mit goldenen Prägelettern aus der Requisitenwand. Auf dem Weg zum Loungesessel nahm ihm Anamika das Buch wieder ab und stellte es zurück.

»Das ist zu gekünstelt, in einem Prachtband blättert man nur. Die Idee mit dem Buch ist super, wer hat die gehabt? Wir brauchen aber etwas Glaubhafteres.«

Verzweifelt hatte sie nach einer naheliegenden Lösung gesucht und sich im Zimmer umgesehen. Da näherte sich ihr der Kameraassistent, ein Bursche von nicht einmal 18 Jahren.

»Ich habe ein Taschenbuch«, bot er leise an, »es ist neu. Ich habe es gestern von einem Straßenhändler gekauft.« Mit zitternden Händen hielt er ihr ein Softcover entgegen.

»Mhh, und was für ein Buch ist das?«

»Es ist *Der liebe Gott hilft nicht*. Von einem Amerikaner, aber ich bin nicht weit. Alle lesen es zurzeit. In den sozialen Medien wird es als Geheimtipp angepriesen. Meine Cousine hat es schon gelesen und fand es toll. Es beginnt amerikanisch und endet indisch.«

»Besser als nichts! Darf ich?«, Anamika griff nach dem

Buch. »Wir probieren, wie das aussieht.«

»Wirkt ein Taschenbuch nicht billig? Ich will auf keinen Fall bedürftig wirken.«

»Nein, Chandra, es macht dich bescheiden und sympathisch, weil es zeigt, dass du ein normaler Mensch geblieben bist. Und dass du dir nicht zu schade bist, günstige Bücher zu kaufen. Nimm es und dann schauen wir, wie wir es stimmig ins Gesamtbild einbauen.«

ॐ

Damals war Anamika nicht überzeugt gewesen. Doch die Aura als Grand Dame der indischen Pressearbeit hatte verhindert, dass ihre Idee kritisiert wurde und das Geld, das Swarmis Studio für diese Aktion zahlte, tat ein Übriges. Nur ein Dummkopf hätte ihr widersprochen und selbst Chandra war nicht so dumm. Aber relativ nahe dran, dachte Anamika und strich über den Artikel. Gelungen, überaus gelungen.

Auf einigen Fotos schaute Chandra überrascht auf, so, als hätte man ihn beim Schmökern gestört. Auf einem anderen Bild lag das Buch auf dem Tischchen mit der Leselampe.

Das musste man ihm lassen, er war eine Augenweide. Aber trotzdem, gleichgültig worum Swarmi sie nächstes Mal bat und womit er sie locken würde, es war Schluss. Sie gab sich nicht mehr mit launischen Filmstars ab. Trotzdem war sie nicht nur erfreut, sondern stolz auf den Artikel. Vor wenigen Monaten hatte sie gedacht, dass nur ein Wunder das hauchdünne Eis retten konnte, auf dem Chandras intellektueller Ruf ruhte. Und hier war es: ein Wunder im Magazinstyle.

Die notwendigen Informationen zum Inhalt des Buches lieferte der Assistent, als sie es ihm zurückgab. Strahlend hatte er Anamika angesehen und gemeint: »Ich habe meine Cousine angerufen. Sie meinte, es sei eine amerikanische Liebesgeschichte eines schwerkranken Paares mit einem indischen Ende, in dem Shiva dafür sorgt, dass beide überleben. So etwas in die Richtung.«

Und heute war es erschienen. Das beliebte Filmmagazin Mayapuri mit dem Artikel war druckfrisch in ihr Haus geliefert worden. Lächelnd schloss Anamika das Heft. Nun kam der schönste Teil der Arbeit: die Belohnung. Nach jedem Wunder gönnte sie sich einen Diamanten. Und dieses Mal sollte es etwas Besonderes sein. Sie rief ihren Fahrer:

»Avinash, wir fahren Einkaufen. Bring mich zum Juwelier ins le Meridien. Ich besuche meinen Freund, Mister Mogha.«

Kapitel 8

»Das Leben ist kein Problem, das es zu lösen gibt,
sondern eine Wirklichkeit, die es zu erfahren gilt.«
Buddha

Zur Melodie eines indischen Kultfilms vibrierte Swarmis iPhone über den Besprechungstisch und unterbrach die Konferenz. Er nahm das Gespräch ohne Zögern entgegen.

»Meine Schöne, was gibt es?«

»BABA-JI! Hast du den Artikel im Mayapuri über Chandra gelesen? Ich nehme alles zurück. Er ist doch nicht strohdumm. Er ist am Puls der Zeit. Hier flippen alle aus. Babaji, er hat das Buch in der Hand! Chandra hat den Roman gelesen. Das ist wunderbar, nein das ist sogar besser!« Vor Aufregung trunken, sprudelte ein Superlativ nach dem anderen aus dem Mund seiner Tochter.

»Sapna, kannst du bitte kurz Luft holen? Was ist los? Ich verstehe nur Bahnhof.« Erneut störte Swarmi der Einfluss der amerikanischen Sprache auf die der indischen Jugend.

»Oh, Baba. Der Artikel, von dem du beim Golfen gesprochen hast. Er ist erschienen. Chandra spricht darin über den Roman *Der liebe Gott hilft nicht*. Es ist so toll. Er hat ihn gelesen und findet ihn gut.«

Langsam dämmerte Swarmi, worüber seine Tochter

sprach. Soweit ihm bekannt war, las Chandra rein gar nichts. Höchstens positive Kritiken zu seinen Filmen. Er würde sich den Artikel bringen lassen und weitersehen.

»Sapna, das freut mich. Ich werde ihn mir anschauen und Tante Anamika anrufen. Sie weiß sicher, wie es dazu kam. Was macht die Arbeit sonst so? Hast du endlich ein Exemplar des Romans gekauft? Wenn sogar Chandra eines besitzt, muss es kostenlos verteilt werden.«

»Ja, meine Zimmermitbewohnerin Prapti hat ihre Mutter im Kasmir gebeten, uns welche zu schicken. Dort gab es Exemplare bei Straßenhändlern. Der Roman ist todtraurig, aber das Ende macht echt wieder Hoffnung. Forster lässt die hinduistische Götterwelt zum Zug kommen. Und das schafft er grandios! Wirklich toll und rund. So perfekt. So berührend. Aus der drohenden Katastrophe entsteht etwas Neues. Hoffnung, Kraft, Antrieb. Ich habe die ganze Zeit geheult. Erst aus Verzweiflung und dann aus Freude. Baba, du musst es lesen. Es ist großartig! Baba, ich muss aufhören. Da kommt jemand. Melde mich wieder.«

Schlagartig war die Leitung still. Er sehnte den Tag herbei, an dem sein Kohinoor zurück war und der Wahnsinn dieses Ferienjobs ein Ende hatte.

Der Anruf hatte ihn an etwas erinnert. Durch die Sprechanlage rief er seine Assistentin Priya und bat sie, ihm ein Exemplar des Romans und die aktuelle Ausgabe des Mayapuri zu besorgen.

ॐ

Sven klopfte kurz an Gabis Tür. Er schlüpfte hinein und schloss die Tür sorgfältig. Gabi beobachtete ihn schweigend. Ihre Augen folgten ihm, wie er sich umdrehte und eine zusammengerollte Zeitschrift aus seiner hinteren Jeanstasche zog. Als er sich setzte, legte er sie auf den Schreibtisch zwischen ihnen.

»Gabi, wir müssen reden«, sagte er und ließ sich auf den Besucherstuhl fallen. Dann nahm er sich eine der kleinen Wasserflaschen, die wie der Kaffee kostenlos im Büro zur Verfügung standen. Gabi schaute auf die Zeitung. Er nippte am Wasser.

»Sven, was ist los? Was soll ich damit? Das ist ein Magazin in Hindi.«

»Schlag Seite 17 auf. Das Interview mit Chandra Gupta. Schau dir die Bilder an.«

Sven beobachtete sie, während sie blätterte, dann starrte er aus dem Fenster. »Ich weiß zwar nicht warum, aber ich glaube, wir bekommen ein Problem.«

Mayapuri, Gabi kannte das Filmmagazin, das seit vielen Jahren den indischen Kinomarkt beherrschte. Influencer, Leithammel, Königsmacher waren einige der Titel, die es im Laufe der Zeit von der Branche erhalten hatte. Leider war es in Hindi geschrieben, was es für sie zum Bilderbuch degradierte. Sie schlug Seite 17 auf und dort lächelte ihr der knackige Chandra Gupta entgegen. In der Hand hielt er ein Buch aus ihrem Verlag. Sie legte das Magazin auf den Tisch. Schaute ihn an. Nahm ihr Glas und prostete ihm zu.

»Das ist super! Eins-A-PR! Damit ist die Erweiterung der Filiale in trockenen Tüchern. Wir werden eine weitere Auflage drucken!« Gabi hatte nicht nur Rupienzeichen vor den Augen, sondern sie sah ihren Lebenstraum, den sie hatte, seit sie sich von ihrem indischen Ehemann getrennt hatte und trotzdem in Indien blieb, wahr werden.

»Warte lieber ab, die Bombe ist im Text versteckt,« schränkte Sven ein.

Gabi schaute auf den Artikel in Hindikringelbuchstaben. »Du liest Hindi? Seit wann?«

»Natürlich nicht! Die indischen Mitarbeiter haben es gelesen und unterhalten sich darüber. Es macht im Netz die Runde. Frag mich nicht. Das Buch entfesselt die indische Volksseele.«

»Mhh und? Ist das positiv oder negativ? Paul Forster ist kein Newcomer und der Roman ist sicher zehn Jahre alt. Warum löst er so einen Hype aus?«

»Laut den Ortskräften erwähnt dieser Bollywoodherzensbrecher, dass er das Zugeständnis des Autors gegenüber seiner Kultur bewundert. Da steht, es sei das passende indische Ende zum amerikanischen Anfang. Oder so ähnlich.« Sven fuhr sich mit beiden Händen durch die Haare.

»Was denkst du, könnte er damit meinen?« Gabi schaute auf den Artikel in der fremden Sprache und dann auf Sven. Der schwieg kurz.

»Ich denke, ich werde mir ein Belegexemplar des Romans bringen lassen und sofort anfangen zu lesen.«

»Ja, gut, tu das. Aber bitte derweil kein Wort zu irgendjemandem. Vielleicht ist das viel Lärm um nichts.«

»Auf jeden Fall ist etwas im Busch. Ich habe so ein komisches Gefühl. Mich juckt seit heute früh die Nase. Ich halte die Ohren offen und lese das Buch. Sobald ich was Ungewöhnliches finde, gebe ich dir Bescheid.«

ॐ

Sven saß auf der Mauer am Rande des Sankey Tank und versuchte Raj zu erreichen. Er hatte ein flaues Gefühl im Magen. Erklären konnte er es nicht, aber es war etwas schiefgelaufen. Er spürte es. Sein Bauchgefühl ließ ihn selten im Stich. Deshalb hatte er sich nach Feierabend an diesen Ort zurückgezogen und versuchte Raj zu erreichen.

Vorher musste er sich sammeln und die Vorfälle Revue passieren lassen. Er beneidete die vielen Inder, die seelenruhig ihre Abendrunde um den kleinen See drehten. Der sanfte Abendwind trug ihr lebhaftes Schnattern und gelegentliches Lachen bis zu der Stelle, wo er am Rande des Parkes saß. Raj hatte ihm diesen Kraftort gezeigt und erklärt, dass der Park zu seinem eigenen Schutz während des Tages verschlossen wurde. So verhinderten die örtlichen Behörden eine Müllablagerung und ein Verdrecken des Sees.

Ohne Raj fiel er hier auf. Nicht nur farblich passte er nicht ins Bild. Zum ersten Mal fühlte er sich als Fremder, ein Außenseiter, der das einheimische Treiben nur beobachtete, nicht erlebte. Um ihn herum wogte ein Flickenteppich aus Saris in leuchtenden Rottönen, bunten Salwar Kameezes mit flatternden Schals. Er sah kichernde Schulmädchen in ihren Uniformen mit Schleifen in den schwarzen Haaren, deren Kniestrümpfe am Ende des Tages an ihren dünnen Beinen herabgerutscht waren.

Aus seinem Rucksack zog er das Exemplar des Romans. Er musste wissen, um was genau es ging. Er hoffte, dass Raj zurückrief, während er hier saß. Zuhause würde ihm vor lauter Grübeln die Decke auf den Kopf fallen. Der Roman war verhext. Die Quelle allen Übels befand sich zwischen diesen Buchdeckeln. Solange er nur Vorahnungen hatte und keine Gewissheit, wollte er nicht den nächsten Schritt wagen.

Morgen. Morgen hätte er ihn gelesen und könnte mit Gabi sprechen. Raj ging nicht ans Handy. Er war sicher mit Kunden unterwegs. Sven hinterließ eine Nachricht: »Raj, ich bin`s Sven, ruf mich zurück. Egal wann, ich warte auf deinen Anruf!«

ॐ

Raj rief spät zurück. Sven war längst wieder in seiner Wohnung. Er hatte mehr als die Hälfte des Romans gelesen und seine schlimmste Befürchtung bestätigte sich. Bisher hatte er erst einen Anhaltspunkt finden können, aber der reichte. Es war die Version gedruckt worden, die Raj für ihn geschrieben hatte. Anfangs war das nicht offensichtlich, doch dann tauchte eine Bemerkung zur Familie der beiden Protagonisten in Indien auf. Sven würde morgen so früh wie möglich in den Verlag fahren und herausfinden, wie das passieren konnte. Vorerst war er froh, mit Raj zu reden. Er nahm das Gespräch entgegen.

»Sven, schön von dir zu hören. Alles in Ordnung bei dir im Süden?«

»Raj, Mann, wir haben ein Problem. Es hat offenbar eine Verwechslung gegeben und jetzt sind von deiner Version 10.000 Exemplare auf dem Markt. Wir stoppen die Verbreitung. Wenn das jemand mitkriegt, haben wir größte Schwierigkeiten. Ich verstehe echt nicht, wie das passieren konnte.«

Die Stille am anderen Ende der Leitung verunsicherte Sven.

»Raj, bist du noch dran? Sag was. Ich lese ein Exemplar der neuesten Auflage und will morgen mit Gabi reden. Wir versuchen, alles unter den Tisch zu kehren.«

Sven hörte Raj atmen.

»Das kann doch gar nicht sein. Ich verstehe das nicht. Meine Fassung war nur auf dem Stick. Die war nie auf dem Computer gespeichert. Wie soll die ins System gekommen sein?« Rajs Stimme klang rau.

»Ich weiß nicht, wie es passiert ist. Aber deine Version wurde der Druckerei übermittelt. Morgen früh schaue ich mir die Sache im Büro an und sobald ich was weiß, melde ich mich. Wie bist du morgen zu erreichen?«

»Schlecht. Ich betreue den ganzen Tag eine Schulklasse aus Delhi. Wir sind mit dem Bus unterwegs. Aber ich melde mich, sobald ich kann.«

Sie vereinbarten, dass Sven das Gespräch mit Gabi so lange hinausschieben würde, bis sie beide eine Strategie besprochen hatten. Sven sah die Gewitterwölkchen schon, die sich zu einem Sturmtief verdichteten. Was für ein Schlamassel.

ॐ

Mit wachsender Beunruhigung verfolgte Sven in den frühen Morgenstunden des nächsten Tages die Spur der Datei. Entsetzt stellte er fest, dass eine Kopie vom Speicherstick auf seinen Computer gezogen und von dort aus an die Druckerei geschickt worden war. Verzweifelt verglich er die Tages- und Zeitangabe mit dem Kalender.

Wer konnte dahinterstecken? Er sicher nicht. Er vermutete, dass jemand an seinem Arbeitsplatz gewesen war. Nur wer? Laut seinem Kalender war es in der letzten Arbeitswoche von Raj passiert. Am Dienstag, wenige Tage vor Rajs Urlaub. Sven ließ diese Tage geistig Revue passieren. Sie hatten Freitag hier in der Kantine mit allen Kollegen gegessen, um Raj zu verabschieden. An den Tagen davor waren sie noch einige Male bei Karim gewesen.

Er schaute sich den Zeitpunkt an, wann die Datei versandt wurde. Verdammt! Kurz nach eins. Da war er mit Sicherheit bei Karim gewesen. Sie gingen immer von 12.30 Uhr bis 13.30

Uhr. Also war jemand an seinem Schreibtisch gegangen. Es stellte sich nur die Frage: Wer?

Er würde mit Raj und Gabi reden, um Schadensbegrenzung zu betreiben. Er beschloss, alle vorhandenen Bücher zu blockieren und rief die Auflage zurück. Wenn es ihm gelang, möglichst alle Exemplare vom Markt zu nehmen, bestand Hoffnung, dass niemand etwas auffiel. Mit einem bisschen Glück würde dieser Fehler unentdeckt bleiben. Trotzdem ging er mit einem unguten Gefühl zu Gabi. Es war an der Zeit, zu beichten und eine Strategie zur Schadenseindämmung zu finden.

Kapitel 9

„Diejenigen, die wissen, sprechen nicht;
diejenigen, die sprechen, wissen nicht."
Laotse

Weit, weit weg in München...

»Ich verstehe das nicht«, sagte Enn Hammer, die zuständige Pressereferentin des Hopverlages. »Bisher hat kaum jemand dieses Buch in Indien gekauft und jetzt scheint es ein Bestseller zu werden. Habe ich was verpasst? Wurden wir in einem TV-Sender gelobt? Oder hat der Verlag ordentlich die Werbetrommel gerührt? Das gibt es doch nicht, oder?«

»Vielleicht hat es ein Blogger empfohlen?«, schlug die Azubine vor.

»Unwahrscheinlich. Das hätten wir erfahren. Productplacement, die halten immer die Hand auf, um ein Werk zu erwähnen. Na ja, ist ja egal, warum man einen Verkaufserfolg hat. Claudia, denkst du bitte daran, der Produktionsplanung mitzuteilen, dass bei der nächsten Auflage die Anzahl der Druckexemplare verdoppelt werden muss?«

Ein Buch, das sich verkaufte, war schön. Indien war weit weg, sie kannte den Markt kaum, also wusste sie auch nicht, woher dieses plötzliche Interesse kam. Normalerweise schlummerten amerikanische Romane unbeachtet in den zahlreichen chaotischen Buchläden des Landes. In diesem Augenblick blinkte ihr Handy. Eine indische Agentur aus Jaipur fragte an, ob Paul Forster noch kurzfristig am Literaturfestival teilnehmen könnte. Jaipur?, dachte Enn. Sie wusste nicht einmal genau, wo das lag.

ॐ

Obwohl das Literaturfestival in Jaipur relativ jung war, hatte Enn schon einmal davon gehört. Bisher galt es nicht als ernsthaftes Forum für einen ihrer Autoren.

Hatte die Filiale in Bangalore ihre Finger im Spiel? Rührten die die Werbetrommel für die neue Sparte im Buchprogramm? Das war mal wieder so typisch mit diesen Amateuren, kaum schöpften sie Hoffnung, wurden sie übermütig. Dabei war die kleine Außenstelle vor knapp zehn Jahren für ein Nischenprodukt gegründet worden. Man ließ dort die Korrekturanweisungen für medizinische Beipackzettel erst ins Englische übersetzen und dann zu tausenden drucken. Das war billiger als in Deutschland. Arbeitskraft kostete nichts, hatte ihr der Controller einmal erklärt. Seit einem Jahr etablierte sich ein winziger Ableger mit Nachdrucken medizinischer Standardwerke für Studenten im günstigen Taschenbuch. Aber mehr gab es da nicht, weshalb nie die Notwendigkeit bestanden hatte, dort unten eine zuständige Stelle für Werbung oder PR einzurichten.

Ab dem kommenden Jahr wollte der Verlag belletristische Romane als Taschenbuchauflage für den indischen Straßenmarkt drucken. Soweit Enn wusste, waren die Umstrukturierungen erst vor Kurzem beschlossen worden. Im letzten Vierteljahr verkauften sich die drei oder vier Probeläufe so gut, dass die Verlagsleitung sich entschieden hatte, diese Printschiene auszubauen. Unter gut verstand man einen gleichmäßigen Abverkauf und nicht ein schlagartiges Verschwinden der Bücher. So wie es aussah, war Paul Forsters Roman innerhalb von wenigen Wochen total vergriffen. Dass sich ein Literaturfestival für ein Buch, das schon jahrelang auf dem Markt war, interessierte war ungewöhnlich. Enn waren Selbstläufer zwar suspekt, aber eine freudige Bereicherung ihrer Erfolgszahlen. So würde sie beim nächsten Gespräch mit der Personalabteilung und ihren Vorgesetzten eine deutliche Gehaltserhöhung verhandeln können, die ihr fast in den Schoß gefallen war.

Auf jeden Fall würde sie Paul Forster fragen, ob er generell zur Verfügung stand. In letzter Zeit hatte Paul sich aus dem Literaturrummel zurückgezogen und plante, mit seiner Frau Sally mehr zu reisen. Enn hatte im Hinterkopf, dass sie zuletzt in Chile gewesen waren, entweder in der Atacamawüste oder in Patagonien oder war es die Osterinsel?

Sie bat ihre Assistentin: »Claudia, kannst du mich bitte mit Paul verbinden? Und schau, was du über das Literaturfestival in Jaipur herausfinden kannst. Es muss ein Programm geben, wo drinsteht, wer bisher daran teilgenommen hat. Das Übliche, du weißt schon. Ach ja, und lass den Reisedienst vorsichtshalber eine Suite reservieren. Ich bin in meinem Büro, wenn du Paul in der Leitung hast, komm rein, die Inder warten auf eine Antwort.«

ॐ

Was für ein günstiger Zufall, dass sie Paul und seine Familie während ihrer Zeit als Au-pair in Vermont kennengelernt hatte. Sie war damals blutjung gewesen und frisch von der Schulbank ein Jahr lang nach Amerika gegangen, um einer Arztfamilie mit zwei Schulkindern und zwei Hunden als deutsches Au-pair zu helfen. Sie war zum ersten und einzigen Mal über ihren Schatten gesprungen, hatte ihre Komfortzone im bayrischen Hinterland verlassen und tat etwas grenzenlos Mutiges. Es war für sie unbeschreiblich gewesen, auch wenn der Haushalt und die Kocherei totales Neuland waren, hatte sie es geliebt. Damals war ein junges Ehepaar im Nachbarhaus eingezogen. Ihre Gastmutter Gloria hatte den Nachbarn ihr Au-pair-Mädchen angeboten, damit die beiden aus dem Laufrad `Jungeltern mit zwei Kleinkindern` herauskamen. Der Kontakt zu den Kindern und den Eltern war nie abgerissen. Paul kam frisch von der Uni und unterrichtete als Junglehrer am örtlichen College, bis er mit einem Jugendroman über ein Erziehungsheim im nördlichen Vermont einen ersten Bucherfolg erzielte. Seither stand er vor keiner Klasse mehr. Wenn er seine Schaffensphase unterbrach, dann nur für die Recherche, um Lesungen zu halten oder Buchpreise entgegenzunehmen.

Mit seiner Gattin Sally hatte Enn eine richtige Freundschaft entwickelt. Mit großer Freude hatte Enn entdeckt, dass sie diese Verbindung intensivieren konnte, als sie in dem Verlag in der PR und Autorenpflege zu arbeiten begann, die Paul Forsters Bücher im deutschsprachigen Raum vertrat. Jede Gelegenheit mit den beiden zu plaudern, war deshalb eine willkommene Erinnerung an die abenteuerlichste Zeit in ihrem Leben.

ॐ

Als Enn später die Suchbegriffe Jaipur und Literaturfestival in ihr Suchfenster eingab, landete sie auf einer Internetseite in märchenhaftem Design. Als die größte Literaturshow der Welt soll das Jaipur Literaturfestival ein üppiges Ideenfest sein, stand da reißerisch im Internet. Nicht ihr Stil, dachte sich Enn. Im letzten Jahrzehnt sei es zu einem globalen Phänomen geworden und hatte nahezu 2.000 Autoren und über eine Million Buchliebhaber zu Gast. Jedes Jahr bringe das Festival eine Mischung von Schriftstellern, Denkern, Friedensstiftern, Politikern, Unternehmern, Sportlern und Entertainern aus Indien und dem Rest der Welt auf einer Bühne zusammen. Namita Gokhale und William Dalrymple zeichneten für das fünftägige Event verantwortlich, das in Jaipur, der Hauptstadt des malerischen Rajasthan stattfand.

»William Dalrymple hat seine Finger im Spiel. Wusste gar

nicht, dass der noch lebt.« Enn sah Claudia an und scrollte weiter.

»Wer ist Namita Gokhale?«, fragte Enn und notierte einige Stichworte. Während ihrer Recherche klingelte es und Claudia sprach mit jemandem am Handy. Kurz darauf reichte sie es ihr weiter.

»Jack, Pauls Assistent ist dran. Er gibt dich an Paul weiter, sobald du dran bist. Sie sind in Vermont. Ich verstehe ihn so schlecht. Sein Akzent ist schrecklich«, flüsterte Claudia und verdrehte die Augen. Sie wollte schon hinausgehen, hielt aber noch einmal inne und flüsterte. »Du, ich habe eine Anfrage für die Filmrechte von einem Swarmi Balasub, laut der E-Mail-Adresse arbeitet er bei einer indischen Filmproduktionsfirma. Für Paul Forsters Roman. Ich meine, der wurde doch schon verfilmt. Was soll ich dem schreiben?« Claudia sah Enn mit großen Augen an.

Enn hob den Finger, bat so um einen Augenblick Geduld, dann hauchte sie, »Später, okay?«, und wandte sich dem Gespräch mit Pauls Assistent Jack zu.

»Hi, Jack, wie geht's dir, Paul und Sally? Lange nichts gehört. Was macht ihr den ganzen Tag?«

»Dies und das, Enn. Paul und Sally genießen ihre Zweisamkeit, nachdem beide Kinder aus dem Haus sind. Ich stehe vor Pauls Büro. Bist du bereit? Dann reiche ich dich weiter. Okay. Bye.«

Nach einem Klopfen und Grummeln meldete sich ein recht verschlafener Paul. »Hi, Enn, was steht an? Kommst du etwa in die zivilisierte Welt zurück?«

»Im Leben nicht, Paul. Hier ist es schön warm, es gibt eine unüberschaubare Auswahl an vegetarischen Gerichten und bayrisches Bier. Also vergiss es. Ich habe von Jack gehört, dass die Kids euch verlassen haben.«

Paul lachte. »Verlassen ist gut. Wir mussten sie rausschmeißen und ihnen die Zimmer an den Universitäten einrichten, sonst würden die immer noch hier rumhängen. Aber jetzt ist es friedlich. Wir widmen uns dem Körper und Geist. Wobei – ich arbeite am Körper, Sally am Geist.«

»Wie das? Nimmst du ab und sie liest endlich ein paar andere Autoren?«

»Hahaha, wäre eine gute Idee, aber nein. Ich habe einen Personal Trainer und Sally macht Yoga. Du weißt schon, in den großen Zeh beißen, während man auf einem Bein balanciert oder im Kopfstand meditieren. Nichts für mich, aber sie schwört drauf. Sie kommt gerade zur Tür herein. Sally, Enn ist am Telefon.« Paul stellte das Handy auf Lautsprecher.

»Oh schön! Hi Enn oder soll ich Griis di sagen?« Beide genossen die private Neckerei am Telefon.

»What`s shaking reicht, Sally-Darling.« Auch wenn sie liebend gern länger geredet hätte, gab es Berufliches zu regeln.

»Du Paul, jetzt mal kurz was Geschäftliches. In Indien verkauft sich eines deiner Bücher sehr gut und das Literaturfestival in Jaipur fragt an, ob du kurzfristig Zeit hättest. Soweit ich das verstanden habe, wollen sie dich für eine Gastlesung und eine Diskussionsrunde mit anderen Autoren.«

»Indien! Paul! Bitte, bitte, lass uns nach Indien gehen. Rishikesh, Goa, Sri Lanka, Tibet. Yoga an seinen Wurzeln zu machen, das wäre ein Traum. Sweetheart, please. Enn sag ihm, wie erleuchtend ein Aufenthalt in Indien ist. Ich fange derweil an zu packen. Bye! Enn, ich geh duschen. Bitte überzeuge den großen Schriftsteller, dass er gehen muss. Ich hoffe, wir sehen uns bald!«

»Du hast sie gehört, Enn. Wenn es nach meiner Frau ginge, säßen wir schon im Flieger. Aber jetzt mal ernsthaft: Um was handelt es sich? Wann ist diese Veranstaltung und was denkst du? Lohnt es sich, deshalb um die halbe Welt zu fliegen?«

»Schwer zu sagen, Paul, ich recherchiere. Aber das Literaturfestival scheint eine große Sache zu sein. Vor ein paar Jahren war Margret Atwood da und Cornelia Funke. Wenn du zusagst, bereite ich die Reise für dich ein bisschen PR-mäßig auf. Du weißt schon: eine Lesung an der amerikanischen Schule, einen Slum besuchen oder ein Waisenhaus unterstützen. Vielleicht gelingt es uns kurzfristig, UNICEF ins Boot zu holen. Das lässt sich sicher organisieren. Je nach dem, was dir gefällt. William Dalrymple ist im Organisationsteam.«

»Den gibt`s noch? Der müsste doch mittlerweile 110 Jahre alt sein!«

»Paul, vorsichtig, er ist gar nicht so alt. Aber du hast schon Recht, ich hatte auch immer im Hinterkopf, dass er uralt sei. Liegt an seinen Büchern. Von Young Adults hat er nur im Zusammenhang mit seinen Kindern gehört. Aber seine historischen Romane, wie *Der letzte Mugal* sind legendär.«

»Enn, ich lass mir das durch den Kopf gehen und bespreche es mit Sally und Jack. Bis wann brauchst du Bescheid? Im Augenblick habe ich keine Projekte auf dem Tisch. Warum nicht einen kleinen Trip durch Indien machen? Bleib an der Sache dran, ich melde mich in den nächsten Tagen.«

»Super, Paul, die vom Festival brauchen bis Ende kommender Woche Bescheid, ob es klappt. Dann beginnen sie mit den Drucksachen. Ich habe schon Zimmer reserviert, nur für den Fall der Fälle. Wir hören uns.«

ॐ

Soweit so gut, dachte sie sich und ging ins Nachbarbüro zu Claudia. Mit verschränkten Armen im Türrahmen gelehnt, fragte sie: »Kommt dir das nicht auch komisch vor, dass alle auf diesen Roman so scharf sind? Was war mit den Filmrechten? Das ist zwar nicht unsere Angelegenheit, der Roman wurde schon verfilmt und die Rechte liegen beim amerikanischen Verlag. Sag aber noch nicht ab. Halte sie höflich hin, bis wir das geklärt haben. Hast du nachgeschaut, was das Internet zu der Produktionsfirma sagt? Du kümmerst dich darum und ich frage in unserer Rechtsabteilung nach. Endlich eine Gelegenheit, mich mit dem Sahneschnittchen zu unterhalten, das seit Neuestem dort arbeitet.« Sie grinste. »Das musst du verstehen, Claudia, echte Chefsache. Ich muss die Gunst der Stunde nutzen. Warum nicht über diesen Fall?« Sie grinste

Claudia an. »Wie seh` ich aus?« Mit einem Zwinkern und einer Pirouette spazierte sie zur Tür hinaus.

Kapitel 10

»Wenn ich das Wunder eines Sonnenuntergangs oder die Schönheit des Mondes bewundere, so weitet sich meine Seele in Ehrfurcht vor dem Schöpfer.«
Mahatma Gandhi

»Indien! Oh Paul, ich bin so froh, mit einem bekannten Autor verheiratet zu sein.« Mit einem schmatzenden Kuss dankte Sally Paul und dem Schicksal, drehte sich zur Tür und stieg aus dem Flieger. Unerwartet heiße Wüstenluft wehte ihr entgegen und erschwerte die ersten Schritte. Erst in der Kühle des kleinen Flughafens atmeten die beiden Winterlinge aus Vermont auf. Dort erwartete sie ihr indischer Kontaktmann, Rathnab, ein rundlicher Mann von circa dreissig Jahren. Nachdem er mit vor der Brust gefalteten Händen ein tiefes Namaste zur Begrüßung gemurmelt hatte, geleitete er sie zu ihrer Limousine. Auf dem Weg zum Hotel verfolgten sie das Treiben auf den Straßen und bewunderten die Souveränität des Fahrers. Während Rathnab ihnen die wichtigsten Informationen zu den anstehenden Terminen gab, verschmolz der Fahrer mit dem Verkehr.

Sally gab einen Quietschlaut von sich, als zwei Kühe die Straße überquerten.

»Holly, molly, cows!« Sie glaubte nicht, was sie sah. Verblüfft stellte sie fest, dass niemand darüber verwundert war. Auch Paul hielt die Luft an. Rathnab schmunzelte und sprach ein paar Worte in Hindi mit dem Fahrer, der grinsend weiterfuhr.

»Keine Sorge, Nagar, unser Fahrer kennt sich prima aus. Er und das Auto stehen die ganze Zeit zur Verfügung. Ich rate dringend von anderen Fortbewegungsmitteln ab. Als Gast in diesem Land werden Sie Dinge beobachten, die ihnen merkwürdig vorkommen. Schauen Sie die Kühe an. Wir verehren sie. Sie sind wichtig für unser Überleben. Ihre Milch ernährt den Großteil der Inder. Niemals würde ein Inder eine Kuh anfahren. Wenn die Kuh über die Straße möchte, warten wir geduldig.«

»Aber wem gehören die Tiere? Muss nicht der Besitzer einschreiten? Ich kann mir nicht vorstellen, dass es wilde Rinder in Indien gibt.« Paul wirkte besorgt.

»Wild? Nein, das sind freie Tiere. Wir achten das Recht jedes Lebewesens auf die Entfaltung des eigenen Daseins.«

Stumm beobachteten Sally und Paul wehende bunte Saris, grün-gelbe Tuktuks, Motorräder mit ganzen Familien beladen und dazwischen Straßenhändler, die rosarote Zuckerwatte und Bücher feilboten. Das Straßenbild faszinierte sie, weswegen sie nur mit einem halben Ohr Rathnabs Erläuterungen folgten. Heute hatten sie frei und sollten sich im Hotel von der Reise erholen. Das Festival war schon in vollem Gange, aber Pauls Veranstaltungen erlaubten ihnen ein kurzes Innehalten und sich Eingewöhnen.

»Sind Sie müde? Sie haben den Rest des Tages zur freien Verfügung. Falls Sie Wünsche haben, können Sie sich jederzeit an mich, Nagar oder die Rezeption im Hotel wenden. Wenn Sie sich die Füße vertreten möchten, rate ich Ihnen, die frühen Abendstunden abzuwarten, dann ist die Temperatur angenehmer. Ich nehme an, dass es bei Ihnen zuhause kälter war. Wir haben heute 27 Grad Celsius.«

»Oh mein Gott, 27 Grad, das sind ja über 30 Grad Unterschied. In Vermont haben wir im Januar fast immer Minusgrade. Paul, was denkst du? Wir hatten gestern bestimmt drei Grad unter null. Jetzt ist mir alles klar, eine Dusche wäre schön.« Die Hitze machte Sally sogar im klimatisierten Auto zu schaffen. Daran hatte sie keinen Gedanken verschwendet, als sie ihre Reise vorbereitet hatte.

Das Auto bog abrupt von der Hauptstraße in eine winzige Seitengasse und verfehlte einen Handkarren nur knapp. Sally blieb fast das Herz vor Angst stehen. Hier zuckte niemand zusammen oder brüllte den Fahrer an. Es war ein Wahnsinn. Vor einem reich verzierten Tor, das sich über die gesamte Breite der Straße erstreckte und zwei Stockwerke hoch war, hielt der Wagen. Der Fahrer hupte, worauf ein kleiner Inder in Phantasieuniform mit Turban erschien. Sally stupste Paul an.

»Ein Einheimischer. Ein Turban!«, sagte Sally. »Ich habe nie jemanden mit Uniform und Turban gesehen. Paul mach ein Foto, das glaubt mir zuhause niemand!«

Nach einem kurzen Wortwechsel öffnete sich das Tor. Der Angestellte des Hotels salutierte vor der vorbeifahrenden Limousine. Vom Parkplatz gelangten sie durch einen großzügigen Innenhofgarten zur Empfangshalle. Sally staunte überwältigt. Rathnab erledigte mit ihren Pässen die Formalitäten. Der Palast war in kühlem Blau und Silber gehalten. Spiegel und Kronleuchter gaben dem Raum Leichtigkeit. Für amerikanische Augen war er voller architektonischer Eigenheiten. Rundbögen, Fenster aus farbigem Glas. Aufwändige Steinarbeiten und ein plätschernder Brunnen. Ein exotisch gekleideter Diener brachte ihnen heiße, feuchte Tücher, die nach Rosen dufteten, und ein erfrischendes Getränk.

»Turmeric on ice«, erklärte Rathnab.

Der Diener schritt mit den Schlüsseln voran. Sie durchquerten den Park und begaben sich eine enge Wendeltreppe hinauf in den ersten Stock. Ihre Suite lag über dem Eingangstor, wo eine Wand aus Steinmetzarbeit mit orientalischen Elementen sie vor fremden Augen schützte. Sie hatten eine Terrasse mit Blick über den Garten. Sally sah sich schon mit ihrer Yogamatte im Morgengrauen die Sonne begrüßen.

»Wie gesagt, ich bleibe einige Zeit im Haus, falls Sie Fragen haben. Hier sind meine Karte und zwei Handys. Ich habe mir erlaubt, einige Telefonnummern, unter anderem meine und die des Fahrers, zu speichern. Im Zimmer liegen zwei Broschüren: eine über das Jaipur Literaturfestival und eine vom Hotel.

Das Diggi Palace ist ein privater Palast und hat erst vor wenigen Jahren seine Pforten für Gäste geöffnet. Der Service gleicht dem aus der Zeit der Maharadschas. Man wird Ihnen jeden Wunsch erfüllen, sobald Sie ihn aussprechen. Madam hat sich einen Yogalehrer gewünscht. Er erwartet Sie morgen um sieben Uhr im Garten. Das Hotel verfügt über einen ausgezeichneten Spa-Bereich. Ich kann Ihnen die indischen Massagen nur empfehlen. Falls Sie Jaipur entdecken möchten, haben wir einen Fremdenführer für Sie organisiert. Er kann jederzeit hier sein. Wir haben die Informationen hier zusammengestellt.« Rathnab gab ihnen eine Hotelmappe.

»Danke, aber wir werden kurz duschen und uns hinlegen. Es ist anstrengender als gedacht, direkt aus dem Winter in den indischen Sommer zu reisen.«

Paul wollte auf keinen Fall den Eindruck erwecken, er sei nicht mehr spritzig und kraftvoll. Aber die Hitze ging ihm gehörig an die Substanz. Komme was wolle, er würde trotzdem seinen Mann stehen.

ॐ

Wenige Stunden später tranken Paul und Sally einen Gin Tonic im Garten und besprachen ihr Programm für die Zeit in Jaipur. Gemeinsam wollten sie den City Palast, die historische Sternwarte Jantar Mantar, den Palast der Winde und später das Amber Fort besuchen. Sally fieberte ihrer Yogastunde entgegen.

»Gleich nach dem Frühstück fahren wir los. Abends ist ein Abendessen im kleinen Kreis mit William und einigen Kollegen. Am Samstag um zehn Uhr nehme ich an der Podiumsdiskussion Autoren bei der Arbeit teil. Laut dem Programm sind wir zu sechst. Ich bin auf Yann Martel und Colson Whitehead gespannt. Martel hat *Schiffbruch mit Tiger* geschrieben.«

»Und Colson Whitehead? Ist von dem nicht *Underground Railroad*?«

»Ja, dafür bekam er letztes Jahr den Pulitzerpreis. Es gibt auch etwas für meine Lieblingsgeschichtslehrerin. Am Sonntag spricht Christopher de Hamel über den Zauber historischer Manuskripte und am Montag stellt er Dan Jones vor. Du weißt schon, den Autor dieser Netflixserien über die Geschichte Britanniens. *Great Castles of Britan*. Hast du das nicht angeschaut?«

»Ja und ich habe es geliebt. Die erste Episode führt durch das Castle von Dover. Das war sehr beeindruckend. Vielleicht gehe ich zu beiden Events. Wobei, die nette junge Inderin an der Rezeption hat mir einige Shoppingtipps verraten. Jaipur ist das reinste El Dorado für Kunsthandwerk. Rajasthan ist berühmt für die Blockprints, Jaipur blue pottery und die Teppichknüpfereien. Lass uns schauen, was wir alles in den wenigen Tagen schaffen.«

ॐ

Am nächsten Morgen setzte sich Sally mit einem zufriedenen Lächeln zu Paul an den Tisch. Es war angenehm kühl. Winzige grüne Vögel stritten sich lautstark in den umliegenden Bäumen und der hauseigene Pfau schritt elegant über den

Rasen.

Paul sah sie an und lächelte. »Wie war dein Yoga? Ist es anders als zuhause?«

Sie grinste ihn an. »Du meinst abgesehen davon, dass ich hier einen Yoga-ji habe? Den göttlich Percy? Mit glühenden Augen und unvorstellbar beweglich. Ach ja, wir praktizieren Yoga am Springbrunnen eines indischen Palastes mit tropischer Geräuschkulisse. Ich bin mir sogar sicher, dass einige Kolibris an mir vorbeigeflogen sind. Ja, es ist klasse. Ich fühle mich, als ob ich schwebe. Du solltest morgen früh mitmachen.«

Paul schaute seine Frau an. »Soso, glühende Augen und einen tollen Körper. Und was jetzt Percy oder Ji? Hast du einen oder zwei fabelhafte Instruktoren? Darling, ich hoffe, ich muss mir keine Sorgen machen.«

Sie beugte sich vor, küsste ihn, lächelte und bestellte sich Frühstück. Vierundzwanzig Jahre schmiedeten zusammen. Deshalb wusste sie eine Neckerei ebenso zu schätzen wie den leichten Anflug von Eifersucht.

»Einen, Sweetheart. Und er heißt Percy, aber man nennt ihn Yoga-ji, weil das Ji eine Nachsilbe ist, die in Indien für demutsvolle Hochachtung steht. Es muss so etwas sein wie ehrenwerter Herr. Abgesehen davon zählt der Yogagott 73 Jahre. Sorge dich nicht. Du und die Kinder reichen mir und versorgen mich mit allem, was ein Leben lebenswert macht. Schatz, bist du fertig für unseren ersten Ausflug?« Sie fischte sich ein Croissant aus dem Brotkörbchen. Der Kellner goss ihr

Tee nach, ein Weiterer brachte ihr ein Omelette. Gespannt sah sie ihren Mann an.

»Ja, ich bin bereit. Wir müssen auf dem Weg nur in eine Buchhandlung. Mir fiel vorhin beim Duschen ein, dass ich aus der hier üblichen Ausgabe meines Buches vorlesen sollte. Zumindest will ich eines bei der Hand haben, für den Fall, dass bei der Diskussion auf Textstellen eingegangen wird. Sieht doch besser aus, wenn der Einband bekannt ist. Außerdem habe ich kurz mit Jack telefoniert. Er nutzt unseren Aufenthalt in Indien, um Urlaub zu machen.«

»Gute Idee. Willst du nicht Rathnab oder den Hausdiener bitten, sich um das Buch zu kümmern? Sie tun sich sicher leichter, ein Exemplar zu bekommen.«

ॐ

Die Podiumsdiskussion fand zu einer Unzeit statt. Paul war morgens um zehn Uhr nicht in der Stimmung, bewundert zu werden. Nachdem sie gestern ein Mammutprogramm absolviert hatten und in einem Tag die beeindruckende Befestigungsanlage Amber Fort in den Bergen und die vielen Paläste in Jaipur besucht hatten, kämpfte Paul gegen die Müdigkeit. Verstohlen gähnte er und versuchte, sich unauffällig zu dehnen. Auf dem Plastikstuhl staute sich die Hitze zwischen seinem Sakko und der Rückenlehne. Sein Baumwollhemd klebte auf der Haut. Wie konnte man in einem Land leben, wo man vor dem Mittagessen erneut duschen musste, um nicht schweißgebadet am Tisch zu sitzen?

Er bemühte sich, dem Diskussionsleiter zu folgen. Man hatte mit ihnen besprochen, dass reihum jeder Autor eine Frage gestellt bekäme. Diese solle kurz beantwortet werden, dann könnten die anderen, falls gewünscht, ebenfalls darauf antworten.

Yann Martel beschrieb gerade, wie er seine Bücher plottete. Noch ganz alte Schule notierte er Ideen und Rechercheergebnisse auf Karteikarten. Diese Karten steckte er in Umschläge, für jedes Kapitel einen. Meist sortierte er sein Buch auf dem Boden. Erst dann schrieb er in einem Zug durch.

Gefragt, ob er ebenfalls von Anfang an schrieb, erklärte Colson Whitehead, dass er früher erst die Passagen geschrieben hatte, die ihm Spaß machten, um dann bei den anderen ins Stocken zu geraten. Paul überlegte, wie er schrieb. Das war so lange her, er konnte sich kaum erinnern. Diese Frage würde er auslassen.

Die indische Schriftstellerin, deren Namen so kompliziert war, dass er ihn sofort vergessen hatte, erzählte von ihrem nächtlichen Schreiben, während ihre Kinder schliefen.

»Paul, wie ist es bei Ihnen?«

»Nun, meine Kinder sind an der Universität. Ich kann immer ungestört schreiben. Gewöhnlich fange ich morgens an und verlasse den Schreibtisch, wenn ich 1000 Wörter geschrieben habe. So schaffe ich in wenigen Monaten einen Rohentwurf zu einem Roman. Und obwohl ich keine Störungen befürchten muss, ist mir wichtig, dass ich die Zimmertür schließen kann.«

»Ja«, fügte Yann hinzu, »meine Tür hat ein Zahlenschloss und außer mir kennt niemand die Kombination. Die kreative Ruhe ist mir heilig.«

Der Moderator nutzte diesen Einwurf, um auf die Inspiration einzugehen. Was beflügelt Yanns Fantasie?

»Ich lebte als Kind mit meiner Familie in Pondycherry. Damals lernte ich die indische Mythologie kennen. Jeder Gott hat ein Transporttier. Das hat mir gefallen. Deshalb habe ich einen Jungen und ein Tier auf ein Boot gesetzt.«

Alvaro, der Autor aus Lateinamerika, betonte, dass das Spiel mit Realitäten für ihn das Salz in der Suppe der Schriftstellerei sei. Er käme aus einem Land voller Geister und in den Köpfen der Ureinwohner lebenden Mythen. Ein wenig Mayablut sei sicherlich in seinen Adern zu finden. Schreiben sei für ihn deshalb immer eine Auseinandersetzung mit der unmittelbaren Umwelt und mit der verloren gegangenen Geschichte.

Paul folgte dem Wortwechsel mit wachsendem Interesse. Wann hatte er die letzte Inspiration gehabt? Seine Kreativität war wirklich in einer Sackgasse verschwunden, seit er sich vom Alltag mit seinem Brotjob entfernt hatte. Früher reichten ihm seine Umwelt, seine Schüler oder die Menschen, denen er bei der ehrenamtlichen Tätigkeit in der Kirchengemeinde begegnet war.

Colson hob hervor, dass er immer eine Idee im Kopf hatte,

bei der das Ende klar sein musste. Vorher fing er gar nicht an zu schreiben.

Während Paul seinen Kollegen zuhörte, wanderten seine Gedanken zu seinem jüngeren Selbst. Früher glaubte er an Schicksal. Manchmal traf er Menschen, beobachtete sie, sprach mit ihnen und schon war eine Grundidee zu einem Roman geboren. Sobald zwei Zufälle in seinem Kopf kollidierten, wusste er: Das war ein vielversprechender Auftakt!

»Aber das Ende,« warf da der Moderator ein:

»Warum kann man einen Roman nicht ändern, wenn sich im Umfeld der Geschichte wichtige Faktoren ändern?«

»Was soll das sein?«, erstaunt schaute Colson ihn an.

»Ich weiß nicht, aber wenn man als Autor feststellt, dass der Roman so nicht mehr oder nicht überall funktioniert? Oder wenn er das Buch in anderen Ländern verkaufen möchte? Alvarez, Sie kommen aus Lateinamerika, da ist Weihnachten im Sommer? Gibt es Bücher, die deshalb dort nicht gekauft werden? Ist es das gleiche Fest? Mit den gleichen Traditionen?« Er wandte sich an Colson: »Oder wenn technische Neuerungen dazu führten, dass ein Krimi nicht mehr funktionierte? Sollte man das Ende unter solchen Umständen umschreiben?« Der Angesprochene dachte nach, enthielt sich aber einer Wortmeldung.

»Paul, was sagen Sie dazu? Was geht einem durch den Kopf, wenn man das Ende formt?«

Ah, seine Frage. Jetzt war er an der Reihe. Er richtete sich in seinem Stuhl auf und schaute den Moderator an.

»Die Welt ändert sich. Die Menschen ändern sich. Wir lernen täglich hinzu. Das ist beim Schreiben nicht anders. Vieles entwickelt sich, während ich schreibe. Oft weiß ich zu Beginn nicht, wie das Buch endet. Aber das muss so sein, weil sich der Protagonist entwickelt.« Paul schaute suchend auf seine Kollegen. Niemand unterbrach ihn. »Der deutsche Film Lola rennt spielt mehrere Varianten als Ausgänge derselben Geschichte durch, aufbauend auf einer Entscheidung der Protagonistin. Das ist ungewöhnlich. Aber nicht verboten. Das thematisiert für mich die Möglichkeit des Einzelnen, sein Schicksal zu beeinflussen. Warum nicht? Schreiben ist Katharsis. Ich würde niemals ein Ende umschreiben, weil es unmodern geworden ist. Es gibt Grenzen und ich schreibe keine Krimis.« Er hoffte auf ein höfliches Lachen des Publikums. Doch es blieb still. Paul sah sich im Fokus der Aufmerksamkeit des Moderators, zumal keiner seiner Kollegen das Wort ergriff. Diese Situation war ihm unangenehm. Verstohlen schielte er auf seine Armbanduhr. Die offizielle Dauer der Diskussion war erreicht und endlich verabschiedete der Moderator seine Gäste.

Erleichtert erhob er sich aus seinem Saunasessel. Eine junge Inderin nahm ihm sein Mikrofon ab und brachte ihn in den Backstagebereich. Er lehnte die Einladung zum Mittagessen höflich ab und fuhr zum Hotel. Hoffentlich würde seine Lesung besser. Die Diskussion hatte ihn nachdenklich gemacht. Wo war seine Kreativität, seine Inspiration? Wann hatte er das letzte Buch geschrieben? Er musste nicht mehr schreiben. Er hatte genug Geld verdient. Aber er wollte wieder. Es fehlten ihm nur die Ideen. Im Augenblick.

ॐ

Paul verstummte und schaute auf. Er hatte die dritte Passage aus seinem Buch zu Ende gelesen. Die Zuhörer applaudierten begeistert. Er sollte das wieder öfter machen. Raus aus der Isolation und mit echten Menschen reden. Vielleicht lag darin der Grund für seine Schreibblockade. Er brauchte Impulse aus der Auseinandersetzung mit jungen Menschen. Das war es. Hier saß er am anderen Ende der Welt vor einem begeisterten Publikum, das deutlich jünger war als er. Genau das fehlte ihm seit Jahren. Eine erfrischende Quelle. Gespannt wartete er auf die Fragen. Normalerweise ereignete sich nichts, was ihn überraschte oder aus der Ruhe brachte. In seinen 20 Autorenjahren hatte er 14 Bestseller geschrieben. Gelegentlich sprachen ihn Schulkollegen nach den Lesungen an, seltener ehemalige Lehrer oder Kollegen. Die Zahl der Zettel mit Telefonnummern hatte mit den Jahren abgenommen. Er nahm das Glas Wasser vor sich, trank einen Schluck und war bereit. Lasst die Fragen beginnen!

»Sind Sie zum ersten Mal in Indien?«

»Was sagen Sie zu diesem speziellen Ende?«

»Sind Sie Hindu?«

»Sie haben aus dem protestantischen Paar Hindus gemacht. Wie wichtig ist Ihnen die Frage der Religion in ihren Büchern?«

»Ich bin zum ersten Mal in Indien und nein, ich bin weder Hindu noch Christ.« Paul versuchte, der Wucht der Fragen standzuhalten.

»Das Ende ist für mich wichtig, weil es mit der Erwartungshaltung des Publikums spielt.«

»Fühlen Sie sich in Indien wohl?«

»Woher haben Sie dieses detaillierte Wissen über die indischen Götter?«

Während die Fragen auf ihn einprasselten, versuchte der Moderator einen Überblick zu bewahren und die Fragerunde zu kanalisieren.

»Schreiben Sie für verschiedene Nationen unterschiedliche Versionen?«

Die Fragen waren komisch. Damit hatte er nicht gerechnet.

Bisher hatten die Leser die Hoffnungslosigkeit tödlicher Krankheiten, die erste Liebe und das tragische Ende hinterfragt. Die schreckliche Schilderung des körperlichen Verfalls wurde als unschön, teilweise sogar abstoßend empfunden. Diese Aspekte thematisierten seine amerikanischen Leser. So war das normalerweise. Seine indische Leserschaft schien sich mit dem Glauben auseinanderzusetzen. Er konnte sich gar nicht erinnern, dass er jemals etwas über Hindus geschrieben hatte. Erneut nippte er an seinem Wasser.

»Beziehen Sie mit der Familiengeschichte des Paares Stellung zur Situation der Emigranten in Amerika?«

Paul zog die Augenbrauen zusammen und begann an seinem Ohrläppchen zu zupfen. Die Fragen waren ... anders als erwartet.

»Ich thematisiere in meinen Roman meist Vorfälle, die ich beobachtet oder erlebt habe. Die Idee zu diesem Roman stammt aus meinem freiwilligen sozialen Jahr.«

»Was hat Sie dazu veranlasst, das Ende in der indischen Ausgabe zu verändern?«

»Entschuldigung, ich habe Ihre Frage akustisch nicht verstanden.« Er versuchte, Zeit zu schinden. Was zum Teufel meinte der junge Mann damit? »Was meint er?«, raunte er Rathnab zu und antwortete: »Gute Frage. Danke, dass Sie es ansprechen. Gelegentlich sind vorsichtige Adaptionen notwendig. Meist wegen des technischen Fortschritts, wie beispielsweise Handys, die veraltet sind.«

»Der Tod hat sich aber nicht verändert«, warf eine Dame in der dritten Reihe ein.

»Warum nutzen Sie dann nicht die Technik, sondern geben den indischen Göttern diese Macht? Hatten Sie ein erleuchtendes Erlebnis?«

Vereinzeltes Lachen im Publikum entspannten die Situation und er fuhr fort: »Ich verneige mich mit diesem Ende vor der großen indischen Nation.«

Nie wieder, schwor er sich, würde er in ein Land auf Lesereise gehen, wo Ziegenhirte ein aktueller Beruf war. Er konnte es nicht fassen. Man sprach ihn auf eine Adaption an. Auf eine Änderung? Entweder kannte er sein Buch nicht mehr oder es war etwas damit passiert. In seinem Magen bildete sich eine Mischung aus indischem Curry und amerikanischer Wut. Es grummelte und brodelte. In diesem Moment nahm er eine Bewegung hinter sich wahr. Jemand schob seinem Begleiter einen Zettel zu, den dieser weiterreichte. ›Ende ist anders‹, stand darauf, ›der Protagonist stirbt nicht‹.

Eine bodenlose Frechheit, ihm blieb buchstäblich die Luft weg. Erbost gab er das verabredete Zeichen zum Abbruch.

Eilig erschien der Moderator auf der Bühne. Paul stand auf, ergriff seine Unterlagen und schob sie in das Buch. »Liebe leidenschaftliche Leser, danke für Ihre Aufmerksamkeit. Leider muss Paul Forster heute zurück nach New Delhi. Wir danken ihm, dass er so kurzfristig zum JLP gekommen ist und verabschieden uns von ihm. Danke Mr. Forster, es war uns eine große Freude und Ehre.« Zum Publikum gewandt, sprach er weiter: »Bitte nehmen Sie auf dem Weg hinaus die Informationsunterlagen zu Paul Forsters Büchern mit.«

Begleitet vom Applaus der Besucher und seinem indischen Begleiter verließ Paul mit schnellen Schritten die Bühne des Saales. Seine Miene war angespannt. Im Gehen zog er sein Handy aus der Tasche, drückte eine Kurzwahltaste und wartete, bis sein Gesprächsteilnehmer antwortete.

»Enn, irgendwas stimmt hier nicht. Es muss Änderungen im Roman geben. Prüf das! Nein, das machst du sofort! Ich fühle mich wie ein Idiot auf Erden. Lass das Buch von einem Praktikanten lesen! Jetzt sofort. Ich will morgen früh wissen, was los ist.«

Er fuhr seinen indischen Begleiter an: »Wo ist meine Frau? Sie muss hier irgendwo sein, finden Sie sie. Ich will sofort zurück in die Zivilisation!«

ॐ

»Offenbar ist dort die halbe Abteilung im Urlaub. Unfassbare Zustände sind das in diesem Land.« Paul hatte den ganzen Rückweg versucht, seinen Assistenten Jack, seinen Agenten und den Anwalt in Amerika zu erreichen. Dazu wartete er ungeduldig auf den Rückruf von Enn aus München. Sally hörte den vielen Krisengesprächen mit verständnisloser Miene zu. So hatte sie ihren Mann noch nie erlebt.

»Was heißt das, Enn? Was meint Jack? Hast du den Auftritt an der American Embassy School absagen können? Solange ich nicht verstehe, was hier passiert ist, mache ich gar nichts!«

Vorsichtig schaltete sich Sally in die Diskussion ein. Die Gattin des amerikanischen Botschafters war eine Collegefreundin und sie hatten abgemacht, dass sie sich treffen wollten. »Darling, bitte lass das sein. Ich habe da zugesagt und das lässt sich ohne Gesichtsverlust nicht mehr ändern. Außerdem hat der Botschafter ein Abendessen in der Residenz organisiert, da müssen wir hin. Enn ist doch schon auf dem Weg nach New Delhi, sie trifft sich morgen mit uns im Hotel.«

»Ich fühle mich seit dieser schrecklichen Lesung, als wäre ich in einem Thriller gelandet. Am liebsten säße ich in meinem Arbeitszimmer und würde dem Schnee beim Fallen zuschauen.«

»So schlimm? Was hältst du davon, wenn wir stoppen und einen Ausflug machen? Ich habe gelesen, es gibt in Abhaneri den tiefsten Stufenbrunnen Asiens. Und das sei ein totaler Geheimtipp. Den würde ich mir gern anschauen und dann können wir weiter nach Delhi fahren. Wer weiß, vielleicht beruhigt sich die Situation ja inzwischen. Was hältst du davon?«

Paul schaute seine Frau an wie einen weißen Elefanten. »Sally, das kannst du nicht ernst meinen. Meine Welt bricht zusammen und du willst in einen Brunnen schauen?« Fassungslos schüttelte er den Kopf. »Nein ehrlich, ich will ohne Umwege nach New Delhi und das Problem lösen. Aber du kannst gern in der Zwischenzeit dieses glühheiße Land und seine glutäugigen Bewohner studieren.« Er sprühte Sarkasmus und Verbitterung.

Man hatte ihn als Autor auf die hinterhältigste Art angegriffen, die er sich vorstellen konnte. Man hatte eines seiner Werke verändert. Verbessert, wie es ihm Rathnab erklärt hatte. Verbessert! War das zu fassen?

ॐ

Enn beeilte sich, nach Delhi zu kommen. Sie hoffte, dass es eine schlichte Erklärung für das Chaos gab. Jetzt saß sie mit dem hastig gepackten Handgepäckstrolley in der Lounge am

Frankfurter Flughafen und wartete auf den Anschlussflug nach New Delhi. Verzweifelt ordnete sie ihre Unterlagen, verschob Termine, plante und organisierte mit Claudias Hilfe um diesen Notfalltrip herum. »Bitte versuch`, die Filiale in Bangalore zu erreichen. Die zuständige Abteilungsleiterin heißt Gabi, mhh, Gabi irgendwas marokkanisches oder arabisches ..., frag Frank aus der Medizinabteilung, du weißt schon, den Älteren mit der Einsteinfrisur. Der hat oft mit ihr zu tun. Sie soll mich anrufen, wenn ich in Delhi bin.«

ॐ

»Weiß man schon, wie es zu den Änderungen gekommen ist?« Sally saß auf dem Sofa und löste Sudokus auf ihrem Handy, als Paul frustriert auf den Tisch schlug.

Er schaute sie an. »Offenbar kam es bei den minimalen Korrekturen, die vorgesehen waren, um die Lesbarkeit des Romans zu steigern, zu Unregelmäßigkeiten. Soweit Enn es bis jetzt recherchieren konnte, hat ein indischer Angestellter im Verlag damit zu tun.«

»Ein Inder! Wie soll der denn den Text ändern? Ich verstehe das nicht. Warum läuft die Veröffentlichung deiner Bücher hier nicht über deinen New Yorker Verlag?« Sie mischte sich nie in Pauls Geschäfte ein, aber da sie sich so für diese Indienreise ausgesprochen hatte, hatte sie ein schlechtes Gewissen, weil alles so chaotisch war.

»Was hat dieser Angestellte für einen Vorteil davon?« Sally

sah viele Dinge im Leben pragmatisch. Warum sollte ein namenloser Inder seine Existenz aufs Spiel setzen, indem er das Buch eines weltbekannten Autors änderte?

ॐ

»Schön von dir zu hören, meine Schöne. Wie war es heute?« Swarmi legte Wert auf die regelmäßigen Telefonate mit seiner Tochter. Er mochte den Gedanken nicht, dass sein Mädchen allein in einer Masse von Menschen arbeitete.

»Oh, Baba-ji, es war toll. Ich durfte als Ordnungskraft einspringen und konnte die Lesung von Paul Forster verfolgen. Du weißt schon, der Amerikaner mit dem adaptierten Roman. Der, den wir so spät dazu bewegen konnten, nach Jaipur zu kommen.«

»Und wie war dieser Forster? Hat er deine Erwartungen erfüllt oder übertroffen?«

»Er ist nicht so cool wie Colton, aber die Lesung war okay. Er wirkte ein wenig kraftlos. Ich hatte jemanden mit Esprit in der Stimme und einem Funkenflug von Ideen erwartet, der in seinen Zuhörern ein Feuer entzündet. Das war er nicht. Aber diese Autoren sind alle keine Rockstars, Baba. Die sind eher Nerds der Worte. Lesen ist besser als Zuhören. Schade, dass er die Veranstaltung früher abgebrochen hat. Meine Chefs waren sauer, weil der Zeitplan durcheinander kam. Dabei war das gar nicht so schlimm. Wir haben ein paar Bücher anderer Autoren verschenkt. So blieb der gierige Teil der Zuhörer im

Zelt. Die anderen verteilten sich recht schnell auf dem Gelände.«

»Und warum wurde die Veranstaltung abgebrochen? Kann man das so einfach machen? Gab es eine Erklärung? Das JLP ist keine Lesung in einer Kleinstadtbuchhandlung oder einer Schule.«

»Das war komisch. Eben noch beantworte er Fragen und trank wie ein Kamel am Wasserloch und dann puff, stand er auf, entschuldigte sich und war weg. Sein Assistent sagte, es gäbe eine dringende Angelegenheit, die er in Delhi erledigen müsse. Aber weiß man das nicht vorher? Ein typischer Ami. Keine Hochachtung, kein Respekt vor seinen Lesern. Viele hatten extra ein Exemplar mitgebracht und wollten es signieren lassen. Weiß der nicht, wer seinen aufwendigen Lebensstil finanziert?«

Swarmi schmunzelte, auch wenn seine Tochter das nicht sah. Es war doch etwas übrig geblieben von seinen Gardinenpredigten. »Vollkommen richtig, meine Süße. Die Kunden zahlen unseren Lebensunterhalt. Aber wer weiß, vielleicht litt er unter Dehli-Belly. Diese Ausländer vertragen ja weder unser Wasser noch unsere Gewürze. Was steht als Nächstes an? Bist du morgen wieder im Einsatz oder hast du Zeit, uns zu besuchen? Ich kann dir den Firmenjet schicken. Deine Mutter wartet sehnsüchtig auf ihr Kätzchen.«

Er schob gern seine Frau vor, wenn er seine Tochter nachhause locken wollte. Warum sonst besaß er ein Apartment in Magnolias, abgesehen von der Annehmlichkeit auf den schönsten Golfplatz Indiens zu schauen.

Kapitel 11

»In der Wut verliert der Mensch seine Intelligenz.«
Dalai Lama

Wieder saß Sven auf dem Mäuerchen am Sanky Tank. In dieser kritischen Situation empfand er die Ruhe, die ihm dieser Ort gab als heilsam. Genau die Voraussetzung, um Raj anzurufen und sich über die Vorfälle im Verlag auszutauschen. Diesmal hatte er mehr Glück. Raj antwortete sofort.

»Hallo Sven, danke, dass du zurückrufst. Wie sieht es aus?«

»Hi, Raj, alte Hütte. Ich habe schlechte Nachrichten. Die Sache droht aus dem Ruder zu laufen. Gabi und ich versuchen, den Buschbrand in Schach zu halten, aber es ist heftig. Der Agent von diesem amerikanischen Autor flippt total aus und will Blut sehen. Bildlich gesprochen. Es fallen unangenehme Begriffe. Verletzung des Urheberrechtes, eine Klage gegen den Verlag und eine fristlose Kündigung des Nutzungsrechtevertrages. Ich sag dir, hier glühen nicht nur die Telefondrähte. Wir wissen noch nicht, was als Nächstes geschieht, aber halte dich bedeckt. Wie gesagt, Gabi und ich versuchen, die Bälle flach zu halten. Wir sind uns nicht sicher, ob das so einfach klappt. Der Autor war auf dem Jaipur Literaturfestival und da ist alles herausgekommen.«

»Was genau ist rausgekommen? Ich kann dir nicht folgen.«

»So wie es aussieht, kam durch einen blöden Zufall deine Version, also die Datei, die du geändert hast, du weißt schon, die mit den indischen Göttern am Ende, in die Druckerei.«

»Nein! Oh, so ein Mist. Aber wie? Die Datei war doch auf meinem Stick. Die war niemals auf dem Firmenlaufwerk.«

»Ich weiß nicht! Auf jeden Fall ist deine Version eins zu eins gedruckt worden. Noch steht mein Computer im Blickpunkt und damit ich. Und das Schlimmste ist, ich war zu der betreffenden Zeit gar nicht im Büro. Wir stehen vor einem Rätsel.« Es brauchte keinen Psychologen, um die Mutlosigkeit ins Svens Stimme zu erkennen.

Raj schwieg erst, dann fragte er: »Kann ich was machen? Soll ich kommen? Die Saison ist eh bald zu Ende.«

»Nein. Auf keinen Fall, Raj. Bleib, wo du bist. Ich halte dich auf dem Laufenden. Gabi lässt grüßen und meinte, wir würden zusammenhalten, in guten wie in schlechten Tagen.«

»Das Ehegelübde. Wie passend. Sag ihr, es tut mir leid.«

»Ach Raj, du kannst ja auch nichts dafür. Aber wie gesagt, noch steht die Festung, die Schlacht beginnt und der Krieg ist noch nicht verloren.«

»Aber das fühlt sich jetzt nicht gut an. Denk daran, ich bin immer nur einen Anruf oder ein WhatsApp entfernt. Bitte halte mich auf dem Laufenden.«

»Mach ich. Dir auch noch ein paar erträgliche Tage. Wir bleiben in Kontakt. Tschüss, Raj.«

»Ciao, Sven.«

ॐ

Der Klingelton mit dem Swarmis Telefon die Sitzung unterbrach, war jedem seiner Mitarbeiter bekannt. Er wirkte auf sie wie ein Alarmsignal, das zu unverzüglichem Schweigen führte. Die kleine Runde von Führungskräften der Tigerfilm-Productions, die um den Besprechungstisch saßen, hielten die Luft an. Sie beobachteten ihren Boss, während der mit seinem Augapfel Sapna sprach. Swarmi stand auf und ging ein paar Schritte zu den zimmerhohen Fenstern. Mit Blick auf das unter ihm pulsierende Leben von Mumbai nahm er das Gespräch entgegen.

»Hallo meine Schöne, was verschafft mir die Ehre eines Anrufs zu ungewohnter Stunde?«

»Baba, wir sind in Schwierigkeiten, du musst uns helfen! Kannst du reden? Es ist ganz, ganz wichtig und ich kenne sonst niemanden, der genug Verbindungen hat!«

Sapna klang atemlos und aufgeregt. Er legte die Hand über das Mikrofon seines Handys und schickte seine Mitarbeiter mit einer Handbewegung in eine kurze Pause. Als sich die Tür hinter ihnen schloss, löste sich sein Sicherheitschef Vikram aus dem Schatten und trat neben ihn.

»Schätzchen, beruhig dich! Was ist passiert? Soll ich Vikram hochschicken? Er kann mit dem Jet in zwei Stunden in Jaipur sein!« Angst kroch ihm den Rücken hoch. Seine schlimmste Befürchtung war, dass sich seine Tochter in Gefahr befand.

»Nein, mir geht es gut. Onkel Vik brauche ich nicht. Aber irgendwas braut sich hier zusammen. Alle spinnen und schreien. Kannst du dich an Paul Forster erinnern? Ich hab dir von ihm erzählt, der mit dem Roman über die Macht der Götter. Du weißt schon, der hat gestern seine Lesung vorzeitig abgebrochen. Erst hat es ja geheißen, er wäre urplötzlich unpässlich. Von wegen Dehli-Belly. Der war so sauer, dass er sofort aus dem Hotel auscheckte. Ich weiß das, weil er seinen Füller liegen gelassen hatte, und ich sollte ihm den bringen. Innerhalb von zwei Stunden war er weg. Dabei hätte er morgen an der Abschlussveranstaltung teilnehmen sollen. Alles sehr ungewöhnlich. Meine Chefs suchen einen Schuldigen, von dem niemand weiß, was er verbrochen hat. Es ist wie in einem Thriller!«

»Das hört sich komisch an, aber nicht besorgniserregend. Wo komme ich ins Spiel? Wie kann ich dir helfen? Erzähl mir mehr.«

Gespannt hörte er Sapna zu. Er hatte so ein Gefühl. Und wenn Swarmi etwas hatte, dann den absoluten Riecher für eine Sensationsstory. Und das, was ihm seine Tochter in den folgenden Minuten atemlos berichtete, war genau das, was er suchte. Ein Roman mit einem neuen besseren indischen Ende. Und offenbar wusste niemand, wer der Schöpfer war, da der amerikanische Autor selbst zweifellos überrascht worden war. Glasklar war nur, es musste ein Inder sein. Das hatte Zauber und Kraft gemischt mit einem Hauch indischer Würze. Schon längst saß er an seinem Konferenztisch und kritzelte Notizen auf die Tagesordnung der Sitzung. Was für eine wunderbare Geschichte!

Er würde diesen geheimnisvollen Buchweltenveränderer finden. Wozu hatte er ein Netz von Informanten und Beobachtern? Vikram, sein bester Mann, sein Bodyguard, der Freund aus Kindertagen würde sich persönlich darum kümmern. Ohne Budgetbeschränkung und mit so viel Macht ausgestattet, wie erforderlich.

Ach ja, er musste seine Assistentin bitten, die Anfrage zu den Filmrechten an den Verlag im Sande verlaufen zu lassen. Die ganze Zeit hörte er Sapna zu, die ihre Beobachtungen ins Telefon flüsterte. Das war das einzige Unangenehme an der Situation: Er wollte seine Tochter nicht in Machenschaften verstrickt sehen, die sie zwingen könnten, ihre Komfortzone zu verlassen. Oder schlimmer: sie womöglich in Gefahr brachten.

Er würde eine fingierte Aufgabe für sie im Studio finden. War sie nicht so begeistert von Amir Shah? Nur die Liebe zu seiner Tochter brachte ihn so weit, das Undenkbare zu erwägen. Er würde über seinen Schatten springen und den einzigen Konkurrenten auf dem indischen Filmmarkt kontaktieren. Persönlich. Amir war nicht sein Feind, aber ebenso wenig sein bester Freund.

Die Worte seiner Tochter holten ihn in die Gegenwart zurück.

»Baba, ich muss aufhören, meine Pause ist zu Ende. Und so wie hier alle drauf sind, möchte ich nicht auffallen.«

»Alles klar, Schätzchen. Aber halte mich auf dem Laufenden und ruf an, egal wann, wenn du Hilfe brauchst.«

Während er über das eben Gehörte nachdachte, diktierte er die Aufgaben und Befehle an sein Team in sein Handy. Dann rief er seine Sekretärin Priyanka über die Gegensprechanlage. »Priya, schick mir Vikram rein, ich muss mit ihm reden. Und in der Zwischenzeit versuch, Amir Shah zu erreichen. Mit dem muss ich auch sprechen!«

Im Vorzimmer zuckte Priya mit den Augenbrauen. Was veranlasste den Chef, persönlich mit Amir Shah zu reden? Aber sein Wunsch ist sein Wille und ihr Befehl. Soweit sie sich erinnerte, hatte ihre Cousine Naazli eine Freundin, die eine Verbindung zu Amir hatte. Wozu war Familie da? Sie würde ihre Cousine bitten, ihr zu helfen.

»Ach ja, und die Anfrage zu den Filmrechten an diesem amerikanischen Roman legen wir erstmal auf Eis! Wenn sie sie uns anbieten, halten wir sie hin, aber bitte insistiere nicht weiter. Ich habe es mir anders überlegt. Und dann schick mir Vikram, er war eben hier. Ich brauche ihn sofort!«

Gedanklich rieb Swarmi sich die Hände, was für eine wunderbare Situation. Verworren, verzwickt, undurchsichtig und er an der Quelle. Oh, wie er seinen Job liebte.

ॐ

Vikram sah seinem Freund an, dass er für eine neue Idee brannte. Die Augen sprühten Feuer und er hatte in den letzten zehn Minuten drei Anrufer abgewimmelt, um sich ihrem Gespräch widmen zu können.

»Vikram, mein Freund, ich brauche deine ganze Schläue und deine Ressourcen, um einen Mann zu finden, von dem ich weder weiß, wie er heißt noch wo er ist. Ich weiß nur, was er gemacht hat und wo in Indien er das tat.« Mit diesen Worten nahm er ein Taschenbuch und legte es vor Vikram.

Der liebe Gott hilft nicht, verständnislos griff er nach dem Buch und sah es sich an. Von einem amerikanischen Autor, womit es für seinen Boss im Grunde unwichtig war. Jeder wusste, dass Swarmi Balasub und seine Tigerfilm-Productions nur indische Filmstoffe ins Kino brachten. Die leichte Unterhaltung lebte von einem Mix aus Farben, reibungslosen Plots und tollem Tanz zu mitreißender Musik.

»Ich sehe dir an, wie sich deine Hirnwindungen mit Gedanken füllen, deshalb erlöse ich dich von jeder weiteren Überlegung. Dieses Buch stammt von einem amerikanischen Autor, Paul irgendwas und sowohl das Buch als auch der Film sind etwas älter und in Indien nie richtig beachtet worden, bis zu dieser Ausgabe.« Er klopfte mit dem Finger auf das Buchcover des billigen Taschenbuchs. »Hier hat eine unbekannte Hand in den Lauf der Geschichte eingegriffen und dadurch endet der Roman angenehm indisch.

Mein Auftrag an dich ist ebenso einfach wie kompliziert: Ich suche die Person, der diese Hand gehört. Sapna hat mir viel von den Vorkommnissen in Jaipur erzählt, weil sie, wie du ja weißt, dort als Hilfskraft arbeitet. Sie darf auf gar keinen Fall mit hineingezogen werden. Vikram, sie muss vollkommen unbehelligt bleiben. Das habe ich ihr versprochen!« Swarmi fixierte ihn und begann, die Geschichte, so weit er sie von Sapna gehört hatte, zu erzählen. Während der ganzen Zeit machte sich Vikram weder eine Notiz noch schaute er sich das Buch genauer an. Er memorierte das Gehörte. Ungern hinterließ er Spuren. Sein Verstand war gefordert, das gefiel ihm. Eine ungewöhnliche Aufgabe und er spürte sofort ein Kribbeln.

»Swarmi, ich mache mich an die Arbeit. Gibt es ein Zeitlimit?«

»So schnell wie möglich. Wenn ich das richtig verstanden habe, sucht halb Jaipur in ganz Indien nach dieser Person und ich hätte gern als Erster die Möglichkeit mit ihm zu sprechen.«

ॐ

Wenige Minuten nachdem Vikram das Büro verlassen hatte, saß Swarmi wieder seinen Führungskräften gegenüber. Diesmal voller Elan, erfrischt durch eine Energie, die ihn schon lange nicht mehr angetrieben hatte. Umgehend setzte er sie ins Bild.

»Meine Herren. Ich habe soeben unser neuestes Filmprojekt entdeckt und, wenn Sie so wollen, geboren. Wir werden einen Roman verfilmen, der unser Portfolio entscheidend erweitern wird.

Wir werden indische Filmgeschichte schreiben.

Wir werden die Vordenker zu einer geistigen Revolution werden! Und wenn Sie sich jetzt fragen, wie wir das machen, kann ich ihnen so viel schon verraten: Wir werden einfach nur einen Amerikaner verbessern.

Wir krönen einen einfachen amerikanischen Roman mit einem kraftvollen, indischen Ende. Dazu bedienen wir uns unserer Kultur und unserer Religion und binden beides in das 21. Jahrhundert ein. Es werden hinduistische Götter vorkommen, die Wunder wirken. Und da wird es ein bisschen schwierig für uns Cineasten. Wie Sie wissen, ist unser Glaube farbenfroh und lebhaft. Das Leben der meisten Inder ist einfach und oft geprägt von Entbehrungen und Armut.

Nun brauche ich passend zum neuen Genre frische Ideen, wie wir diese zwei Welten darstellen, ohne unser Publikum zu überfordern oder zu beschämen. Und da wir gerade so schön beisammen sitzen, bitte ich um Vorschläge. Ein Brainstorming. Alles darf gesagt werden. Ich warte auf eure Kreativität.« Zufrieden schaute Swarmi in die Runde. Die meisten sahen ihn überrascht bis ratlos an. Keiner wagte es, eine Frage zu stellen.

Swarmi wusste, dass das Gesagte in ihren Köpfen zu arbeiten begann. Er rechnete nicht sofort mit Brillanz, doch über kurz oder lang, würde sein Traum wahr werden.

Und solange Vikram suchte, begann er schon mit den notwendigen Vorarbeiten. Eine Hand stieg langsam in die Höhe. Erfreut und überrascht sah Swarmi auf einen der Jüngsten der Gruppe, der zaghaft einen Blick nach links und rechts warf, bevor er die Hand ganz ausstreckte. Er war so neu im Team, dass Swarmi seinen Namen vergessen hatte.

»Ja, raus damit, was willst du sagen?«

»Mister Balasub, ich....«

»Um Himmels willen nenn mich Swarmi! Wir sind unter uns und formlos unterwegs.«

»Ja, dann. Swarmi, was hältst du davon, die Götterwelt in hochwertigem Cartoonstyle zu verfilmen? Ein bisschen wie in Roger Rabbit, aber ernster, erhabener. Damit können wir die Welt der Götter darstellen und grenzen sie zur Realität hin optisch ab.«

Schweigend verfolgten seine Mitarbeiter den kurzen Wortbeitrag und schauten erst den Grafiker an und dann beobachteten sie sein Mienenspiel.

Swarmi stützte das Kinn auf den Daumen und massierte mit dem Zeigefinger seine Oberlippe.

Schließlich sagte er: »Gar keine schlechte Idee. Hat Potential. Wie war dein Name? Den muss ich mir merken. Sind wir technisch so weit, dass wir das umsetzen können? Wenn nicht, melde dich, dann kaufen wir Knowhow zu. Stell dir ein Team zusammen. Arbeite weiter daran und skizziere, was du dir vorstellst. Ich glaube, etwas Unerwartetes würde perfekt passen. Gut, sehr guter Input. Meine Herren, bitte geht in eure Abteilungen zurück. Seid kreativ. Wir treffen uns, falls es weitere Vorschläge gibt, ansonsten zum wöchentlichen Meeting.«

Während sich das Besprechungszimmer leerte, eilte er an seinen Schreibtisch und ließ seinen Wagen vorfahren. Da seine Gedanken Purzelbäume schlugen und es in seinem Kopf summte, war er begierig darauf, sein neues Projekt mit Kala zu besprechen. Sie war zwar keine Vertreterin seiner Zielgruppe, aber sie hatte ein unschlagbares Bauchgefühl, auf das er sich schon seit Jahren verließ.

Kapitel 12

»Bevor du auf die Reise der Rache gehst, grabe zwei Gräber.«
Konfuzius

»Das gibt es doch nicht! Ich will wissen, wer dahintersteckt!«

Sven hörte die Stimme des Agenten von Paul durchs Telefon dröhnen. Schnell sah er zu Gabi, die zuckte mit keiner Wimper.

»Wie dämlich muss man sein, um diese Änderungen nicht zu bemerken! Wir verklagen euch! Paul will Köpfe rollen sehen. Das kostet euch ein Heidengeld, da könnt ihr alle Gift drauf nehmen.«

Zetern und Schreien hallte von den Wänden wider. Was war passiert? Der Versuch, die Unregelmäßigkeiten um den Roman unter den Teppich zu kehren, war gnadenlos gescheitert. Jetzt saß Sven mit Gabi im Büro des Zweigstellenleiters. Wie arme Sünder erduldeten sie den Ausbruch von Forsters Vermittler. Ein Vertrauensbruch dieser Größe durch die Verletzung des Urheberschutzgesetzes, das war bitter. Das war der literarische Super-GAU. Damit machte sich der ganze Verlag in der Branche zum Gespött. Was Jahre intensiver Arbeit gebraucht hatte, konnte jetzt in wenigen Wochen zerstört werden. Die Zweigstelle war in Gefahr. Und es war kein Ende in Sicht. Der Roman fand immer mehr Beachtung und Bollywood wollte die Filmrechte erwerben.

Wie war das so aus dem Ruder geraten? Statt einer neuen Taschenbuchreihe hagelte es Drohungen aus Amerika und im Büro regierte die miese Stimmung.

Gabi fixierte Sven, durchbohrte ihn mit ihrem Blick und er verstand. Ihre Lippen waren zu einer fleischlosen Linie zusammengekniffen. Kein Wort, sie würde draußen reden.

Nach der Zoomkonferenz entließ der Chef sie bis auf Weiteres. Schweigend durchschritten sie die Büroetage. Vor dem Aufzug gab Gabi ihm ein Zeichen und zischte:

»Sven, unsere Existenz steht auf dem Spiel. Wir müssen mit Raj sprechen. Sofort. Direkt. Nicht über Handy oder Computer.« Im Aufzug schwiegen beide, weil sie befürchteten, belauscht zu werden.

Es hieß, dass ein Vertreter aus Deutschland schon auf dem Weg wäre. Svens Computer bildete das Zentrum der internen Ermittlungen. Seine Korrektur, sein Auftrag, seine Schuld. Dieses Eskalationsschema konnte ihm den Kopf kosten. Das hatte es in der Geschichte der Niederlassung noch nie gegeben.

»Flieg am Wochenende nach Agra. Sprich mit Raj. Und mach schnell.«

»Und wenn es länger dauert? In der Situation blau zu machen, wäre fatal. Ich hab` keinen Urlaub mehr, wie stellst du dir das vor?«

»Lass das meine Sorge sein. Du bist bis auf Weiteres freigestellt. Ich kläre das mit Helen aus der Personalabteilung. Bitte beeil dich. Wir müssen den anderen einen Schritt voraus sein. Raj kommt bald wieder. Ich will nicht, dass er ins offene Messer läuft. Pia soll dir einen Flug buchen.«

Freigestellt! Beurlaubt! Als ihm dämmerte, wie gefährlich die Auswirkungen für sein berufliches Leben sein konnten, räumte er seinen Schreibtisch auf. Dann rief er Pia an, damit sie ihm einen Flug für Freitag suchen sollte, umbuchbar, wenn möglich. Was für ein Chaos. Er musste heute noch einmal zu Karim gehen. In Rajs Abwesenheit war der gewitzte Koch ein Freund und Bestandteil seines Tages geworden.

Kapitel 13

»Ist man in den kleinen Dingen nicht geduldig,
bringt man die großen zum Scheitern.«
Konfuzius

Enn sah aus dem Augenwinkel, wie sich ihr jemand näherte. Im nächsten Augenblick lehnte Sally neben ihr an der Rezeption. Die Freude, die Freundin nach langer Zeit wieder zu sehen, wog das Gefühl am Rande eines Abgrundes zu stehen nicht auf. Nicht nur dem beruflichen Verhältnis zwischen ihr und Paul drohte Gefahr. Hier stand eine Freundschaft auf dem Spiel, die jahrelang und über Tausende von Kilometern bestanden hatte.

»Total verfahrene Situation, findest du nicht?« Das liebte Enn an Sally, geradlinig bis zum Erbrechen.

»Erzähl mir was Neues«, murmelte sie.

»Hast du kurz Zeit? Ich habe eine Idee, wie wir die Sache etwas entspannen.«

»Sollen wir einen Kaffee trinken?« Enn war schon einige Tage in New Delhi und die Situation war genauso verfahren wie am Anfang. Sie war so verzweifelt, dass ihr der Ge-danke an eine rettende Idee wie Ambrosia vorkam.

»Nicht hier. Zu viele Ohren. Lass uns ins Spa gehen. Ich

mache uns einen Massagetermin aus. Wann hast du Zeit?«

»Ich erwarte einen Anruf aus Bangalore. In einer halben Stunde wollen sich der Anwalt oder der Agent deines Mannes, womöglich beide via Zoom melden. Ich muss erst einmal Klarheit kriegen. Ab 14 Uhr sollte ich frei sein.«

»Okay, dann treffe ich dich um zwei im Spa.«

ॐ

Als Enn die schmiedeeiserne Wendeltreppe ins luxuriöse Hotel-Spa hinabstieg, war sie am Boden zerstört. Vor allem das Gespräch mit Paul und seinem Rechtsbeistand toppte ihre schlimmsten Albträume. Abgesehen davon, dass ihr schleierhaft war, wie man das Ende eines Romans mit wenigen Änderungen ins Gegenteil wenden konnte, waren die Auswirkungen katastrophal. Paul, ihr netter, lustiger Freund aus der Zeit als Au-pair, hatte geschäumt vor Wut. Sein Anwalt, der in Enns Fantasie zum Feindbild mutierte, ein Hirsch unter dem Herrn, hatte Benzin in die züngelnden Flämmchen gegossen und einen Flächenbrand heraufbeschworen. Jetzt wollten beide Männer Rache. Paul würde sich, so wie es aussah, nur mit rollenden Köpfen zufriedengeben. Sein Aasgeieranwalt gierte nach Geld, viel Geld. Der Schaden für den relativ jungen Ableger des Verlages in Indien war gigantisch. Um die Schließung der ansonsten erfreulichen Filiale zu verhindern, würden sie einen Sündenbock opfern, um den Rest zu retten. Erschüttert wurde sich Enn ihrer Machtlosigkeit gewahr, dass sich trotz enormer Anstrengungen und Druck die Schuldfrage nicht befriedigend löste. Wenn sie Gabi richtig verstanden hatte, stand das Team vor einem Rätsel.

Sobald sie die Tür zum Spa-Bereich aufstieß, empfing sie Instrumentalmusik und ein orientalischer Duft. Sie schnüffelte. Angenehm und erfrischend. Es war etwas Zitrusartiges gemischt mit Holz. Süßlich.

»Es ist Sweet Orange mit Zedernholz«, holte sie Sallys Stimme in die Wirklichkeit. Sally wartete in einen kuscheligen Bademantel gehüllt in einem gemütlichen Sessel. Ihr Gesicht glänzte proper. Sie hatte offenbar eine Gesichtsbehandlung hinter sich. Wie ein Teenager kicherte sie und hielt Enn einen gehämmerten Kupferbecher entgegen.

»Turmeric on ice, verfeinert mit Gin. Gegen die Sorgenfalten. Das und das Facial. Kann ich dir nur empfehlen. Es war wunderbar. Jetzt haben wir einen gemeinsamen Massagetermin und die Therapeutinnen verstehen kaum Englisch. Trotzdem schlage ich vor, wir unterhalten uns auf Deutsch. Das müsste ich noch hinkriegen. Wichtig ist, dass wir endlich Zeit für im Untergrund arbeitende Gedanken haben.«

Wenige Minuten später lagen sie eingehüllt in Handtücher auf warmen Liegen und warteten auf die Masseurinnen, als Sally zu berichten anfing:

»Paul ist wütend. Aber bei richtiger Handhabung und Pflege beruhigt er sich wieder. No problem. Er versteht nicht, was passiert ist. Das Problem sind seine Berater. Sein Anwalt formulierte schon eine Klageschrift und will um das Urheberrecht prozessieren.«

»Oh, no!« Enn ließ die Stirn auf die Liege fallen.

»Enn, Sweetheart, keine Sorge. Der Anwalt ist in New York und kommt so schnell nicht nach Indien. Paul regt sich auf, dass das erste Treffen erst im April möglich sei. Sein Agent sei unabkömmlich, weil er mit einer Autorin durch Amerika tourt. Und Paul bleibt hier, er will das aussitzen. Er befürchtet, dass noch mehr schiefläuft, wenn er es nicht persönlich regelt. Solange wir ihn hier haben, können wir mitmischen. Wenn ich das einkalkuliere, blieben uns drei maximal vier Wochen, um die Sache aus der Welt zu schaffen.«

»Ach Sally«, seufzte Enn und schaute die Freundin an, »wenn es so einfach wäre. Ich bin verzweifelt. Wir wissen nicht einmal, wer was gemacht hat. Die Filiale wurde ursprünglich gegründet, um die deutschen Korrekturangaben ins Englische zu übersetzen. Das ist in Indien billiger. Da gibt es niemanden, der sprachlich zu so einer Änderung in der Lage ist. Deshalb lasse ich checken, ob es in der medizinischen Studienbuchabteilung jemand gibt, der dem Täterprofil entspricht. Was soll ich sagen: es sieht nicht gut aus. Alle Nachforschungen führen zu einem Computer in dieser Abteilung. Mit dem zuständigen Mitarbeiter konnte ich noch nicht sprechen. Ich erreiche nur seine Chefin Gabi, die auch vor einem Rätsel steht. Dann wäre da noch die Druckerei. Aber die fällt aus, weil die kaum Englisch sprechen. Übrig bleiben nur lose

Enden. Meine beste Quelle meinte, es gäbe zwei mögliche Kandidaten: einen Mitarbeiter, der, frag mich warum, noch den gesamten März in Agra ist. Und eben den deutschen Mitarbeiter, von dessen Computer die veränderte Textversion verschickt wurde. Sally, ich bin am Ende mit meinem Latein.« Kraftlos ließ sie ihren Kopf auf die verschränkten Hände fallen. Nervös zuckte sie zusammen, als abrupt die Tür aufging, beruhigte sich wieder, als sie die beiden Masseurinnen sah. Sally zwinkerte und hauchte: »German now!«

Sie war nicht nur eine gute Zuhörerin, sie hatte auch empfindliche Ohren, weshalb sie die meisten Telefonate von Paul mitgehört hatte, während sie Sudokus lösend auf dem Sofa lag.

»Dieser Mitarbeiter in Agra heißt Rajnagar Kumar. Das hat Paul gesagt. Und as I know, er arbeitet beim Taj Mahal als Guide.« Enn wollte Sally unterbrechen, doch Sally fuhr eindringlich fort.

»Ich habe gebitten Paul, mit mir ein paar Tage aus dem Hexenkessel zu entfliehen und zu nutzen unserer Zeit in Indien. Dann ich habe gezogen die Weibchen Karte und gebettelt, dass wir anschauen wenigstens das Taj Mahal, wo wir doch hier sind. Jetzt wir haben keine weiteren Termine in die unangenehme Angelegenheit und Paul hat zugestimmt zu fahren nach Agra.« Abschließend flüsterte Sally: »Dieser Rajnagar arbeitet für eine Agentur, die viel deutschsprachige Touristen leitet. And now guess: du bist in die Spiel. Ich möchte, dass du buchst schnell eine Tour mit Mr. Kumar. Weil du bist Deutsche und dann wir schauen den Mann an. In meine Welt arbeitet ein Böser nicht so viel in zwei Jobs. Wir müssen finden heraus, was steckt hinter dieser ganzen Sache!«

Kapitel 14

„Auch eine Reise von 1000 Meilen beginnt mit dem ersten Schritt."
Konfuzius

Langsam legte Vikram seine Lektüre auf den Tisch.

Er schob seinen Sessel zurück und stand auf. Sein Blick folgte dem Treiben auf der Uferstraße, bevor er weiter in die Ferne Richtung Sonne ging. Er mochte die Aussicht auf Mumbai, auf das Meer und die Weite. Die Ruhe und die Ordnung in seinem Büro waren ihm heilig, nur so konnte er nachdenken. Er hatte das Rätsel fast gelöst.

Seine Leute hatten die vier erreichbaren Ausgaben des Romans gelesen und verglichen. Die wesentlichen Änderungen tauchten nur in der neuesten Auflage auf und ausschließlich in den Büchern, die für den indischen Straßenverkauf gedruckt worden waren. Die Zielperson befand sich entweder in der Druckerei oder im Verlag. So viel war klar. Er schloss die Druckerei aus. Abgesehen davon, dass dort niemand genug Englisch oder Deutsch sprach, wäre ein Mitarbeiter aufgefallen, der stundenlang am Computer saß und schrieb. Seine Vermutung war von Anfang an gewesen, dass der Gesuchte in der Korrekturabteilung arbeitete.

Seine Computerspezialisten waren der Quelle schon sehr

nahe, wie man ihm berichtete. Es forderte Geschick, um auf den verlagsinternen Server zu kommen, war aber nicht unmöglich. Indien hatte sich in den letzten zwei Jahrzehnten zu einer Hochburg der Computerbranche entwickelt. Und in Bangalore saß man am Nabel der Computerwelt. Die indischen Hackergenies ließen ihre Kollegen im amerikanischen Silicon Valley erzittern. Sein Mann für die Internetrecherche sollte ihn heute informieren. Dann würde er die Strategie verfeinern. Das Klingeln seines Handys riss ihn aus den Gedanken.

»Wir können nichts finden. Alles scheint bei einem deutschen Redakteur zu enden, der aber meines Erachtens nach nicht in Frage kommt. Soll ich weitersuchen, Chef?«

»Ist es immer noch der, der schon länger im Fokus ist?«

»Offensichtlich. Sobald ich etwas Neues finde, melde ich mich sofort, Chef.«

Er schätzte seine Mitarbeiter, es gab keine besseren, aber er kannte deren Grenzen. Schnüffeln, recherchieren und bestechen war kein Problem und durch sein enges Netz an Informanten, die gierig nach Geld waren, hatte er innerhalb weniger Tagen mehr erreicht als erhofft. Jetzt musste er selbst zur Quelle fahren und durch Beobachtung versuchen, der Sache auf den Grund zu gehen.

»Nein, danke. Behalte die Vorgänge aber im Auge.«

Sein nächstes Telefonat ging an Swarmis Assistentin Priya. »Geschätzte Priya, konntest du meine Bitte erfüllen? Ja, gut, dann hole ich mir das Päckchen gleich ab. Ich fliege heute noch nach Bangalore.«

ॐ

Er hatte alle Hebel in Bewegung setzen müssen, um den ominösen Mr. X endlich aufzuspüren. Aber der junge Auländer, den man ihm genannt hatte, konnte unmöglich die gesuchte Person sein. Die Datei mit den relevanten Änderungen war zwar von seinem PC an die Druckerei geschickt worden waren, aber für Vikram kam dieser naive deutsche Sven nicht einmal in die engere Auswahl. Für die weiteren Nachforschungen war er aber ein guter Startpunkt und deshalb stand Vikram jetzt auf einer staubigen Nebenstraße am Rande des neuen Businessviertels von Bangalore im tropischen Süden. Zuvor hatte er seinem Mittelsmann eine Schachtel mit edlen Visitenkarten verpackt in Schmiergeld in die Hand gedrückt.

»Verteile diese Visitenkarten.«, hatte er ihn angewiesen, »Überall. Jeder muss über sie stolpern. Vor allem im Bürogebäude. Um den Rest kümmere ich mich.«

Von diesem Spitzel hatte er den Tipp bekommen, dass dieser Sven oft mittags den Verlag verließ, um draußen zu essen. Und so stand Vikram in Sichtnähe der Türen des Bürogebäudes, in dem sich auf zwei Etagen die Verlagsbüros befanden, und wartete im Schatten. Als sich die Tür endlich öffnete und Sven heraustrat, folgte Vikram ihm diskret zu einer indischen

Straßenküche wenige Meter entfernt. Das war bemerkenswert. Der Deutsche aß auf der Straße, was an sich schon ungewöhnlich war. Alle Ausländer, die er kannte, würden angesichts des Vorschlages die Nase rümpfen. Vielleicht hatte er sich doch geirrt.

Das war seine Gelegenheit, mehr zu erfahren. Er würde warten, bis er die Information erhielt, derentwegen er gekommen war. Er hatte so ein Gefühl, als ob seine Hoffnungen hier richtig waren. Und schon konnte er hören, wie der kleine indische Verkäufer ein Gespräch begann. Sven schien bekannt zu sein.

ॐ

»Sven-ji, mein Freund, wie schön dich zu sehen. Darf ich dir dein tägliches Bananenblatt geben? Kannst du riechen, was es heute Köstliches gibt? Es gibt Shahi Karim Aloo, überaus schmackhafte Kartoffeln und Palak Paneer a la Karim, Spinat mit Frischkäse.« Nachdem Geld und Bananenblatt getauscht wurden, fragte der indische Koch nach einem gemeinsamen Bekannten. »Hast du etwas von unserem lieben Freund Raj gehört? Wie läuft das Geschäft mit den Touristen?«

»Nein, aber ich werde heute mit ihm telefonieren. Er ist schwer zu erreichen, mit den Touristen am Taj Mahal.«

Für einen Europäer aß er recht geschickt das breiige Mahl, soweit Vikram das beobachten konnte. Unauffällig näherte er sich dem Stand, erwarb ein Essen und blieb in Hörnähe stehen. Während er das Gericht aß, wandte er ihnen den Rücken zu und lauschte konzentriert dem Wortwechsel.

»Du musst Raj verstehen lernen. Raj hat Verpflichtungen als einziger Sohn der Familie. Er muss genug Geld für alle verdienen und gleichzeitig den Spagat zwischen hier und Agra schaffen. Er hat mir oft gesagt, dass es für ihn ein Glücksgriff war, sowohl im Verlag als auch in seiner Heimatstadt arbeiten zu können. Obwohl ich die Sehnsucht nach der Familie nachvollziehen kann, habe ich nie verstanden, wie das alles funktioniert. Zumal er ja eine Karriere hier macht. Wer erledigt seine Arbeit im Verlag, wenn er nicht da ist? Fehlt er nicht?«

Sofort wurde Vikram hellhörig. Ein Mann, der hier arbeitete und vorübergehend woanders beschäftigt war, würde vieles erklären.

»Karim, du darfst es niemandem erzählen, aber es passieren komische Sachen. Es läuft gerade etwas unrund.«

»Wie meinst du? Oval etwa. Mit einem ovalen Rad kann man tadellos fahren, es wird anstrengender, aber nicht unmöglich.«

»Wenn es so einfach wäre! Schau, wir wissen, welche Verkaufszahlen normal sind, aber dieser Roman zerrinnt uns zwischen den Fingern. Er ist weg, verschwunden. Als wäre die gesamte Lieferung in den Ganges gefallen. Zusätzlich erreichen uns im Verlag beängstigende Anfragen aus der Zentrale.«

»Hast du mit Boss Gabi gesprochen?«

»Sie stimmt mir zu, alles sehr ungewöhnlich. Wir beobachten derzeit noch.« Sven erwähnte nicht, dass es genau das Buch war, an dem Raj ihm die Macht der indischen Götter erklärt hatte. Und er behielt für sich, wie dramatisch die Situation sich zuspitzte.

»Hast du mit Raj geredet?«

»Nein, diese Woche nicht, aber sobald ich ihn telefonisch erreichen kann, ist das mein nächstes Gespräch.«

ॐ

Zufrieden zerknüllte Vikram sein Bananenblatt und warf es über den Zaun. Er hatte genug gehört. Es wurde Zeit, aktiv zu werden. Wenn man weiß, wo man suchen musste, tat man sich leichter. Er drehte sich um und ging mit langen Schritten davon. Dass die Augen des pfiffigen Straßenkochs ihm folgten, bemerkte der hochgewachsene Inder nicht.

»Hast du den gesehen?«, raunte Karim Sven zu.

»Wen?« Sven schaute sich um. »Hier sind so viele. Wen genau meinst du?«

»Den großen Sikh im Anzug mit dem Turban, der eben hier gegessen hat. Er stand keine fünf Meter von dir entfernt und steigt da drüben in den weißen Toyota.«

»Ach der, was ist mit dem?«

»Hast du seine Schuhe gesehen? Handgenähte Lederschuhe und ein feiner Zwirn, so jemand kommt normalerweise nicht bei mir zum Essen vorbei. Ich bin mir sicher, dass ich den noch nie gesehen habe. Als ich ihm sein Bananenblatt gab, habe ich seine Uhr gesehen. Tag Heuer oder Omega. Was ganz Teures und nicht fake, da bin ich mir sicher.«

Nachdenklich schaute Sven dem Toyota hinterher. Langsam gab es für seinen Geschmack zu viele Zufälle. Zeit, in den Verlag zurückzukehren. Der Flug war für morgen gebucht, er musste nur noch einmal kurz mit Gabi reden. Dann konnte er etwas früher fahren, zuhause packen und sich morgen direkt zum Flughafen bringen lassen. Ihm graute davor, seinen Arbeitsplatz jetzt zu verlassen, auch wenn diese angespannte Stimmung, vermischt mit Angst um den Job, sehr unangenehm war. Die gesamte Lage erinnerte ihn an seine Sinnkrise im Studium. Nur dieser Schritt würde sein Leben nicht positiv verändern. Da war er sich sicher.

ॐ

Seit Tagen waberte der Zorn der Geschäftsführung durch die Gänge des Verlags in Bangalore. Die Atmosphäre erinnerte an einen Schwarz-Weiß-Krimi. Schwer lastete der Vertrauensbruch auf dem Haus. Die Mitarbeiter huschten in die Pausenzone, scherzten nicht, plauderten kaum und selbst das Mittagessen wurde schweigend verzehrt. Entgegen ihrer sonstigen Angewohnheit verließen sie in der Mittagspause das Gebäude und zogen es vor, im Schatten der Garage zu hocken.

Was war nur passiert? Woher rührte diese Aufregung? Der Roman, um den es ging, wie man sich hinter vorgehaltener

Hand zuraunte, verkaufte sich sensationell. Er war ausverkauft. Die Beachtung stieg. Sogar Bollywoods wichtigstes Filmstudio bombardierte die Filiale in Bangalore mit Anfragen. Es ging das Gerücht um, dass man schon ein Paar indischer Herkunft für die beiden Protagonisten suche.

Die derzeitige Stimmung war schwierig zu erklären. Wollte man keinen Gewinn erzielen? Die Ortskräfte fühlten sich von Spitzeln umgeben. Gabi hatte in einem der letzten Gespräche in der Pausenzone gebeten, dass niemand Informationen an Außenstehende gab. Und doch war die Presse informiert. Vor einigen Tage waren Reporter vor dem Gebäude aufgetaucht. Sogar die Sonntagsbeilage der Times of India hatte ein Statement gebracht. Die Gerüchteküche tat ein Übriges, um die Stimmung anzuheizen.

Nun war Sven, der immer wieder im Zusammenhang mit der Affäre genannt wurde, beurlaubt. Manche meinten, ihm sei sogar gekündigt worden, was andere wiederum verneinten. Offensichtlich war er seit zwei Tagen nicht im Büro erschienen und keiner hatte von einem bevorstehenden Urlaub oder einer Geschäftsreise gewusst. Gabi äußerte sich weder zu den Gerüchten noch zu Svens Urlaub. Für die Führungskräfte in Deutschland war sie die zuständige Stelle, da in ihrem Team der Verräter sein Unwesen getrieben haben musste. Man prüfte, ob es zu mehr Unregelmäßigkeiten gekommen sei. Für morgen war eine Mitarbeiterinformation angekündigt worden. Alle warteten gespannt und beobachteten das Treiben. Als nächstes wurde ein hochrangiger Vertreter der deutschen Zentrale erwartet. Laut der internen Gerüchteküche sei dieser zurzeit in New Delhi, um den tobenden Autor zu besänftigen. Diese Führungskraft sollte die Machenschaften aufklären und Wunder vollbringen. Viele Mitarbeiter fürchteten sich vor einer so machtvollen Person, die die Ortskräfte nicht kannte. Was konnte daraus Gutes entstehen?

ॐ

Inmitten dieser chaotischen Situation schlüpfte erneut eine Person in Gabis Büro. Das Klopfen war eher ein vorsichtiges Streicheln an der Tür. Als Gabi hochsah, stand die Praktikantin Pia vor ihr.

»Pia, ich kann gerade nicht.« Gabi sah sich das Mädchen genauer an. Ihr Augen waren geschwollen und rot, offensichtlich hatte sie geweint.

»Oh Gott, Kindchen, ist was passiert? Setz dich!« Sie zog einen Karton mit Papiertüchern aus dem Schreibtisch und stellte ihn vor die junge Studentin.

»Miss Gabi, ich bin an allem schuld«, platzte es aus ihr heraus. »Ich bin in Svens Büro gegangen, weil die Druckerei dringend auf die Unterlagen wartete. Ich war doch in der Kontaktabteilung. Aber Sven war nicht da. Das habe ich dem Produktionsplaner gesagt. Und der hat mich angemotzt, ich solle diese Datei besorgen, weil jede Stunde, die die Rotationsdruckmaschine stillsteht, Unsummen kosten würde. Da bin ich an seinen Computer und habe die aktuellste Datei verschickt. Und jetzt ist Sven weg und Raj wird gesucht und alle haben Angst, dass sie den Job verlieren. Es tut mir so leid.« Pia weinte, während Gabi das Gehörte überdachte.

»Wie konntest du in Svens Computer kommen? Ist der nicht durch ein Passwort geschützt?«

»Schon, aber ich war ja schon bei Sven in der Abteilung. Daher kannte ich es. Außerdem klebt immer eine Klebenotiz unter der Schreibtischunterlage mit dem aktuellen Passwort. Machen fast alle so.« Sie hickerte und traute sich nicht, Gabi in die Augen zu sehen.

»Danke, dass du so ehrlich warst. Bitte, geh zurück an deinen Arbeitsplatz, packe dein Zeug und geh nach Hause. Ich melde mich, sobald ich weiß, was wir als Nächstes machen werden.«

»Es tut mir so leid, ich wollte das doch nicht.« Schnell wandte sie sich zum Gehen. Mit hängendem Kopf griff sie nach der Türklinke.

»Pia, warte kurz. Wie kommst du darauf, dass Raj was damit zu tun hat? Du hast ihn eben erwähnt.«

»Miss Gabi, die indischen Mitarbeiter redeten heute in der Pause darüber. Ich weiß nicht, was genau und warum, weil alle plötzlich aufhörten zu reden, aber es fiel Rajs Name und da dachte ich, weil er doch auch weg ist.« Eine Träne tropfte auf den Boden. Was für ein furchtbarer Schlamassel. Pia schlüpfte durch die Tür und schloss sie leise hinter sich.

Zum Glück war die Büroetage schon leer. Sie überquerte den Gang und ging ins Klo. Sicher war sicher. Jetzt flossen die Tränen in Strömen. Das könnte das Ende ihres Praktikums bedeuten. Nächstes Mal würde sie nur machen, was ihr gesagt wurde. Während sie energisch ihre Hände wusch, schaute sie kurz in den Spiegel. Rote, vom Heulen geschwollene Augen. Nie wieder würde sie die Initiative ergreifen. Soll doch der Druckereileiter rumschreien und ausflippen. Nicht ihr Problem. Wenn sie nur das Rad zurückdrehen könnte. Sie würde alles anders machen. Dienst nach Vorschrift. Und das Schlimmste war: Nicht nur sie würde für ihr vorschnelles Handeln bestraft werden. Sven war beurlaubt und Raj konnte sich nicht wehren. Er war nicht mal da. Alles nur, weil sie es gut gemeint hatte.

Oh Gott, sie hatte vergessen, Gabi die Visitenkarten zu zeigen, die überall im Büro unter der Hand weitergegeben wurden. Zurückgehen? Oder konnte sie das morgen mit Gabi besprechen? Nein, es musste sofort sein. Dann hatte sie es hinter sich. Zur Sicherheit hatte sie zwei dieser eigenartigen Karten mitgenommen. Es stand nur eine Handynummer drauf und ein Wort in diesem krakeligen Hindu Buchstaben. Die einheimischen Mitarbeiter hatten ihr erklärt, was es bedeutete: Frag dein Karma!

Schnell wusch sie sich das Gesicht und band die strubbeligen Locken zusammen. Arme Sünderin Style, wie ihre beiden Mitpraktikanten sie immer aufzogen. Erneut überquerte sie den Gang, klopfte und steckte den Kopf ins Büro. Gabi saß versunken vor ihrem Computer und hatte den Kopf in die Hand gelegt. Sie sah auf. »Gibt es noch was?«

Pia knabberte an der Unterlippe und nickte. »Ich weiß nicht, ob es konkret mit dem Vorfall zu tun hat. Aber seit einigen Tagen taucht diese Visitenkarte im Büro auf. Niemand weiß, wer sie verteilt. Hier habe ich zwei.« Sie reichte sie Gabi über den Tisch.

»Und was ist das?« Gabi schaute verständnislos auf die identischen, hochwertigen Visitenkarten.

»Es ist Hindi und heißt Frag das Karma! Oder so. Es sei ein Befehl, ein Angebot anzunehmen, eine Aufforderung, sagen die Kollegen, die Hindi sprechen. Ich dachte, es sei vielleicht hilfreich.«

»Danke, Pia.« Gabi starrte einige Sekunden lang auf die Karte in ihren Händen. So, so, eine Botschaft. Es war nicht die Erste dieser Visitenkarten, die ihr zugespielt wurde, aber jetzt ergab es einen Sinn. Und natürlich erkannte sie den Plan dahinter. Man wollte mit einem der indischen Korrektoren Kontakt aufnehmen, ohne die deutsche Verlagsleitung zu involvieren. Offenbar suchte jemand intensiv nach Raj. Jemand war der Lösung des Rätsels gefährlich nahegekommen. Sie klopfte einige Male mit der Karte auf die Fingerkuppen ihrer linken Hand, schob sie dann in ihre rechte Schreibtischschublade. Wer weiß, wofür sie sie brauchen würde.

Kapitel 15

»Um Herz und Verstand eines anderen Menschen zu verstehen,
schaue nicht darauf, was er erreicht hat,
sondern wonach er sich sehnt.«
Khalil Gibran

Der Zettel, den Enn Sally neben den Frühstückskaffee schob, enthielt die Feindaten für die gebuchte Tour. Über Augenkontakt verständigten sich die beiden Frauen.

»Paul, wäre es für dich okay, wenn Enn uns auf unserem Ausflug nach Agra begleitet? Wir haben nur so wenig Zeit und ich mag jetzt nicht auf alles verzichten und Enn war auch noch nie in Indien. Und wir haben in unserem Wagen doch Platz. Schau, während du dich ausruhst, können Enn und ich über alte Zeiten plaudern.« Die Hoffnung auf eine ungestörte Fahrt war genau das Argument, das Paul zustimmen ließ.

Und so verließ früh am nächsten Morgen eine klimatisierte Limousine New Delhi Richtung Agra und das Schicksal nahm einmal mehr seinen Lauf.

ॐ

»Namaste! Mein Name ist Rajnagar, aber Sie können mich Radsch nennen. Ich freue mich, Sie heute durch Agra führen zu dürfen.« Noch während er auf den Beifahrersitz der großzügigen Limousine rutschte und die Tür hinter sich schloss, begrüßte er seine Gäste. Mit einem Lächeln schaute er in die Runde: ein Mittfünfziger und zwei Frauen, wahrscheinlich Schwestern. In diesem Augenblick sprach die jüngere, schwarzhaarige ihn auf deutsch an.

»Guten Tag, mein Name ist Enn und ich habe eine Bitte. Meine Freunde kommen aus Amerika und wir möchten die Tour gemeinsam machen, allerdings fühle ich mich in meiner Muttersprache sicherer. Können Sie eine gemischte Sprachführung machen?«

»Natürlich, gern. Können wir uns alle duzen? Immerhin seid ihr im Urlaub, nehme ich an,« fragte Raj. Daraufhin machte er sie mit der Planung für die nächsten beiden Tage bekannt, während der Fahrer sie zum ersten Stopp ihrer Reise, dem Red Fort brachte.

Im Red Fort versetzte Raj seine Gäste in Erstaunen. Eifrig folgten die drei ihm und machten große Augen nicht nur wegen der beeindruckenden Architektur der Befestigungsanlage, sondern auch wegen der eloquent in Englisch und Deutsch dargelegten Erläuterungen. Er schulte ihre Augen und ihre Aufmerksamkeit und entführte sie auf einen Ausflug in das Leben im alten Indien.

»Ich hatte einmal eine Besucherin, die mich darauf hinwies, dass unsere Füße genau den Boden berühren, wo in früheren Jahrhunderten keine Europäerin enden wollte: in einem Harem am anderen Ende der Wüste Thar hinter der zivilisierten Welt. Das ist eine treffende Umschreibung für die Zustände und Ängste, die für einen Europäer damals mit diesen Mauern verbunden waren. Im Gegensatz dazu suchte der Protagonist im Medicus hier erhellendes Wissen über die Medizin des alten Orients und Chinas.«

»Meinst du, dass das wirklich ein Harem war? So wie wir uns den vorstellen? Und die Frau des Sultans fand das in Ordnung, mit den Mätressen ihres Mannes zusammenzuleben?«, Sally sah den ausgetrockneten Springbrunnen in der Mitte der Anlage empört an. Dabei konnte der nichts für seine Existenz.

»Ich befürchte, man versteht diese Epoche nicht, wenn man sie mit unseren Augen betrachtet. Damals ehrte ein Mogulkaiser die drei großen Weltreligionen, indem er sich jeweils eine hinduistische, eine moslemische und eine christliche Gemahlin nahm. Dazu kamen alle unversorgten Frauen seines Vorgängers und weibliche Familienmitglieder, die nicht anderweitig an den Mann zu bringen waren. Zudem bekam er von machthungrigen Nachbarherrschern bildhübsche Töchter aufgedrängt in der Hoffnung, damit eine gewinnbringende Familienbeziehung zu knüpfen. Was sollte er tun? Für ihn war daran nichts falsch. Es wurde von ihm erwartet. Ist man nicht immer ein Kind seiner Zeit?« Raj musterte Sally und Enn und erwartete einen Einwand des schweigsamen Amerikaners. Er konnte dessen bohrenden Blick förmlich spüren. Aus Erfahrung wusste er, dass Zuhörer so intensiv starrten, um ihre Erwiderung nicht zu vergessen und nur darauf warteten, zu Wort zu kommen. Aber Paul schwieg. »Heutzutage kann sich das niemand mehr vorstellen.«

Mit einem charmanten Lächeln fügte er hinzu: »Wobei noch vor 70 Jahren Gayatri Devi, die wunderschöne Maharani von Jaipur, nicht nur eine Freundin von Jacky Kennedy war, sondern die zeitgleich dritte Frau des Maharajas Man Singh.« Mit diesem Kommentar geleitete Raj seine Besucher zur Limousine zurück.

Trotz glühender Sonne und trockener Hitze hing Sally fasziniert an den Lippen des jungen Inders und vergaß fast den Grund ihres Besuchs. Eines war sicher, dieser belesene Führer passte nicht in ihre Vorstellung von einem Gauner, der sich heimtückisch über Pauls Roman hergemacht hatte und den sie dingfest machen wollte. Sie musste mit Enn sprechen und ihre Beobachtungen austauschen. Davor aber freute sie sich wie an jedem Abend ihres indischen Abenteuers auf eine kalte Dusche, einen Gin Tonic und ein köstliches Abendessen.

Irritiert schaute Raj auf sein Diensthandy. Drei verpasste Anrufe von Sven. Das sah nicht gut aus. Was er wohl wollte? Er rief ihn zurück.

»Sven, ich bin's Raj. Du hast mich auf dem Diensthandy angerufen, sorry, das habe ich bei meinen Touren nicht dabei.

Was gibt's?«

»Raj, ich bin in Agra. Können wir uns treffen?«

»Was machst du in Agra? Natürlich. Wo bist du? Ich komme hin.«

»Ich habe zwei Nächte im Grand Hotel Imperial gebucht, war günstig. Kennst du das?«

»Klar, ich bin in 20 Minuten dort. Sven, bitte speichere dir diese Nummer ab. Das ist meine Fremdenführer-Handynummer. Da erreichst du mich besser. Bis gleich.«

Voller Neugier hielt sich Raj weder mit Essen noch mit Umziehen auf, sondern verließ umgehend das Haus und winkte sich ein Tuktuk.

Warum war Sven so kurzfristig nach Agra gekommen? Sicher hatte das mit der Verwechslung der Dateien zu tun. Er hasste es. Er würde nie wieder etwas schreiben, schwor sich Raj. Aber im Augenblick konnten sie nichts machen. Damit Sven nicht vollkommen umsonst in seiner Heimatstadt war, wollte er ihm anbieten, am nächsten Morgen mit zum Taj zu kommen. Seine Kunden waren so nett, die hätten sicher nichts gegen einen zusätzlichen Gast, zumal der aus Deutschland kam.

ॐ

Als Raj am nächsten Tag im Morgengrauen vor dem Hotel seine Besucher traf, bat er um die Gunst, einen deutschen Freund, der sich zum ersten Mal in Agra aufhielt, mitnehmen zu dürfen. Dieser wartete bereits am Eingang zum Taj Mahal und würde die Tickets besorgen. Und natürlich war das kein Problem.

»Vielleicht ist es sogar besser, wenn wir unseren Verdächtigen im Umgang mit seinesgleichen erleben,« flüsterte Sally Enn ins Ohr. Man war am Vorabend übereingekommen, dass sie vor Sonnenaufgang beim Grabmal sein wollten, um das Farbenspiel des Lichts auf dem Marmor zu erleben. Gut gelaunt begaben sie sich zum Taj Mahal, dem Highlight jeder Indienreise. Sally dankte ihrem Schicksal dafür, dass sie trotz der ärgerlichen Vorfälle rund um Pauls Buch diese Chance bekommen hatte. Der Alltag würde bis morgen warten.

Am Anfang der langen Zufahrtsstraße, die zum Eingang des Taj Mahal führte, stand ein attraktiver, blonder Hühne. Neben ihm warteten zwei Rikhschas.

»Das ist mein guter Freund Sven aus Norddeutschland. Er kam gestern überraschend zu Besuch und ich möchte ihm das schönste Bauwerk der Welt zeigen. Damit wir möglichst authentisch dort hinkommen, habe ich uns zwei Rikschas gebucht. Ich würde niemandem raten, in einer Rikscha am normalen Verkehr teilzunehmen, aber hier im Gelände ist es ein stimmiges Erlebnis.«

Am Eingang begann Raj mit seinen Erzählungen aus 1001 Nacht …

ॐ

Gebannt lauschten Sally, Enn und Paul, als Raj sie in die farbige Welt aus Neid, Missgunst, menschlichen Gefühlen und unvorstellbarem Reichtum entführte. Kleinigkeiten, die sie normalerweise nicht beachtet hätten, wurden vor ihren Augen zum entscheidenden Puzzlestück in einer Frage um Leben und Tod. Fehlende Gesichter bewiesen die religiöse Grobheit der Moslems. Und die Handwerkerleistungen, die nicht nur in die Errichtung und Ausschmückung des Taj Mahals geflossen waren, sondern das Kunsthandwerksgewerbe ganz Indiens auf ein bis dahin unbekanntes Level gehoben hatten, stach ihnen ins Auge.

»Doch der Bau hatte nicht nur positive Seiten für Shah Jahan, der sich im Jahr der Fertigstellung schon seinem 60. Lebensjahr näherte,« führte Raj sie weiter durch das Grabmal. »Unter seinen drei ältesten Söhnen entbrannte ein erbitterter Machtkampf, den der Jüngste durch die Ermordung der zwei Brüder für sich entschied. Den Vater steckte er bis zu seinem Tod in den Kerker.«

»Er hat seine eigenen Brüder umgebracht?«, empörte sich Sally. »War das nicht damals schon eine schauderhafte Tat?«

»Verehrte Sally, erneut muss man sich in die Vergangenheit und in die Familienkonstellation zurückversetzen. Sonst wirkt es gewiss blutrünstig. Bedenke, was wir gestern besprochen haben. Der Mogul Shah Jahan ehrte die drei Weltreligionen, indem er eine Moslima, eine Christin und eine Hindufrau ehelichte. Und das waren nur die Hauptfrauen, mit denen er Söhne zeugte. Seine Lieblingsfrau war Mumtaz Mahal, für die er das Taj Mahal errichtete. Sie starb bei der Geburt des 14. Kindes im 19. Ehejahr. Shah Jahan nannte sie Mumtaz Mahal, was geliebtes Juwel bedeutete.«

»14 Kinder, um Gottes willen. Was für Zustände! Ein Harem, drei Hauptfrauen und Unmengen von Nachkommen.« Sally war empört.

»Wie Maria Theresia, würde ich sagen. Sie gebar in 19 Jahren 16 Kinder, wenn ich mich nicht irre.«

»Mhh, Maria Theresia. Die Kaiserin von Österreich? Stimmt, du hast Recht, sie war überaus kinderreich.«

»Und wie erklärst du die Ermordung der Kinder?« Sally war nicht zufrieden.

»Nun, Aurangazeb war der drittgeborene Sohn und auch kein Kind mehr. Deshalb standen ihm und seinem Lebenstraum zwei ältere Söhne von anderen Frauen im Weg. Die empfand er nicht als leibliche Brüder, sondern Konkurrenten um die Gunst des Vaters. Er wollte Mogul werden. Da mit einem natürlichen Tod nicht zu rechnen war, ließ er seine Halbbrüder kurzerhand ermorden. Seinen Vater musste er ins Gefängnis werfen, damit ihm genug Geld übrigblieb, um angemessen zu leben.«

Paul runzelte die Stirn und fixierte Raj, dann sah er auf das Denkmal, das sie mittlerweile zum zweiten Mal umrundeten.

»Ermorden um der Karriere willen. So habe ich das noch gar nicht gesehen«, murmelte er.

»Wir nähern uns jetzt dem Ende unserer Tour. Es gibt zwei

Optionen, die ich euch gern vorstellen würde: Sehr beliebt ist das sogenannte Baby-Taj, eine Inspirationsquelle, die man besuchen kann. Er liegt nicht weit entfernt. Es bietet sich an, typische Reiseandenken in den umliegenden Basaren zu kaufen. Und dann gibt es am gegenüberliegenden Flussufer die Fundamente für einen Zwillingsbau, das sogenannte Schwarze Taj. Die Legenden wissen zu berichten, dass Shah Jahan dort ein Taj Jahan aus nachtschwarzem Marmor geplant hatte, wo er selbst begraben werden wollte. Es gibt nur Gerüchte, weil es ja nie fertiggestellt wurde. Man findet ein Fundament und die grobe Anlage des Gartens, von wo man den Sonnenuntergang über dem Yamunafluß und dem Taj Mahal beobachten kann.

Wir verlassen gleich das Gelände, also nutzt die Möglichkeit, Fotos vom Taj zu machen. Ich warte dort hinten an der Mauer im Schatten.«

Raj verzichtete auf den Plausch mit seinen Fremdenführerkollegen, sondern schlenderte neben Sven die Hauptallee entlang und ließ seine Reisegruppe nicht aus den Augen.

»Hast du schon was Neues von Gabi gehört?«

»Heute noch nicht, aber es ist Samstag, da passiert nicht viel. Sie schrieb mir nur, dass der angekündigte Besuch der Delegation aus München erst Ende nächster Woche erwartet wird.« Sven verfolgte die drei anderen ebenfalls mit den Augen.

»Sie schicken jemanden aus der Zentrale? Das ist nicht gut, oder?«

»Wir werden sehen. Es kann sein, dass ein neutrales Auge

die Sache klarer sieht und im besten Fall helfen kann.«

ॐ

Enn und Sally nutzten die Zeit für einen Spaziergang durch den Garten, der das bekannteste Gebäude der Welt umgab.

»Und? Wie findest du ihn?«

Enn wirkte unschlüssig. »Ihn? Meinst du nicht es? Beeindruckend.« Sally grinste sie an und nickte kaum wahrnehmbar mit dem Kopf zu Raj und Sven. »Ach, du meinst Raj. Er ist sympathisch und unvorstellbar belesen. Ich gebe ehrlich zu, ich hänge an seinen Lippen. Jede Geschichte zieht mich noch mehr in die facettenreiche Vergangenheit. Er ist ein Wortzauberer. Und obwohl ich ihn mit Argusaugen beobachte, scheint er fehlerfrei. Ich möchte fast sagen: Lupenrein wie ein Diamant.«

Sally nickte. »Ich stimme dir zu. Egal, was passiert ist, dieser junge Mann hatte nichts Böses im Sinn. Wie findest du seinen Freund? Der starrt dich ganz schön an. Ich denke, du hast einen Bewunderer.«

»Der ist ja auch süß.« Die beiden grinsten, gingen zu Raj und baten ihn, ein Foto von ihnen zu schießen.

ॐ

Paul hatte sich in der Zwischenzeit Sven genähert und begann ein Gespräch: »Woher kennt ihr euch? Es wirkt nicht so, als seid ihr gemeinsam in den Kindergarten gegangen.« Pauls Neugier war durch den erheblichen kulturellen sowie ethnischen Kontrast geweckt.

»Wir arbeiten zusammen.«

»Du bist Fremdenführer? Aber ich dachte, du seist zum ersten Mal in Agra.«

»Nein und ja, wir arbeiten zusammen in einem Buchverlag in Bangalore. Raj kommt aus Agra und arbeitet deshalb vier bis fünf Monate im Jahr hier, um bei seiner Familie sein zu können. Den Rest sitzen wir gemeinsam in einem Büro in Südindien.«

Paul hatte genug gehört. Selbst er erkannte, wenn sich die scheinbaren Zufälle zum Himmel türmten. Seine eigene Frau hatte ihn bewusst nah an die sprudelnde Quelle des Verrats gebracht. Er würde mit Sally und Enn ein Hühnchen rupfen, sobald er wieder im Hotel war.

ॐ

Beim Bummel durch die Gärten des Baby-Taj sprachen sie über die neuere indische Kultur.

Enn hielt sich weitestgehend im Schatten auf. Die Sonne nahm sie mit. Beim überstürzten Kofferpacken im kalten München hatte sie nicht damit gerechnet, stundenlang über staubige Wege zu spazieren. Ihre schwarze Hose und das weiße Leinenhemd waren für einen Tag im Büro mit Klimaanlage ideal, aber nicht für eine Sightseeingtour im Wüstenklima geschaffen. Ihre Augen scannten die Umgebung. Wo waren die Cafés, die sonst weltweit jedes sehenswerte Gelände säumten? Enn sehnt sich nach einem schattigen Plätzchen, einer Toilette und einer kühlen Cola.

»Gibt es hier irgendwo ein Café?«

Raj erkannte die Anzeichen der Erschöpfung und wunderte sich. Die meisten Touristen hatten ein so straffes Programm, dass Pausen nicht geplant waren. Ausruhen und Schlafen konnte man im Bus. Diese Dreiergruppe war anders. Sie wirkten zwar angespannt, aber litten offenbar nicht unter einem engen Zeitplan. Da vor allem die Damen um eine Pause baten, schlug er ein nahegelegenes italienisches Café vor. Da war er auf der sicheren Seite: saubere Toiletten, fließendes Wasser und eiskalte Getränke. Es war eine kurze Autofahrt entfernt. Das nette kleine Lokal war bei Ausländern beliebt. Es ähnelte dem Traum der Indienbesucher: im Wind wehende Stoffe, Wasserdampf aus Standventilatoren und Baumschatten. Vor Ort fand er die Temperatur im Garten angenehm, aber die Damen drängten in die klimatisierten Innenräume. Zur Feier des Tages orderten sie eine Flasche Champagner.

»Man sieht das Taj Mahal nur einmal im Leben«, sagte Sally und prostete den anderen zu. Sven und Raj blieben bei Cola.

ॐ

Paul begann ein Gespräch über die indische Literatur und

die Filmkultur von Bollywood.

»Wenn es eure Zeit erlaubt, schaut euch einen Bollywood-Film im Kino an. Die Atmosphäre ist unbeschreiblich.«

»Gibt es Vorführungen auf Englisch?«, fragte Sally.

»Nein, aber die Inhalte sind überschaubar. Genießt die Tanzszenen, die Schauspieler und die Bilder. Das ganze Drumherum ist toll. Das einheimische Publikum liebt diese Kinofilme.« Raj sah, dass seine Zuhörer nicht so recht überzeugt waren, deshalb fuhr er fort: »Zurzeit läuft ein Film mit Chandra Gupta. Er ist in Indien ein Superstar. Jeder will tanzen und aussehen wie er.« Raj suchte auf seinem Handy nach einem Foto.

Sally bekam große Augen.

»Nice! Der könnte auf jedem Feuerwehrkalender erscheinen. Ein Wahnsinn. Schau doch mal, Enn. Und tanzen kann er auch noch. Das ist ja unfassbar.«

»Er tanzt wie ein Gott. Frauen fallen in Ohnmacht, wenn er durch die Straßen schreitet. Es wundert mich, dass man ihn in Amerika nicht kennt.« Raj war stolz auf die indische Filmkultur. »Bollywood-Filme leben von einer faszinierenden Mischung aus Gewalt, Romanze und Drama. Durchzogen von Tanzeinlagen und Comedy. In Indien werden weltweit die meisten Filme mit den höchsten Besucherzahlen gedreht.«

Enn warf einen Blick auf das Display und wandte sich ab.

»Oh, no! Der typische erste Prinz im Märchen. Hat aber in der Folge null Chance auf die Prinzessin.« Sie nahm einen Schluck Champagner.

Vier Augenpaare wandten sich ihr zu.

»Sorry?« Paul verstand nicht, was Enn meinte.

Offenbar stieg die Mischung von Hitze und Alkohol Enn zu Kopf.

»Ich hatte Märchen als Schwerpunkt im Studium. Meine Doktorarbeit vergleicht den Märchenprinzen mit seinem Gegenstück, dem Milliardär in der zeitgenössischen amerikanischen Erotikliteratur.«

Verunsichert blinzelte Sven. »Und?«

»Na ja, der Sixpack, den ich persönlich noch nie gesehen habe, steht für die Selbstverliebtheit. Prinz Nummer eins investiert nur in sein Aussehen. Ihm fällt alles durch Geburt zu und er entwickelt keinen brennenden Ehrgeiz. Sein Job ist sicher und die Zukunft birgt keine Gefahr. Größe und Schulterbreite machen Kopfarbeit unnötig. Der Prinz zwei ist ein Sandwichprinz. Nicht Fisch, nicht Fleisch. Er befindet sich in erreichbarer Entfernung zur Herrscherposition, ohne im Rampenlicht zu leben. Zwanglos und orientierungslos, eine Kombination, die Gefahren bergen kann. Wird wahrscheinlich drogensüchtig. Im Märchen gewinnt immer der jüngste Prinz. Er tritt unverhofft aus dem Schatten ans Licht. Hat sich sein Leben lang nach mehr gesehnt und gelernt. Er wird zu Unrecht unterschätzt und nutzt die Zeit, um sich zu bilden. Er ist die Geheimwaffe und befreit die Prinzessin, weil niemand mit ihm gerechnet hat. So überlistet er den Drachen und rettet das Königreich. War doch beim Taj genauso. Der dritte Sohn übernimmt die Macht. Ups,« ein leiser Rülpser war zu hören, »Sorry, die Kohlensäure des Champagners ist schuld.«

Raj sah, wie Sven gebannt an Enns Lippen hing. Sie hingegen schien unter den Folgen des Alkohols nach einem anstrengenden Tag zu leiden.

»Was haltet ihr davon, wenn wir uns nach einer Mittagspause wiedertreffen? Wir werden dann eine Edelsteinschleiferei besichtigen.«

Paul sah mürrisch auf. »Da passe ich. Ist nicht so mein Ding, das mit den Edelsteinen.«

»Können wir in so einen Blockprintladen gehen? Ich würde mir gern eine Tunika kaufen. Meine Bluse bringt mich um.«

Raj hatte Sven erzählt, dass er eine Provision von den Einkäufen seiner Gäste bekam und dass das eine nicht unerhebliche Einkommensquelle war. Deshalb kam er ihm zur Hilfe. »Ich würde mir gern die Handarbeiten anschauen. Außerdem möchte ich Untersetzer aus Marmor kaufen. Sind ein schönes Mitbringsel. Handlich und klein, die gehen in jeden Koffer.«

Dankbar schaute Raj ihn an und plante geistig um.

»Euer Wunsch ist mir Befehl. Sven und ich holen euch um 16 Uhr im Hotel ab. Das ist genug Zeit für ein Mittagsschläfchen, um wieder auf die Füße zu kommen.«

ॐ

Im Tuktuk auf dem Heimweg grinste Sven und wiederholte Teile des Märchenmonologes der bezaubernden Enn. Raj schmunzelte über seinen Freund.

»Das hat dich ganz schön beeindruckt. Ich beobachte, dass die hübsche Enn dich nicht kalt lässt.«

»Hübsch! Bist du blind, sie ist wunderschön. Und smart, wie eine moderne Prinzessin.«

»Na, dann bin ich ja mal gespannt, welcher Prinz du bist. Sixpackmäßig tendierst du eher nach hinten.« Sven war Feuer und Flamme und Raj freute sich für ihn, aber er konnte der Versuchung, den Freund aufzuziehen, nicht widerstehen.

»Hast du dich schon entschieden, wie es bei dir weitergeht?«

»Ich stelle mich der Herausforderung in Bangalore. Deshalb werde ich morgen meine Zulassung als Guide zurückgeben und nehme den Job im Verlag an. Hoffentlich ist, bis ich zurückkomme, Gras über die blöde Geschichte gewachsen. Hat Gabi sich bei dir gemeldet?«

»Nein, beim letzten Mal meinte sie, es sei unheimlich still um den Autor geworden. Er sei urplötzlich verschwunden. Hoffentlich bleibt das so.«

Raj schwieg bedrückt.

ॐ

Swarmi sah Vikram an. Der Bericht war tadellos, leider fehlte ihm der Durchbruch. Zwei Verdächtige, eine vielversprechende Spur, doch keine verfilmbare Sensationsstory.

»Wie bist du jetzt mit deinen Kontaktleuten verblieben?«

»Ich habe an den bekannten offenen Enden jeweils Visitenkarten gestreut. Darauf stehen nur eine kurze Botschaft und eine Telefonnummer. Sollte jemand diese Nummer wählen, landet er auf meinem Handy. Dann melde ich mich sofort bei dir. Momentan sind beide Verdächtige vom Erdboden verschluckt. Meine Informationen aus dem Verlag widersprechen sich. Man muss abwarten. Sobald Sven oder Rajnagar auftauchen, werde ich informiert.«

Swarmi musterte den Freund. Hochwertiger Anzug, Turban zur Krawatte passend und elegante Manschettenknöpfe. Eine beeindruckende Erscheinung. Und groß, was er leider nicht war. Er kam sich daneben underdressed vor. Sein gestreiftes Polo-Shirt und die Stoffhosen gaben ihm eine gewisse Freiheit, spontan zu sein. Wenn es ihm in den Sinn kam, ging er golfen. Er konnte es sich leisten. Die Events, zu denen er einen Anzug aus dem Kleiderschrank zog, wurden mit zunehmender Macht weniger. Kleider machen Leute stimmte für die, die nach oben strebten, dachte er sich.

Sein Freund aus Kindertagen hatte eine andere Einstellung, er rüstete sich mit edler Eleganz und zeigte niemals eine menschliche Komponente. Und selbst die smarte Priya schaffte es nicht, mit ihren bewundernden Blicken den Panzer zu durchdringen.

Zufriedenen über den Stand der Untersuchungen lächelte er, aber es gab noch etwas zu besprechen. Das nächste Thema war ihm wichtiger.

»Was berichten deine Spitzel aus Jaipur? Ist sie sicher?« Er wusste, dass seine Tochter ihm den Kopf abreißen würde, wenn sie erfahren würde, dass er sie beobachten ließ. Swarmi hielt es für sträflich naiv, die Gefahren zu unterschätzen, die einer jungen, schönen Frau drohten. Er hatte eine Gattin, zwei Kinder und viele Millionen Dollar. Nichts davon wollte er verlieren. Vikram hatte von Anfang an diese Einstellung geteilt und sofort arrangiert, dass unauffällig Sicherheitskräfte im Literaturfestival und Jaipur platziert wurden.

»Ich bevorzuge Informanten.« Vikram zupfte seine Manschetten zurecht. »Da das Festival zu Ende ist, wird zurzeit nur das Follow-Up erledigt. Da ist Sapna dabei. Sie verschicken Pressemeldungen mit den Zahlen und Fakten und beantworten Anfragen von verschiedenen Medien. Sie sollte sicher sein. Ich denke, in den nächsten zwei Wochen wird sie wieder an ihren Studienort zurückkehren.«

»Gut! Sollen wir sie trotzdem aus dem Verkehr ziehen. Unbemerkt versteht sich.«

»Wie weit bist du mit deiner Operation Amir Shah? Hast du ihn schon darum bitten können, Sapna als Praktikantin arbeiten zu lassen?«

Swarmi grummelte. »Der eingebildete Barbar ruft nicht zurück!«

Vikram zog erst die Augenbrauen hoch, dann die Mundwinkel. Sagte aber nichts. Swarmi sah nicht so aus, als würde er Spaß verstehen. Der Name seines Rivalen blieb ihm förmlich im Halse stecken.

»Meldet sich dein Marktbegleiter nicht?«

Salz in offene Wunden zu streuen, taten sie, seit sie Jungs waren, die gemeinsam im Dreck des Slums gespielt hatten.

»Seine Assistentin ließ mir ausrichten, dass er sich melden würde, sobald er wieder in Indien sei. Schnösel!«

Vikram lachte. Herrlich, dachte er, wie ein so wichtiger Mann auf eine Kleinigkeit reagierte.

»Ich denke, wenn du Sapna wirklich bei Amir sicher zwischenlagern möchtest, wird das kein Problem sein. Aber du wirst ihm entgegenkommen müssen. Amir möchte einige Schritte über deinen Stolz im Staub wandeln. Doch dann wird er dir den Gefallen tun. Unterm Strich sind wir alle Inder.« Vikram erhob sich und wandte sich zum Gehen.

Da hielten ihn Swarmis nächste Worte zurück:

»Wir bleiben in Verbindung. Kala organisiert eine Holi-Party und möchte, dass du kommst«.

Vikram zog eine Augenbraue hoch. »Holi?«

Der Gedanke an das Farbenfest ließ ihn innehalten. Die wilde Freude ihrer Kindheit, als sie sich die weißen Kurtas mit pinker, oranger und gelber Farbe beschmierten, war damals eine Flucht aus dem trostlosen Leben in den Slums gewesen. Doch das lag in der Vergangenheit. Vikram schätze sein tadelloses Aussehen. Es war seine selbst erschaffene Identität, sein Markenzeichen.

Als Kinder mussten sie sich ducken. Sie versteckten sich, passten sich an, bis sie fast unsichtbar waren. Heute war er zu stolz dazu. Er überragte mit seiner aufrechten Haltung sein Umfeld. Eine unnahbare Aura umgab ihn, was viele davon abschreckte, sich ihm zu nähern. Sein Blick tat ein Übriges. Das größte Zugeständnis an seine indische Herkunft war ein elegantes Gewand, das seinem Selbstbild entgegenkam: ein langer Seidenmantel mit hohem Kragen, der Sherwani, und eine weich fallende Hose, Churidar genannt, mit perlenbestickten Lederpantoffeln. So inszenierte er den schweigsamen Sikh, falls es unausweichlich war. Nein, Holi war nicht mehr seins.

»Geht leider nicht. Sag ihr, du hättest mich nach Patagonien geschickt.«

ॐ

Das Peacock-Restaurant war zauberhaft. Auf dem Dach eines fünfstöckigen Hauses gelegen, sah man über die gesamte Stadt. Die Tische verteilten sich in Nischen und entlang einer begrünten Mauer. Orientalische Laternen, bunte Teppiche und Kissen schufen eine Atmosphäre wie in einem Beduinenzelt. Die Kellner in ihren farbenfrohen Gewändern mit Turbanen huschten umher und behandelten jeden Gast mit ausgesuchter Freundlichkeit und Hochachtung. Raj hatte für sie einen Tisch reserviert und er empfahl ihnen eine Variation von Gerichten. Während die Getränke und Vorspeisen aufgetragen wurden, plätscherte die Unterhaltung dahin. Raj führte seine Andeutung vom Vormittag weiter aus und erzählte vom

Maharadscha Man Singh II und seiner dritten Frau Gayatree Devi, der schönsten Frau ihrer Zeit. Er berichtete von ihrem Wahlsieg, der ihr einen Eintrag ins Guinnessbuch der Rekorde brachte, und von ihrer engen Freundschaft mit Jackie Kennedy, von Poloturnieren, Jagden, Bällen in London und dem Leben einer indischen Prinzessin. Jede Episode schien aus dem Märchenbuch entlehnt worden zu sein.

Paul schwieg. Er war empört, nachdem ihm klar geworden war, dass seine Frau die Fäden gezogen hatte, die ihn in die Situation, in der er sich befand, gebracht hatte. Er saß mit dem Mann an einen Tisch, der sein Feind war, sein Romanbeschmutzer. Zu allem Unheil hatte er sich von seiner Frau einen Maulkorb anlegen lassen. Er durfte Raj nicht zur Rede stellen. Das Versprechen hatte ihm Sally beim Frischmachen im Hotel abgerungen. Mit unlauteren Mitteln. Sie meinte, man könne nicht einen Gesichtsverlust herbeiführen, sondern müsse die Form wahren. Jetzt aß er sich durch die vegetarische Speisekarte. Wenigstens schenkten sie ein gutes Bier aus. Kingfisher, eiskalt.

Aber er war kein weltbekannter Autor, weil er sich den Mund verbieten ließ. Sally unterschätzte ihn. Es gab immer eine Hintertür, durch die man schlüpfen konnte, ungesehen, um vorne unerwartet frisch aufzutreten.

»Raj, wie beurteilst du die Sprecher beim diesjährigen Jaipur Literaturfestival? Und sag mir nicht, du warst nicht dort. Das größte Literaturfestival der Welt findet ja förmlich vor deiner Haustür statt?«

Der Tritt, den er sich dafür von seiner Frau unter dem Tisch einhandelte, war es wert, dachte Paul. Jetzt würde er die Führung übernehmen und seinem neuen indischen Freund auf den Zahn fühlen.

»Ich habe davon gehört. Es fand vor wenigen Wochen statt, aber ich war nicht dort.«

»Wie kann das sein? Ihr arbeitet doch beide im Verlagswesen. Ist es da nicht Pflicht, sich mit dem Literaturschaffen im eigenen Land zu beschäftigen?« Unschuld stand ihm gut, fand er, als er sah, wie Enn und Sally ihn alarmiert anstarrten.

»Schon. Aber eher aus persönlichem Interesse. Unsere Zweigstelle ist auf medizinische Veröffentlichungen spezialisiert. Mein Arbeitsgebiet umfasst Korrekturen von Beipackzetteln. Sven betreut Studienfachbücher im Paperbackformat. Diese Bücher werden von Studenten gekauft. Es sind allesamt Nachdrucke bekannter Werke.« Raj spielte mit einem Stück Chapati auf seinem Teller.

»Unser Verlagsgeschehen hat mit dem literarischen Indien wenig zu tun. Außer dass wir drucken.« Sven kam ihm zur Hilfe. »Die Bücher, die ich betreue, sind meist in Englisch und nicht für den einheimischen Markt. Die medizinischen Fachbücher werden in Englisch und Deutsch gedruckt.«

»Ich muss noch einmal auf Jaipur kommen. Gerade du, Raj, mit deinen umfangreichen Kenntnissen der indischen Geschichte hättest es geliebt. Es gab einen Schwerpunkt zu profanen Texten ab dem Mittelalter. Christopher de Hamel war dort und Dan Jones, beide wichtige Vertreter der historischen Belletristik. Jones dreht Netflix Serien, in denen es um die britische Vergangenheit geht.«

»Warum warst du eigentlich dort?«, fragte Sven und ließ seiner Neugier freien Lauf.

Mist, dachte Paul, in die eigene Falle getappt.

»Nun ich hatte zufällig zur selben Zeit eine Einladung der Amerikanischen Schule in New Delhi. Durch meine Bekanntschaft mit William Dalrymple konnte ich mir das Festival ansehen. Ich bin mir nicht sicher, aber es könnte sein, dass mein nächster Roman teilweise in Indien spielt.« Paul hatte diese Klippe geschickt umschifft.

»Oh, das ist ja aufregend«, sagte Enn. »Ich wusste gar nichts von einem neuen Projekt. Kommen wir darin vor? Erzähl ein bisschen mehr.«

»Die Idee ploppte unlängst in meinem Kopf auf. Ich spinne erst den Faden, der dann das Material wird.«

Seine Frau musterte ihn. Sie ließ ihn nicht aus den Augen, weil sie genau wusste, dass er augenblicklich an gar nichts arbeitete.

Enn schwenkte das Gespräch in eine neue Richtung und erkundigte sich bei Sven, was er geplant hatte.

»Ich werde morgen mit dem Zug nach Delhi fahren und von dort am Dienstag nach Bangalore fliegen.«

»Warum so umständlich? Kannst du nicht von Agra fliegen?«, fragte Enn.

»Es gibt keine Direktflüge von Agra nach Bangalore. Die einzige Alternative ist der Zug. Ich fahre mit dem Zug nach

New Delhi, das ist abenteuerlich genug. Dort übernachte ich bei Freunden. Am Montag schaue ich mir die Stadt an, wenn ich schon mal da bin. Und am Dienstag nehme ich den ersten Flieger nach Bangalore, wo mein Fahrer mich abholt. Am Mittwoch muss ich wieder arbeiten.«

Sally drehte sich zu Raj. »Und du? Musst du nicht auch wieder zurück?«

»Schon, aber ich steige morgen in den Regionalzug und bin am Montag wieder im Büro.«

»Warum fliegt ihr nicht gemeinsam?« Sally war über die Planung verwundert. Die beiden Freunde schwiegen kurz. Dann antwortete Raj:

»Das ist kompliziert. Ich habe meine Reise schon vor Monaten geplant und Sven kam nur für ein verlängertes Wochenende. Da sind 35 Stunden Zugfahrt niemandem zuzumuten.«

Wie sollte man den wahren Sachverhalt erklären? Eine indische Ortskraft, wie Raj, verdient weniger als die entsandten Kollegen. Sven war Führungskraft, deshalb hatte er einige Annehmlichkeiten wie den Fahrer, das höhere Gehalt und die Wohnung. Das Leben war nicht gerecht.

»Liebe Freunde, ich denke, es ist an der Zeit, diesen gemütlichen Abend zu beenden. Das war mein letzter Tag als Fremdenführer in dieser Saison. Meine Koffer sind gepackt und morgen werde ich die Rückreise nach Bangalore antreten.« Mit einer dezenten Handbewegung bat Raj um die Rechnung, die Paul sofort an sich nahm und beglich. Alle Angebote, den Betrag zu teilen, lehnte er ab.

»Inspirationen für neue Projekte sind unbezahlbar«, sagte er. »In diesem Sinne ist das für mich eine Investition in einen zukünftigen Bestseller.«

Enn und Sally schauten sich kurz an.

»Sven, wenn du möchtest, kannst du mit uns morgen Abend nach New Delhi fahren. Wir haben genug Platz im Auto.«

»Wenn es euch wirklich nichts ausmacht, nehme ich das Angebot gern an.« Beim Verlassen des Restaurants besprachen Sven und Sally, wo sie sich treffen wollten, dann gab er ihr seine Visitenkarte. Sie sahen der Limousine hinterher, dann verabschiedete sich Raj von Sven und machte sich auf den Heimweg.

Kapitel 16

»Mit Lügen und Listen füllt man Kasten und Kisten.«
Deutsche Weisheit

Sven hatte dankbar und hoffnungsvoll das Angebot angenommen und seinen Rucksack im Kofferraum verstaut. Erstaunt stellte er fest, dass seine drei neuen Freunde mit wenig Gepäck reisten. Das kam ihm sonderbar vor, weil sie doch von so weit herkamen und sicher länger in Indien blieben. Er konnte keinen Kleidersack mit Wintersachen entdecken, die zwar in Indien nicht gebraucht wurden, aber für die An- und Abreise notwendig waren. Selbst wenn man auf Wintermäntel verzichtet, so kannte er niemanden, der ohne warme Schuhe in der kalten Jahreszeit auskam. Winterschuhe, das weiß man, waren groß und schwer. Doch im Kofferraum waren nur zwei Trolleys, eine Yogamatte und ein paar Stofftaschen hiesiger Händler.

Keiner der drei schien ihm ein Reiseleichtgewicht zu sein. Enn beispielsweise sah heute wieder fantastisch aus. Die indische Tunika, die sie gestern gekauft hatte, kombinierte sie mit einer Caprihose. Das wirkte professionell und sie sah aus, wie aus dem Ei gepellt. Kein bisschen wie eine Touristin auf einem Abenteuer in einem wüstenheißen Land. Sally und Paul hatten jeden Tag etwas anderes angehabt. Nur die Schuhe waren gleich.

Im Auto plauderten sie anfangs, dann aber waren alle verstummt und Sally sogar eingenickt. Erst nach einem Tankstopp auf dem Yamuna Highway kam wieder ein Gespräch in Gang.

Sven nutzte die Gelegenheit und befriedigte seine Neugier.

»Warum habt ihr nur so wenig Gepäck dabei?«

»Ich habe gar nicht viel eingepackt. Indien ist ja schön warm, da braucht man wenig«, sagte Enn und wich der Frage aus.

»Und wir haben den Großteil in New Delhi gelassen«, erklärte Sally. Paul schwieg und schaute aus dem Fenster.

»Aber du musst doch Wintersachen angehabt haben, als du in München in den Flieger gestiegen bist. Unsere Praktikanten klagen regelmäßig über die Hitze und den enormen Temperaturunterschied, wenn sie im Winterhalbjahr nach Indien kommen.«

»Schon, aber die habe ich auch im Hotel gelassen.«

Sally und Enn tauschten einen kurzen Blick.

Sven beobachtete den Blickwechsel verwundert.

»Was steht als Nächstes auf eurem Reiseplan?«

Wieder tauschten beide nur Blicke.

»Wir bleiben einige Tage in New Delhi und schauen dann weiter.«

»Noch nichts gebucht? Habt ihr Lust, einige Tage in Goa

am Strand zu entspannen? Ich kenne einige nette Empfehlungen. Wir gehen immer an den Agonda Beach. Eine verschlafene Kolonie circa eine Stunde südlich vom Flughafen.«

»Schöne Idee. Wir müssen aber erst ein paar Sachen klären, bevor wir weiterplanen.« Sally wand sich wie ein Regenwurm aus der weichen Erde. Das war der Moment, als Paul der Kragen platzte.

»Oh mein Gott! Wie weit wollt ihr es noch treiben? Sag dem armen Kerl die Wahrheit, sonst wird diese Autofahrt unerträglich!« Mit einem wütenden Schnauben fixierte er seine beiden Begleiterinnen. »Wir haben weder jemanden erschlagen noch den Kohinoor gestohlen. Also bitte, seid so nett und beichtet eure Missetaten.«

Verunsichert schaute Sven zwischen seinen Mitfahrern hin und her. Die nette Einladung entpuppte sich jetzt als höchst fragwürdige Situation. Dabei hatte er sich gefreut, Enn besser kennenzulernen. Obwohl er nicht auf der Suche war, kam die taffe Münchnerin seiner Vorstellung von einer Traumfrau sehr nahe. Er saß zwar in Südindien, aber auf lange Sicht würde er wieder nach Deutschland zurückgehen. München war nicht aus der Welt und sein Verlag hatte dort die Zentrale. Jetzt war er verunsichert. Er selbst sah sich plötzlich in einer Zwickmühle, wobei er weder die Anfangsposition noch die Endlage kannte. Er fixierte erst Enn, dann Sally.

»Ähh. Ich weiß nicht, was ich jetzt sagen soll.«

Schweigen und Blickduelle regierten die Stimmung im Auto.

ॐ

Enn studierte ihr Handy, rieb am Rand entlang, ohne den Touchscreen zu berühren.

Sally fasste sich ein Herz und wandte sich an Sven.

»Sven, wir sind keine Touristen. Wir waren auch nicht aus Interesse an den Baudenkmälern in Agra. Versteh mich nicht falsch. Es war beeindruckend und ich bin froh, dass ich die Chance hatte, alles zu sehen. Aber eigentlich ist Paul Schriftsteller und war als Gastautor auf dem Jaipur Literaturfestival. Er sollte über einen seiner Romane sprechen. Dabei stellte sich leider heraus, dass jemand den Roman unautorisiert umgeschrieben hatte.«

Sven wurde bei diesen Worten schlecht. Er fasste es nicht. Es war verhext. Wo er sich hindrehte, holte ihn das Chaos ein. Die Situation wurde in nur einer Sekunde so belastend, dass er am liebsten aus dem Wagen gesprungen wäre. Er hatte sofort das ungute Gefühl, er wisse, von welchem Roman die Sprache war.

»Was soll ich sagen? Enn und ich dachten, es wäre eine gute Idee, Raj kennenzulernen, um zu beurteilen, warum er das gemacht hat.« Sie schaute ihn abwartend an.

Enn fixierte immer noch den dunklen Bildschirm ihres Handys. Paul starrte auf die vorbeiziehende Landschaft.

»Und zu welchem Schluss seid ihr gekommen? Wollt ihr die Hetzjagd auf Raj weiter betreiben?«

Sally wandte sich hilfesuchend an ihren Mann. »Paul, jetzt

sag halt was!«

»Frau! Was soll ich sagen? Bis eben hast du es bevorzugt, wenn ich meinen Mund nicht öffne. Raj ist ein netter Kerl, gebildet und anders, als ich erwartet habe. Trotzdem hat er mein Urheberrecht verletzt. Die Untersuchungen laufen. Selbst wenn ich sofort alles stoppe, besteht der Sachverhalt weiter. Ich kann da keinen Rückzieher machen. Ich spreche morgen mit meinen Anwälten und der Rechtsabteilung des Verlags. Dann sehen wir weiter.«

»Und wie passt du in das Bild, Enn?«, fragte Sven.

»Ich, äh, ich bin ...«

»Enn ist eine Freundin, die uns geholfen hat, den deutschsprachigen Raj anzufordern«, schaltete sich Sally dazwischen. »Sie hat nichts damit zu tun. Reiner Freundschaftsdienst. Wir kennen uns seit vielen Jahren.«

Sally wollte auf keinen Fall preisgeben, dass Enn die Kontaktperson vom Verlag war. Sie hatte mit ihrer Idee, selbst Nachforschungen vor Ort vorzunehmen, schon für genug Verwirrung gesorgt.

Enn war am Boden zerstört. Die vormals so geniale Idee kam ihr jetzt hinterhältig vor. Sie fühlte sich erbärmlich, weil sie Sven nicht mehr erzählen konnte. Aber so schwor sie sich, sie würde die ganze Situation zu einem guten Ende bringen. Aber erst wollte sie die jungfräuliche Bekanntschaft etwas intensivieren. Der Rest der Fahrt verlief schweigend.

ॐ

Im Strudel des Ankommens in Delhi blieb kaum Zeit. Trotzdem nutzte Sven diese womöglich letzte Chance auf ein Treffen mit Enn.

»Hast du noch Lust und Zeit, mir beim Warten auf mein Taxi Gesellschaft zu leisten? Das Imperial soll einen bezaubernden tropischen Garten haben, wir können auf der Terrasse noch ein Sweet Lime Soda trinken. Ohne Salz!«

Die zerknirschte Enn folgte seinem Angebot und kurz darauf saßen sie unter der Markise des ehrwürdigen Luxushotels und blickten in den tropischen Garten.

»Weißt du, dass sich schon Nehru, Gandhi und Janhandra hier trafen und die Abnabelung Indiens von der britischen Krone mit Vizekönig Mountbatton besprachen?«

»Geschichtsträchtiger Boden.«

»Ja, einer der für Indien weltgeschichtlich wichtigsten positiven Plätze, würde ich sagen.«

Aber eigentlich wollte Sven keinen Plausch über die Weltpolitik halten. Lieber wäre es ihm, eine gemeinsame Ebene zu schaffen, um weiterhin mit Enn in Kontakt zu bleiben. Und immer, wenn er es brauchte, ließ ihn seine Gabe zu treffenden Formulierungen schmählich im Stich. Er stotterte vor sich hin.

»Ich habe heute Abend nichts geplant. Magst du mit mir essengehen? Ich kenne ein Café im inneren Kreis des Connaught Place, die servieren echte indische Küche. Oder wir treffen uns in Hauz Khas, das ist modern und hat viele nette Szene-Kneipen.« Sein hoffnungsvoller Blick ruhte auf Enns Gesicht.

»Ich muss einige geschäftliche Angelegenheiten regeln. Deshalb weiß ich nicht, ob ich es heute schaffe. Bis wann kann ich dich anrufen?«

»Ich dachte, du bist im Urlaub? Welche geschäftlichen Dinge musst du da entscheiden? Was machst du überhaupt beruflich?«

Enn nagte auf ihrer Unterlippe. »Ich bin in der Publikrelation tätig. Und da Sally mich kurzfristig bat, hierher zu kommen, um ihr als Ausrede für den deutschsprachigen Reiseführer zu helfen, habe ich mein Büro überstürzt verlassen. Es kann sein, dass meine Assistentin Claudia einige Antworten braucht.«

Sven fand das leichte Rosa auf ihren Wangen so entzückend, dass ihm die fahrige Art, die Enn an den Tag legte, gar nicht auffiel.

Ihre Hand zitterte leicht, als sie die Zitronenlimonade an die Lippen führte.

»Ich habe entfernt mit Paul zu tun, deshalb war ich ihm den Gefallen schuldig. Aber musst du nicht nach Bangalore zurück? Du hast doch gesagt, du seist über das Holi-Wochenende gekommen?«

Sven studierte seine Schuhe, sah auf. Seine Augen suchten Enns.

»Es gab in letzter Zeit ein paar Ungereimtheiten im Verlag, deshalb bin ich zurzeit in einer, sagen wir mal, Sondermission unterwegs. Offiziell bin ich derzeit beurlaubt.« Es war ihm peinlich, das zu zugeben.

»Oh, das tut mir leid.« Man brauchte keine Kristallkugel, um eins und eins zusammenzuzählen. Pauls Krawall hatte seine Kreise gezogen. Sven war vollkommen unschuldig in diesen Strudel geraten. »Weißt du was, Sven, ich schaffe das. Kannst du meine deutsche Telefonnummer bei dir speichern und mir die Adresse per WhatsApp schicken? Dann nehme ich mir ein Taxi und komme hin.«

Mit einem Grinsen speicherte Sven seine Nummer auf ihrem Handy, rief sich an, ließ es einmal klingeln. Er hatte so ein Gefühl, dass das noch nicht das Ende seiner Bekanntschaft mit ihr war.

»Bis heute Abend, bye, Enn.«

»Ciao, Sven.«

Kapitel 17

»Die Sterne sind nur der Vater deines Schicksals.
Die Mutter ist deine eigene Seele.«
Johannes Kepler

Missmutig ließ sich Raj in den Sitz fallen. Es war furchtbar gewesen. Zum ersten Mal waren sie lauthals streitend auseinandergegangen. Als Raj seinem Vater seine Entscheidung mitteilte, war der vor Wut fast geplatzt. Weder seiner Mutter noch Meena gelang es, die Wogen zu glätten. Erbost hatte er sich umgedreht, verschwand in seinem Schlafzimmer und schlug die Tür hinter sich zu. Sein Vater war ein stures, altes Kamel. Rakesh hatte ihn mit Nagar zum Zug gebracht. Allein. Das war hart.

Wie konnte man nur so verbissen sein? Er bereute seine Entscheidung nicht. So viel stand fest. Bei nächster Gelegenheit würden sie reden. Vernünftig.

Jetzt fuhr er seiner Zukunft entgegen. Er freute sich auf die Beförderung im Verlag. Die Vorteile der neuen Position, das höhere Gehalt und das Ansehen konnten seinen alten Herrn nicht milde stimmen. Cholerisch hatte er versucht, Raj zu zwingen, ihm zu gehorchen. Doch Raj war jetzt selbst alt genug. Ein Machtkampf war entbrannt. Er hoffte, dass sich der Groll des Vaters legen würde, wenn das erste Geld überwiesen wäre. Dann würde Raj anrufen und sich entschuldigen.

Jetzt war es an der Zeit für eine Checkliste. Mit flinken Fingern tippte er sie in sein Handy. Es standen ihm anstrengende Tage bevor.

ॐ

Der lang ersehnte Anruf traf Swarmi auf dem Weg zum Golfclub.

»Swarmi Balasub. Ich konnte es gar nicht glauben, als meine Assistentin mir deine Telefonnummer gab. Das muss ja etwas ganz Wichtiges sein, dass du mir die private Handynummer zustecken lässt. Womit kann der bescheidene Amir Shah dir dienen?«

Selbst am Telefon war er laut und auffällig. Trotz alledem hatte Swarmi ein Ziel und musste dafür in den sauren Apfel beißen.

»Mein lieber Freund. Ich bin erschüttert, dass du so unter meiner Nichtbeachtung leidest. Wenn ich das geahnt hätte, hätte ich dich öfters angerufen. Wir veranstalten eine vor Holi-Party und da wollte ich dich einladen. Und deine Frau und deinen Sohn.«

»Hinter den einfachsten Freuden verbergen sich oft unangenehme Pflichten. Darf ich vorab fragen, womit ich diese Ehre verdient habe?«

»Du redest nicht gern um den heißen Brei herum, oder? Warst zu oft in Amerika. Die sollen ja alle recht direkt sein.«

»Swarmi Balasub! Ich bitte dich. Du rufst zum ersten Mal bei mir an und das, nur um mich zu einer Party einzuladen? Eine Privatparty im Kreise deiner Familie? Eine Filmpremiere hätte ich ja noch verstanden, aber ein tête-à-tête im idyllischen Rahmen? Wäre ich ein Römer, hätte ich jetzt Angst, dass du mich hinterrücks ermorden lässt.«

»Und übertreiben tust du auch noch! Ja, ich habe eine Bitte und nein, ich will dich nicht von der Bildfläche verschwinden lassen. Aber wenn du mich so drängst, falle ich gern mit der Tür ins Haus. Ich möchte, dass meine Tochter Sapna Studioluft schnuppert. Und sie muss das in einem anderen Studio machen. Meine Leute würden sie von vorne bis hinten umschmeicheln.

Außerdem bin ich an einer neuen Geschichte dran, wo ich sie nicht in der Nähe haben möchte. Es ist weder gefährlich noch unrechtmäßig, aber sie passt da sicherheitstechnisch nicht rein. So, jetzt weißt du es. Und das alles wollte ich auf der Holi-Party einfädeln.«

Swarmi hatte sich verschiedene Reaktionen vorgestellt, mit denen sein größter Mitbewerber auf dem indischen Filmmarkt auf dieses Geständnis reagieren konnte. Schweigen war nicht dabei gewesen.

»Hat diese Bitte etwas mit der ominösen Geschichte und den ungewöhnlichen Aktivitäten zu tun, denen Vikram gerade seine gesamte Aufmerksamkeit widmet? Man hört so einiges und beobachtet vieles. Erleuchte mich, was hast du vor?«

»Amir, das dauert etwas länger und ich mag es nicht am

Telefon besprechen. Komm mit deiner Frau und deinem Sohn zu unserer Holi-Party, da können wir reden.«

ॐ

Durch das Panoramafenster des Arbeitszimmers schauten Swarmi und Amir dem wilden Treiben der Kinder zu. Farbwolken flogen in die Luft und hüllten Teile des Gartens in leuchtendes Pink, um Sekunden später auf den weißen Gewändern der Gäste zu enden. Kurz darauf tauchten die vielen Kinderhände in einen Berg blauer Farbpigmente und die Explosion wiederholte sich. Inmitten dieser wilden Farbenschlacht standen Erwachsene an Stehtischen, plauderten und nippten an ihren Getränken. Swarmi sah seiner Frau Kala dabei zu, wie sie eine Karawane von Dienstboten anführte und die nächste Ladung Farbpigmente nebst einer Ikea-Tasche voller Spritzpistolen zu den Kindern bringen ließ. Den Abschluss bildeten zwei Kellner mit Eis für die erhitzten Kinder.

»Woher bringst du so viele Kinder? Du hast doch noch gar keine Enkel?« Amir wandte den Blick von der Holi-Party zu seinem Gastgeber.

»Nein, das nicht, leider. Aber du kennst doch unsere indischen Freunde und die liebe Familie. Sobald man zu einem Fest lädt, bringt jeder jemanden mit. Diesmal stand ausdrücklich auf der Einladung, dass Kinder herzlich willkommen sind.

Und ein Großteil der Gäste ist zudem aus der internationalen Schule, die Kala finanziell unterstützt.

Aber lass uns zu unserem eigentlichen Thema kommen. Ich spiele schon seit Längerem mit dem Gedanken, dem indischen Film eine neue Richtung zu geben. Und unlängst fiel mir durch einen Zufall der perfekte Stoff in die Hände. Ich muss nur noch die Filmrechte abklären. Dann wäre ich bereit.«

»Großes Vorhaben, wobei du wenig Fleisch zu der Story geliefert hast. Was genau willst du verändern. Jeder deiner Filme ist ein Kassenschlager, das Publikum betet deine Stars an und die Songs spielen sie im Radio rauf und runter. Wo genau siehst du Handlungsbedarf?«

»Nachdem wir telefoniert hatten, kam mir ein Gedanke, aber ich bin zu keinem schlüssigen Fazit gekommen. Ich muss dich vertrösten.«

»Mein lieber Kollege, lass die Ziererei. Wir wissen beide, dass du erfolgreich mit deinen Filmen das breite Publikum ansprichst und ich die Nische bediene, wo sich das denkende Indien wiederfindet. Wo siehst du eine Gemeinsamkeit?« Neugierig verfolgte er, wie Swarmi seinen exzellenten Johnnie-Walker-Whisky im Glas schwenkte. Gedankenverloren sah er der Bewegung der Flüssigkeit zu, bevor er einen Schluck nahm.

»Kannst du dir vorstellen, bei mir in einem Film mitzuwirken? Es wäre ein anspruchsvollerer Stoff, der trotzdem das Massenpublikum ansprechen soll. Ich habe diese großartige Geschichte entdeckt und möchte sie mit dir verfilmen. Leider bist du für den jungen Protagonisten zu alt, aber du könntest sein Mentor sein. Außerdem kommen indische Emigranten, die in Amerika ihr Glück gemacht haben, darin vor. Denke doch nur an die amerikanische Vizepräsidentin mit ihren indischen Wurzeln.

Ich möchte die Erwartungshaltung meines Publikums nicht total enttäuschen, aber mir schwebt die Einführung eines neuen Protagonisten vor: ein Inder aus einer niedrigen Kaste, der sich mit Hilfe der Erziehung hochgearbeitet hat. Ich will die alten Traditionen und Rollenklischees aufweichen. Jünger, gebildet, weg vom traditionellen Sohn des Patriarchen, hin zu einem Mann aus der Mittelschicht. Die Perspektive muss angeglichen werden. Den Fokus will ich auf diese frische Generation richten, die stolz und erfolgreich ist. Wenn man den Ökonomen zuhört, entsteht im Augenblick eine finanziell potente Extraklasse. Bis Ende des Jahrzehnts rechnen wir mit vielen Millionen jungen Indern, die ein eigenes Selbstbewusstsein haben. Da werden die Kastenzugehörigkeit und der Einfluss der Familie nicht mehr so wichtig sein. Mir schwebt eine neue Zielgruppe vor.«

»Hört sich spannend an. Gehe ich recht in der Annahme, dass es was mit diesem Roman zu tun hat, über den alle reden? *Der liebe Gott hilft nicht*? Ich sag's dir gleich: Ich stehe nicht für Nebenrollen auf dem Besetzungsplan. Ich bin nicht mehr jung. Mir gefällt es, den einsamen Wolf zu spielen, den unangepassten Querdenker, der die ganze Szenerie hinterfragt. Ich bin mir nicht sicher, ob mein Produzent mich einfach so entleiht. Was ist mit deinem Mittdreißiger vom Dienst?« Er grinste über seinen eigenen Scherz. Natürlich hatte er als Eigentümer der Produktionsfirma nahezu Narrenfreiheit.

»Na ja, ich gebe es nicht gerne zu, aber Chandra Gupta entspricht nicht dem Charakter, den ich für den Mentor suche. Und für den männlichen Protagonisten ist er wirklich zu alt. Um es kurz zu sagen: Niemand nimmt ihm den zielstrebigen, jungen Denker ab. Da braucht es ein vollkommen neues Gesicht.«

Amir verschluckte sich an dem herrlichen Whisky und hustete. Jetzt war er schlicht und einfach sensationssüchtig.

»Ganz neue Worte. Ich höre sie mit großer Freude. Wie ist deine Zeitplanung? Wann fängst du an zu drehen?« Swarmi presste seine Lippen aufeinander, sodass das Lippenrot vollkommen verschwand.

»Da gibt es noch ein kleines Problem mit den Filmrechten, aber ich bin dran. Es könnte problematisch sein, dass der Roman im Original schon verfilmt wurde. Diese Rechte sind deshalb nicht zu haben. Deshalb ist Vikram an der Sache dran. Wir suchen den Schöpfer der indischen Verbesserung. Dann können wir loslegen. Mein persönliches Ziel ist, so schnell wie möglich das Drehbuch zu haben. Wir arbeiten schon an verschiedenen Umsetzungsideen, falls wir die Götter ins Bild setzen wollen. In vier Monaten fangen wir an zu drehen, spätestens zu Diwali, wenn die Tage wieder kühler werden, möchte ich die Filmpremiere haben. Sollte das nicht so klappen, wie ich mir das vorstelle, habe ich einen Plan B. Und bei dem hätte ich sogar die perfekte Hauptrolle für dich!«

»Spann mich nicht auf die Folter. Erzähl mir davon. Aber wir haben nicht viel Zeit. Lass uns das Aufzugspiel spielen. Du hast 60 Sekunden, um mich von deinem Plot zu begeistern.«

»Der Protagonist ist ein gebildeter Inder, der einen amerikanischen Roman umschreibt, um seinem deutschen Freund den Unterschied zwischen unserem und ihrem Glauben zu erläutern. Die Sache wird entdeckt und er landet in Teufels Küche. Der Film erzählt die Heldenreise des Angestellten aus einfachsten Verhältnissen zum gefeierten Autor. In den Nebenfiguren findet sich wunderbares Material: gerissene Geschäftsleute, wundersame Heilkundige und genau die richtige Menge Religion und Tanz.«

»Na, das hört sich doch gleich besser an. Übrigens bevor ich es vergesse: Deine Tochter kann anfangen, wann du es möchtest. Meine Mitarbeiter sind informiert. Aber lass uns hinausgehen und mitfeiern. Wir treffen uns nächste Woche zum Essen im Taj Hotel am India Gate. So habe ich ein bisschen Zeit, um mir die Sache durch den Kopf gehen zu lassen. Dann können wir über alles reden.«

Swarmi würde lieber länger über sein neuestes Lieblingsprojekt reden, aber er gab Amir recht. Wenn sie sich nicht langsam unters bunte Volk mischten, würden ihre weißen Westen wie Verräter aus der Menge herausstrahlen und die Gerüchteküche am nächsten Tag überkochen.

ॐ

Seit einer Stunde sah Paul einem Pfau im Garten des Hotels beim Schreiten zu. Auf der Suche nach Nahrung wand sich das schöne Tier von Busch zu Busch, verharrte kurz, pickte und schritt weiter. Dank der langen Schwanzfedern, die er hinter sich herzog, wirkte er wie eine königliche Braut mit einer Hochzeitskleidschleppe.

Pauls Blick folgte dem Tier, während seine Gedanken kreisten. Was konnte er machen? Einerseits musste er auf sein Urheberrecht pochen, andererseits wollte er sich nicht unmenschlich verhalten und sich womöglich in der Folge dieser unheilvollen Geschichte der Lächerlichkeit preisgeben. Er steckte in einer Zwickmühle.

Raj war ein netter Kerl. Er hatte keinen gemeinen Knochen im Leib. Aber er hatte seinen Roman verändert. Nicht schlecht, wie Paul zugab, nachdem er endlich ein Exemplar gelesen hatte. Für ihn ein ungewöhnliches Ende zu einer Story, die erzählt werden musste. Ihn hatte verblüfft, was aus seinem tragischen Buch geworden war.

Vielleicht, hatte er sich beim Lesen gedacht, sollte er diese Idee aufgreifen und eine Seminarreihe kreieren, wo Studenten die Enden zu unvollendeten Werken großer Autoren formulierten? Es gab genug davon. Unfertige Manuskripte, deren Autoren entweder verstorben waren oder keine Lust gehabt hatten, diese fertig zu stellen. Doch das half ihm im Augenblick nicht weiter. Am liebsten würde er alles rückgängig machen und wesentlich leiser darum bitten, diesen Roman aus dem Verkehr zu ziehen. Aber die Truppen waren schon auf dem Weg. Sein Anwalt formulierte die Forderungen. Enn ging als offizielle Kontaktperson nach Bangalore und würde seinem Wunsch entsprechend aufräumen. Sally war seit der Agrareise, wo sie Raj kennengelernt hatte, nicht mehr hundertprozentig auf seiner Seite. Das spürte er. Nicht, dass sie irgendetwas gesagt hätte, aber ihre Verzweiflung war allgegenwärtig. Sie bevorzugte generell harmonische Lösungen.

Er würde Jack anrufen, sobald in Vermont die Sonne aufging. Jack war nicht viel älter als Raj. Paul sehnte sich nach einer ehrlichen Meinung von jemandem, der mit Abstand auf den Sachverhalt sah.

Der Pfau hüpfte auf den Rand des Springbrunnens und trank etwas Wasser aus dem großen Becken. Wie gern würde er mit dem Vogel tauschen. Unbeeindruckt von der Umwelt seinen elementarsten Grundbedürfnissen nachzugehen, wäre ihm jetzt das Liebste. Etwas erregte die Aufmerksamkeit des großen Tiers und Flügel schlagend sprang es vom Rand auf die Erde. Ah, da, aus dem schattigen Staudenbeet, das den tropischen Garten umfloss, tauchte ein weiterer Pfau auf, ein Jungtier, das bei Weitem nicht so eindrucksvoll war. Grauer, ohne den üppigen Pfauenfederschwanz, begann dieses Tier ebenfalls nach Futter zu picken.

Als Paul sich abwenden wollte, gurrte sein Pfau nach Aufmerksamkeit heischend. Und dann war es da: das Pfauenrad.

Der Pfau brüstete sich mit seinem eindrucksvollen Federkleid in bezaubernden Grün- und Blautönen. Er pumpte sein halbes Federrad im Zuge des Imponiergehabes auf und ab. Paul hatte erwartet, dass das Rad nach hinten ging, aber nein, es neigte sich ein wenig nach vorne, schien bei jedem Pumpen zu winken und reflektierte die Sonne. So, so, doch kein Jungtier, dachte sich Paul, ein Weibchen. Es schien ihm ein schöner Aspekt des Tierlebens zu sein, dass der Pfau sich solche Mühe machte, um ein Weibchen zu werben, wo er doch offensichtlich konkurrenzlos war.

Kapitel 18

»Lasst euch nicht blenden vom Glanz, der aus dem Westen kommt. Lasst euch nicht beirren von diesem flüchtigen Schauspiel.«
Mahatma Gandhi

Raj sah dem heißen Wasser zu, wie es sich in seine Teetasse ergoss. Der Teebeutel schwamm kurz auf der Wasseroberfläche und mäanderte dann auf den Grund der Tasse. Es war schön, wieder zurück zu sein. Sein interesseloses Wohlgefallen begleitete den Teebeutel und stimmte ihn auf den kommenden Tag ein. Nachdem er die Entscheidung für Bangalore getroffen hatte, freute er sich auf die neue Herausforderung. Um ihn herum war alles ruhig. Ungewöhnlich. Er wartete darauf, dass seine Kollegen eintrudelten. Normalerweise war Sunil einer der Ersten, der in der Büroetage eintraf. Das konnte nur noch wenige Minuten dauern. Er war gespannt darauf, zu erfahren, ob sich die Sache mit der Verwechslung der Druckdateien gelöst hatte und was in seiner Abwesenheit alles passiert war. Während er drei Stückchen Zucker in seinen Tee rührte, sah er überrascht, wie sich eine kleine Käfertasse dem Automaten näherte. War Gabi schon im Büro? Er blickte auf und sah in der Reflexion im Fenster Gabi neben sich stehen. Lächelnd wandte er sich an seine Vorgesetzte.

»Guten Morgen. Wie geht es dir? Es ist schön, wieder da zu

sein. Du bist heute früh im Büro.«

»Guten Morgen, Raj. Danke, es geht.« Ihr Blick wanderte kurz zu Rajs Augen, bevor sie wieder wegsah. »Ich dachte, ich komme ein bisschen früher, damit wir gleich reden können. Die Angelegenheiten hier haben ziemlich Fahrt aufgenommen und wir müssen schneller als erwartet wegweisende Entscheidungen treffen. Deshalb bin ich hier. Hast du gleich Zeit und kommst in mein Büro? Sagen wir in zehn Minuten? Ich muss vorher etwas erledigen.«

»Ja, natürlich. Ich habe noch gar nicht angefangen zu arbeiten, und muss erst schauen, was sich auf meinem Schreibtisch angesammelt hat. Vorhin sah er erfreulich aufgeräumt aus. Bis gleich. Ich bin pünktlich.«

Normalerweise hätte Gabi jetzt gelacht und einen Witz über das fehlende Zeitgefühl der Inder gemacht. Doch sie erwiderte nichts. Stattdessen nahm sie ihre Tasse, starrte hinein, drehte sich um und machte sich auf den Weg in ihr Büro.

Raj ging zu seinem Schreibtisch und war überrascht: Es war sonderbar. Wo in früheren Jahren bei seiner Rückkehr aus Agra das Chaos herrschte, war heute erfreulich wenig los. Ein paar Akten, die aus der Personalabteilung zu sein schienen, und alte Unterlagen, die er ablegen musste. Mehr hatte sich nicht angesammelt. Seltsam, aber schön. Vielleicht hatte Gabi in seiner Abwesenheit einen Ersatz gefunden, der seine alte Stelle übernehmen würde. Dass der an seinem Schreibtisch gesessen hatte, war ungewöhnlich, aber verständlich. Im Augenwinkel nahm er eine Bewegung wahr, eine Person, die in

Gabis Büro verschwand. Er schaute auf die Uhr am Computerbildschirm. Die zehn Minuten waren fast um. Sollte er trotzdem zu Gabi gehen? Oder warten, ob sie ihn rief. Er wollte nicht stören, falls es sich um ein persönliches Gespräch handelte. Unschlüssig wartete er und wunderte sich, dass die sonst so leichte, lebhafte Stimmung sich heute nicht einstellen wollte. Es waren nur wenige Kollegen da. Scheinbar fingen alle etwas später an. Oder sie hatten in Unterführungen das Ende des Monsunregengusses abgewartet. So ein Regentusch dauerte weniger als eine Stunde, war aber dafür wasserreich. Er selbst hatte die dunklen Regenwolken zwar gesehen, aber sich auf sein Glück verlassen, nicht vollkommen nass zu werden. Er hatte es trocken in den Verlag geschafft. 11 Minuten, jetzt würde er doch zu Gabi gehen. Sie konnte ihn bitten, später wiederzukommen. Aber Gabi hasste Unpünktlichkeit.

Sanft klopfte Raj an der Gabis Tür. Auf das »Herein!« betrat er den Raum und stellte fest, dass der Schatten niemand anderer als Helen aus der Personalabteilung gewesen war. Beide Frauen schauten ihn an.

»Entschuldigt die Störung. Soll ich später noch einmal wiederkommen?«

»Nein, Raj, komm rein und nimm Platz. Du kennst Helen ja sicher.«

Sie saß an dem kleinen runden Besprechungstisch und hatte eine Mappe mit Unterlagen vor sich liegen. Raj nahm Platz. Er ging davon aus, dass sie jetzt die Rahmenbedingungen des neuen Jobs besprechen würden. Schnell und effizient, so waren die Deutschen.

»Raj, wir müssen über eine unangenehme Angelegenheit reden. Ich habe so lange wie möglich meine schützende Hand über dich gehalten, aber aufgrund der verzwickten Situation, in die uns dein Eingreifen in das Werk unseres geschätzten Autors gebracht hat, müssen wir uns leider von dir trennen. Die Verlagsleitung in München fordert ausdrücklich, dass alle an dieser verwerflichen Tat beteiligten Mitarbeiter aus dem Team entfernt werden.« Geschockt hörte Raj Gabi zu, wobei sein Gehör schwächer zu werden schien, weil es vom heißen Rauschen seines Blutes verdrängt wurde. Er konnte nicht fassen, was seine so verehrte Gabi ihm in den nächsten Minuten offenbarte.

»... soweit ich informiert bin, fordert das der Autor sowie der Anwalt des amerikanischen Originalverlages. Wenn wir hier nicht mit aller Härte durchgreifen, steht die Erweiterung und Vergrößerung unserer Filiale auf dem Spiel. Du weißt, dass ich dich menschlich und fachlich sehr schätze, aber mir sind die Hände gebunden.« Während ihrer kurzen Ansprache hatte Gabi ihn angeschaut, jetzt studierte sie ihre verschränkten Hände auf den Unterlagen. »Helen hat die fristlose Kündigung dabei und wird dich nachher aus dem Verlag eskortieren. Es tut mir leid.«

Helen öffnete ihre Mappe und übergab Raj seine schriftliche, fristlose Kündigung. Sie ließ ihn der Ordnung halber eine Empfangsbestätigung unterschreiben und händigte ihm sein

Exemplar aus.

»Aufgrund der Tatsache, dass wir in den letzten Jahren nie Probleme mit dir hatten, haben wir uns entschlossen, dir das Gehalt für diesen Monat zu überweisen. Ich habe dir auch eine Bestätigung deiner Zeit bei uns für deine Bewerbungsunterlagen ausgestellt. Jetzt würde ich dich bitten, ohne eine unangenehme Szene deinen Schreibtisch zu leeren und das Büro zu verlassen.«

Raj fühlte sich taub, als er aufstand. »Da ist nichts mehr zu machen?«, murmelte er vor sich hin und schaute dann kurz die beiden Frauen an.

»Leider nein, Raj. Es ist nicht unser Verlag, wir sind nur angestellt und müssen das Gesamtwohl im Auge behalten.«

Gabi zog einen Briefumschlag aus ihren Unterlagen und reichte ihn Raj. »Wir hatten schon für dein Geburtstagsgeschenk gesammelt, als das Chaos über uns hereinbrach. Ich dachte, du magst das Geld lieber als ein Geschenk. Du wirst es brauchen.«

Raj drehte sich langsam zur Tür. »Danke.«

Sein Kopf war schwer, sein Körper taub, als er sich zu seinem Schreibtisch schleppte, um alles zusammenzupacken. Helen war nur wenige Schritte hinter ihm. Sie bat um das Firmenhandy. In seinen Ohren rauschte das Blut. Wie war er nur in diese niederschmetternde Situation geraten?

Mit einem Müllsack, der die persönlichen Habseligkeiten

enthielt, die er in seinem Schreibtisch aufbewahrt hatte, ging er zum Ausgang. Ein Sicherheitsmann des Gebäudes öffnete ihm die Tür und er trat vor die Eingangstür im Erdgeschoss. Dort warteten seine Kollegen, nein, seine ehemaligen Kollegen. Man hatte es nicht zu einer Konfrontation kommen lassen wollen, das war ihm klar. Sunil sah verlegen zur Seite und Munnar polierte sorgfältig den Sitz seiner Honda Navi. Mit zögerlichen Blicken musterten sie ihn unter gesenkten Wimpern. Schande ist eine ansteckende Krankheit. Man hatte ganze Arbeit geleistet. Mechanisch ging er zu seinem Rad, klemmte seinen Müllsack auf den Gepäckträger, schloss auf und nahm es aus dem Ständer. Langsam rollte er es auf die Straße vor dem Bürogebäude. Wo sollte er hin?

ॐ

Mit hängendem Kopf schob Raj sein Rad am Straßenrand entlang. Das Hupen der empörten Autofahrer und die Rufe der Tuktuk-Lenker berührten ihn nicht. Er war tumb, ihm fiel kein deutsches Wort ein für diese Leere, die Taubheit, die ihn lähmte. Was sollte er jetzt machen? Es war kurz vor neun Uhr morgens, er konnte unmöglich zu seinem Onkel zurückgehen. Dort würden ihn die Frauen piesacken, bis ans Tageslicht kam, was los war. Spätestens zu Mittag hätte sein Versagen die Runde gemacht. Auf keinen Fall durfte seine Familie davon erfahren. Er musste nachdenken. Er brauchte Zeit. Er braucht einen Ort, an dem er sich seine Wunden lecken konnte, wo niemand ihn kannte oder störte. Er ließ sich seine Kraftorte durch den Kopf gehen. Der Sanky Tank schloss um zehn Uhr seine Pforten und auf dem Markt kannten ihn zu viele. Die Wäscherei im Herzen von Malleswaram kam ihm in den Sinn. Er war gern bei den Wäschern im Ghat und schaute ihnen beim Arbeiten zu. Dort konnte er nachdenken. In seinem Rucksack vibrierte sein Handy. Sicher ein letzter Tourist oder die Agentur in New Delhi. Das hatte er vergessen, aber jetzt war er froh. Nachdem es in Agra zu seiner Fremdenführer-grundausstattung gehört hatte, schlummerte es noch in seinem Rucksack. Womöglich das einzige Relikt aus dieser Zeit. In seiner jetzigen Situation war es ein Lichtblick. So hatte er einen Draht zur Welt.

ॐ

Seine Finger suchten Sven auf dem Display. Der Anruf ging auf die Mailbox. Mist. Was konnte er mit dem Freund besprechen? In seinem Magen brodelte es. Seine inneren Organe sackten ab. Er brachte Schande über seine Familie. Es war furchtbar. Er war vollkommen allein. Keiner konnte ihm helfen. Schlimmer noch, niemand durfte etwas erfahren. Er würde in die Wäscherei gehen und dort jemanden bestechen, damit er geduldet wurde und sitzen bleiben durfte. Wie lange sein Geld reichen würde, hing vom Inhalt des Umschlags ab, den Gabi ihm zugesteckt hatte. Es dauerte ewig, bis er sein Rad in den ältesten Teil der Stadt geschoben hatte.

ॐ

Im Ghat angekommen, suchte er sich einen Weg durch die zum Trocknen aufgehängte Wäsche, die im Wind flatterte. Der Vorarbeiter beäugte ihn und seine Bitte kritisch, drückte aber mit der Hoffnung auf extra Geld ein Auge zu. Raj stellte sein Rad ab und setzte sich in den Schatten eines ausladenden Gummibaums. Aus seinem Rucksack zog er den Umschlag, öffnete ihn und schaute auf die Geldscheine. Geld war hässlich. Er schüttete es in seinen Schoß und begann zu zählen. Dabei fiel ihm eine kleine weiße Visitenkarte auf, die zwischen den Rupies steckte. Warum hatte Gabi ihm die zukommen lassen? Er starrte auf die Karte, drehte sie in der Hand. Neben einer Telefonnummer stand dort etwas in Hindi. Gabi konnte kein Hindi. Verwundert las er den kurzen Text: »Ruf das Karma.«

Ein Rätsel. Er betrachtete die Karte, elegant, keine Hinweise und grübelte. Was sollte das sein?

ॐ

Svens Handy piepste entrüstet vor sich hin, sobald er vom Flugmodus in den aktiven Zustand wechselte. Unzählige Botschaften, ein blinkendes Mailboxsymbol und jede Menge verpasster Anrufe. Das hatte er noch nie gehabt. Als er die dritte Nachricht gelesen hatte, wurde ihm klar, was passiert war. Gabi hatte Raj fristlos entlassen. Er hatte das Gebäude sofort verlassen müssen. Niemand durfte mit ihm reden. Die Drohungen der Verlagsleitungen waren klar und deutlich. Pia hatte ihn eindringlich gebeten anzurufen. Sie klang verzweifelt und wollte Raj, komme, was wolle, helfen. Nach allem, was passiert war, schien sie der Meinung zu sein, nichts mehr zu verlieren zu haben. Er rief sie an.

»Hallo, Pia, ich bin's Sven. Ich bin im Auto. Was ist um Gottes willen passiert?«

»Oh Sven, alles ist so furchtbar. Bitte, komm auf keinen Fall in den Verlag. Versuch, Raj zu finden und kümmere dich um ihn. Die indischen Mitarbeiter sind verzweifelt. Sie haben Angst, dass er sich was antut. So eine Schande sei ein Gesichtsverlust, haben sie mir erklärt, den man nur durch den Freitod tilgen kann. Niemand durfte mit ihm reden. Sie hatten das Wlan abgestellt und die Firmenhandys haben kein mobiles Datenvolumen. Alle mussten vor dem Gebäude warten, bis Raj draußen war und dann zog er mit seinem Fahrrad davon. Es war schrecklich. Und ich bin an allem schuld. Sven, ich glaube, er hat geweint. So habe ich Raj nie gesehen. Wenn ich etwas tun kann, bitte, sag mir Bescheid.«

»Ich kümmere mich drum und rufe ihn sofort an. Wann ist das alles passiert?«

»Gleich gestern als Raj ankam.«

»Hat sich seitdem irgendwas im Verlag getan? Hat sich Gabi dazu geäußert?«

»Sven, als würden sie mit mir oder den Ortskräften reden.«

Er konnte sich nicht vorstellen, dass eine langjährige Führungskraft sang- und klanglos entlassen wurde. Damit hatte er nicht in seinen dunkelsten Stunden gerechnet. Er musste sofort mit dem Freund Kontakt aufnehmen. Am besten persönlich. Wo sollte er zu suchen anfangen in einer 18 Millionenstadt? Sanky Tank, ja das war eine gute Adresse. Aber es war vier Uhr nachmittags und der Park um den Sanky Tank wurde erst wieder um sechs Uhr abends geöffnet. Das schied aus. Sven wusste nicht, wo der Onkel von Raj wohnte, bei dem er lebte. Karim! Er würde zu Karim gehen. Dort traf er nur auf einen ratlosen Karim. Dazwischen rief er immer wieder Raj auf seinem Fremdenführerhandy an. Das Telefon klingelte und klingelte. Vergeblich.

ॐ

Seit einer Ewigkeit stierte Raj auf das große Becken. In dieser Zeit hatte zweimal die Gruppe der Wäscher gewechselt und ein junges Mädchen hatte ihm etwas zu essen hingestellt. Er hatte ihr gedankt, es aber nicht angerührt. Seine wirren Gedanken wirbelten im Kreis. Nirgends schien ein Ausweg. Er war müde, verzweifelt und ließ sich auf die Seite fallen, um aufzuhören zu denken, als sein Handy erneut zu klingeln begann. Sven, sein Freund. Es dauerte lange, bis das Klingeln verstummte und sofort wieder begann. Mürbe geworden nahm er es in Hand. Wären nicht die Wäscher gewesen, die ihn verständnislos ansahen, hätte er es bis in alle Ewigkeit klingeln lassen. So aber drückte er auf den Annahmeknopf, sprach aber kein einziges Wort.

»Raj! Was ist los? Wo bist du? Antworte mir!«

Svens Fragen prasselten auf ihn ein, aber er war zu kraftlos, um ihm zu antworten. Raj schloss die Augen. Was sollte er ihm sagen? Dass seine Träume zerstört waren? Dass er weder hier noch in Agra leben konnte? Dass seine Familie in bitterer Armut versinken würde? Dass er in der einzigen, göttlichen Aufgabe, die ihm als Sohn der Familie gestellt wurde, versagt hatte? Statt in eine wunderbare Zukunft starrte er auf ein Trümmerfeld.

»Raj, antworte mir! Wo bist du? Ich komm′ dich holen.« Sven war hartnäckig. Endlich nahm Raj das Handy und hielt es sich ans Ohr.

»Ich bin am Wasser. Schon seit Stunden und schaue der Zeit beim Verrinnen zu. Lass mich in Ruhe. Es gibt nichts mehr, was uns verbindet.«

»Blödsinn. Sag mir, wo du bist und ich komme.«

Da fiel ihm ein, dass Raj und er sich in der Standortsuche freigegeben hatten. Ursprünglich war das als Sicherheitsmaßnahme gedacht, falls Sven im Dschungel der Gässchen oder auf einem der Märkte verloren gehen würde. Doch dieser Weg war keine Einbahnstraße. Bevor Raj auflegen konnte, rief Sven die App auf und suchte den Punkt, der den Standort des Handys kennzeichnete. Aha, es blinkte mitten in Malaswaram. Er wies seinen Fahrer an, wo er ungefähr hinfahren sollte. Den Rest würde er rennen oder ein Tuktuk nehmen.

ॐ

Wenig später eilte Sven durch den Eingang der alten Wäscherei am Ghat und fand den Freund, der unter einem großen Baum kauerte. Er setzte sich neben ihn, legte ihm die Hand auf den Rücken.

»Es gibt mich nicht mehr.« Leise trug der Abendwind die Worte zu Sven.

»Gib nicht auf. Im Augenblick sieht es schlecht aus. Aber du hast uns und wir helfen dir. Wir finden einen Weg aus dieser Ausweglosigkeit, das verspreche ich dir.«

Mühsam richtete sich Raj auf.

»Werden wir nicht. Und niemand wird mir helfen. Alle haben sich abgewandt, selbst Gabi. Es war entsetzlich. Jeder ist sich selbst der Nächste. Du musst aufpassen, dass mein Problem dich nicht auch in den Abgrund reißt. Sonst sitzen wir bald zu zweit hier.«

»Du, so schlecht ist es hier gar nicht. Schattig und am Wasser gelegen. Unter anderen Umständen könnte man das als idealen Ferienort propagieren.«

Raj war für Svens Versuch die Stimmung durch Humor zu entschärften, nicht empfänglich und schaute den Freund an. »Du spinnst.«

»Nein, das sicher nicht. Aber ich bin froh, dass ich dich gefunden habe. Ich habe nicht einmal deine Adresse. Wie kann das sein? Soll ich dich zu deinem Onkel bringen?«

»Nein! Auf keinen Fall. Dann weiß in wenigen Stunden

meine Familie Bescheid.«

»Jetzt sag aber nicht, dass du die ganze Nacht hier gesessen bist. Warum hast du nicht gleich mich angerufen?«

Raj ließ den Kopf hängen und murmelte: »Ich bleibe hier.«

»Ganz sicher nicht. Dann kommst du erstmal mit zu mir. Ich habe in meinem Arbeitszimmer ein Sofa. Da kannst du gern bis auf Weiteres schlafen.« Er griff nach Rajs Rucksack und stand auf. »Ist das alles? Wo ist dein Rad?«

Gemeinsam gingen sie zu der kleinen Baracke, in der sich das Büro und die Wäscheanlieferung befanden. Das Fahrrad stand noch dort.

»Das packen wir in den Kofferraum.« Sven war voller Tatendrang. Er hatte eine Mission und die galt es zu erfüllen. Als Raj das Rad aufschließen wollte, entdeckte er in seiner Hand die zerknüllte und schweißnasse Visitenkarte. Neugierig musterte Sven den kleinen Zettel.

»Was hast du da? Muss ja wichtig sein, wenn du dich daran festhältst.«

Stumm schüttelte Raj den Kopf. Er hatte sie schon fast vergessen. Unschlüssig schob er sie in die Brusttasche seines Hemdes und folgte mit seinem Rad dem Freund zu seinem wartenden Auto.

Kapitel 19

»Wird man gebraucht, erfüllt man seine Pflicht.
Wird man nicht mehr gebraucht, so zieht man sich zurück.«
Konfuzius

Nachdem sie in Svens Wohnung geduscht und gegessen hatten, setzten sie sich an den Küchentisch und erörterten die Vorfälle der letzten beiden Tage.

»Es wird schwer, diesen Gordischen Knoten zu lösen. Aber du hast nichts Böses gemacht.«

»Abgesehen von den Eingriffen in den Originaltext.«

»Schon, aber versandt hat ihn die Praktikantin von meinem Computer. Wenn man es genau nimmt, sind wir beide genauso schuld.«

»Wie gesagt, Sven. Du musst aufpassen, sonst sitzen wir beide bald hier rum und suchen neue Jobs.«

Sven musterte den Freund bestürzt. Wie ein Häufchen Elend saß er am Küchentisch. Nichts war übrig von seinem Optimismus und der Sicherheit, die ihn sonst so überzeugt handeln ließ. »Was sagen deine Priester? Wie lange wird diese Pechsträhne anhalten?«

»Ich war nicht im Tempel.«

»Warum? Wäre das nicht die ideale Ausgangssituation für ein göttliches Eingreifen?« Sven wollte nicht altklug wirken, aber in einer so aussichtslosen Lage griff man nach jedem Strohhalm. Und genau da kehrte Raj seiner Religion den Rücken zu, das erschien ihm widersinnig. Er knabberte an seiner Unterlippe, bis er ein neues Thema gefunden hatte.

»Was für eine Visitenkarte hattest du vorhin in der Hand?«

»Ich weiß nicht. Sie war in dem Umschlag mit dem Geld, das ihr für meinen Geburtstag gesammelt habt. Gabi hat ihn mir gegeben.« Raj nahm seinen Rucksack vom Boden und holte den mittlerweile zerknitterten Umschlag heraus.

»Das ist ja seltsam. Wir haben nicht für deinen Geburtstag gesammelt. Von welchem Geld sprichst du? Und warum sollte Gabi dir eine Visitenkarte geben? Was steht da überhaupt drauf?«

»Es ist ein Befehl, mehr ein schroffer Ratschlag: schau aufs Karma. Mehr kann ich dir nicht sagen.«

»Da steht doch eine Telefonnummer drauf. Hast du angerufen?«

»Nein, heute nicht, ich habe gelitten. Da blieb mir zum Telefonieren keine Kraft.«

»Egal, jetzt ist es schon spät. Ich geh morgen normal in den Verlag, mal schauen, was Gabi mir erzählt, und du bleibst hier. Kannst ja die Wohnung putzen, wenn dir langweilig ist. Sobald ich was herausgefunden habe, melde ich mich. Gute Nacht.«

ॐ

Der nächste Morgen hielt für Sven eine Überraschung bereit. Zwischen den E-Mails, die sich in den Tagen seiner Abwesenheit angesammelt hatten, befand sich eine offizielle Mitteilung der Geschäftsführung. Man kündigte eine Führungskraft aus München mit umfangreichen Handlungsbefugnissen an, die in der Filiale in Bangalore nach dem Rechten schauen würde. Als Termin für deren Arbeitsbeginn war diese Woche angegeben. Sven war sich unsicher, ob das gute oder schlechte Nachrichten waren. Wahrscheinlich würde ein Herr Wichtigtuer auftauchen, der null Ahnung hatte und wie ein Orkan durch den Verlag fegen würde. Vorher musste er mit Gabi reden und herausfinden, was in seiner Abwesenheit passiert war. Er schloss seine Mailbox und eilte aus dem Büro, um Gabi abzufangen, sobald sie den Verlag betrat. Auf dem Gang traute er seinen Augen nicht. Eine Kaffeetasse in der Hand balancierend schritt Enn auf Gabis Bürotür zu. Sie erstarrte, als sie ihn sah. Es gab keinen Zweifel. Provokant in Schwarz-Weiß gekleidet stand sie da und er sah sich der Frau seiner Träume gegenüber. Diesmal leider auf der feindlichen Seite. Er riss die Augen auf, doch der Mund blieb zu.

»Hallo, Sven«, murmelte Enn so leise, dass kein Außenstehender es verstehen konnte. »Es tut mir leid, dass wir uns so wiedertreffen. Ich hätte dir sagen sollen, wer ich bin, als mir dämmerte, dass wir im gleichen Verlag arbeiten.«

Schweigend schüttelte er kurz ihre Hand.

»Ich möchte dich sofort sprechen und deine Version hören. Raj habe ich noch nicht gesehen, sobald er da ist, rede ich mit ihm. Vorher muss ich einige Telefonate führen. Ich sitze in Gabis Büro.«

»Okay. Du bist der Boss. Gib mir Bescheid, dann komme ich sofort. Und Raj, das kann ich dir jetzt schon sagen, der kommt nicht mehr. Den haben sie entlassen.« Er musste dringend herausfinden, wo Gabi war und was alles intern auf den Weg gebracht worden war, während er weg war.

Wer konnte ihm da besser helfen als die Praktikanten? Pia war mit ihrem schlechten Gewissen die nützlichste Informantin. Von der Toilette aus schickte er ihr eine Nachricht. Seine WhatsApp wurde umgehend beantwortet. Gabi saß eine Etage höher bei Helen im Personalbüro. Das hatte Pia gesehen, als sie ihr Schreiben mit der Bitte um Beendigung ihres Praktikums abgab. Sie würde Ende der Woche nach Deutschland zurückfliegen. »Es tut mir alles so leid, vor allem, weil Raj immer supernett und extrem hilfsbereit war. Ich habe Gabi angeboten, die Schuld zu übernehmen, aber sie meinte, damit würde ich mich in eine rechtlich schwierige Lage bringen und das wollte sie nicht. Es ist mir einfach zu viel. Ich will heim und weiterstudieren. Sorry Sven, ich fühle mich hundsmiserabel. Sag Raj, dass es mir sehr leid tut.«

ॐ

Wenig später bat ihn Enn in ihr Büro.

»Kannst du jetzt kommen? Ich wäre so weit.«

»Klar, bin auf dem Weg.« Sven trottete zu Gabis fremdbesetztem Büro. Den neuen Inhalt fand er nach wie vor reizvoll, aber er wappnete sich, für was auch immer sie von ihm wollte.

»Sven, wie vorhin schon gesagt. Es tut mir leid, dass wir einen unehrlichen Start hatten. Ich wollte dir am liebsten gleich in Agra im Hotel gestehen, dass Paul der Autor ist, dessen Roman im Zentrum des ganzen Eklats steht. Doch dann hätte ich alle betroffenen Personen bloßstellen müssen. Sally und ich dachten, wir könnten in Ruhe eine Lösung in die Wege leiten. Aber Paul hat uns strikt untersagt, weitere Schritte zu gehen, wo der Schuss womöglich erneut nach hinten ausgeht. Bevor ich etwas unternehmen konnte, kam die Aufforderung aus München, sofort nach Bangalore zu fliegen und hier aufzuräumen.« Sie malte Gänsefüßchen in die Luft. »Man hat mich ausgewählt, weil ich als Schnittstelle zwischen dem Verlag und Paul etabliert bin. Er betonte, dass er mit meinem Kompromiss höchstwahrscheinlich zufrieden sein wird. Du musst ihn verstehen. Paul kommt sich vor wie der alte Knacker im Zauberlehrling. Die Geister, die er rief, wird er nicht mehr los. Aber wir tun unser Bestes. Mir ist klar, dass diese Misere nicht böswillig angezettelt wurde. Deshalb tue ich alles in meiner Macht Stehende, um das diplomatisch zu bereinigen. Paul sieht das auch so und Sally ebenfalls. Sie lassen dich und Raj grüßen.«

»Was genau ist deine Funktion in der Zentrale in München? Bist du Juristin? Warum hat man dich hergeschickt?« Sven formulierte die Fragen, die ihm am meisten unter den Nägeln brannten.

»Nein, ich betreue die Autoren, wenn sie in meinen Zuständigkeitsbereich kommen und bin Eventspezialistin. Und die Geschichte, wie wir uns kennengelernt haben, stimmte bis auf das Ende. Magst du Raj zu unserem Gespräch dazu holen? So muss ich es nur einmal erzählen. Zu dritt sind wir kreativer in der Problemlösung.«

»Das wird schwer. Raj ist vorgestern fristlos entlassen worden und hat ein Betretverbot für die Räumlichkeiten des Verlages. Ich kann dir nicht sagen, wo er ist. Bei seinem Onkel ist er nicht. Und das Firmenhandy wurde ihm abgenommen.« Sven flunkerte nur ein bisschen. Vor die Entscheidung gestellt: Raj oder der Verlag, für den Enn stand, gab es kein Zögern. Raj war sein Freund.

Enn schaute Sven schweigend an. Langsam lehnte sie sich in Gabis Stuhl zurück, kreuzte die Arme über der Brust und fixierte Sven.

»Kannst du nicht oder willst du nicht? Bitte Sven, ruf ihn an und bitte ihn, sich mit uns zu treffen.«

Wie sie so dasaß in diesem schwarz-weißen Faltenrock, schwarzem Shirt und schwarzen Strümpfen, erinnerte sie ihn eher an eine Manga-Kriegerin als an eine Führungskraft des Verlages. Ihre Augen blitzten hinter der Brille und unterstrichen, wie wichtig ihr ihr Anliegen war. Aufgeben war keine Option. Unter anderen Umständen wäre Sven gern auf ihrer Seite.

»Okay. Ich kläre das und hole dich zum Mittagessen ab. Kommt Gabi auch dazu?«

»Je weniger dabei sind, desto besser. Du, Raj und ich. Klopf an, wenn du so weit bist. Bis später.«

Kurze Zeit später teilte Sven der enttäuschten Enn mit, dass Raj unter keinen Umständen bereit war, in den Verlag zu kommen. Er ließe Enn grüßen, müsse aber selbst sehen, wo er bliebe.

ॐ

»Enn, wie ist es. Hast du Sven und Raj getroffen?«

»Hi Sally, mit Sven stehe ich in Kontakt, Raj ist nicht erreichbar. Er schottet sich ab und ich kann ihn nicht erreichen. Das Firmenhandy hat man ihm abgenommen. Es ist eine größere Misere als gedacht. Als ich hier ankam, hatten sie Raj schon fristlos entlassen und niemand, selbst Sven, scheint mir zu vertrauen. Immerhin hat Sven erzählt, dass Raj Kontakt mit ihm hat, sporadisch zwar, aber wenigstens ein Ansatzpunkt. Ich überlege die ganze Zeit, wie ich ihm Hilfe zukommen lassen kann.«

»Soll ich mit Paul reden? Er versucht, den angezettelten Aufruhr rückgängig zu machen, was nicht ohne Gesichtsverlust möglich ist. Sein Anwalt und der Anwalt des Verlages verstehen seinen Sinneswandel nicht. Aber wir lassen Raj nicht hängen. Das versteht sich von selbst. Mir fällt nur nichts ein, was ihm helfen könnte. Dabei ist er ein so beeindruckender, gescheiter Inder. Und was der alles weiß, ich schwebe noch immer in seiner reichhaltigen Vergangenheit. Es war so bezaubernd.«

»Genau dahin will ich mit ihm kommen. Hast du Kontakt zur Frau des amerikanischen Botschafters?«

»Natürlich. Kari. Wir haben zusammen in North Dakota studiert. Der Kontakt hängt nicht an Pauls Autorenruhm. Warum?«

»War sie nicht bei der Lesung von Paul an der amerikanischen Schule?«

»Worauf willst du hinaus? Paul wird nicht noch einmal eine Lesung veranstalten. Er leckt sich seine Wunden, weil er weiß, dass wir Raj übel mitgespielt haben.«

»Nein, keine weitere Lesung von Paul. Sally, ich denke größer. Was hältst du davon, eine Stiftung zu schaffen, wo mittellose indische Kinder die Geschichte erklärt bekommen? Wir könnten Raj die Stelle des Geschichtenerzählers anbieten. Und die Auftaktveranstaltung machen wir als Joint Venture mit der amerikanischen Botschaft unter der Schirmherrschaft deiner Freundin, der Botschaftergattin. Wie hört sich das an?«

»Mensch, Enn, das hört sich nach einem pfiffigen Anfang an. Sag mir, was ich machen kann.«

»Wir müssen es ein bisschen hübscher verpacken. Aber das kriegen wir hin. Ruf du gleich an und verabrede dich mit Kari zum High Tea im Hotel Imperial.«

»Mach ich sofort. Brauchen wir Paul?«

»Nein, ich denke nicht. Aber tu mir einen Gefallen und sprich mit ihm darüber. Ich möchte nicht noch einmal in einem Netz aus Heimlichkeiten und Missverständnissen gefangen sein. Ich werde in der Zwischenzeit hier aufräumen und versuchen, Raj zu erreichen. Wir müssen diese Stiftung noch finanziell absichern.«

»Mach dir da keine Sorgen. Ich werde Paul bitten, die Verkaufserlöse aus den Buchverkäufen hier in Indien zur Verfügung zu stellen. Den Rest kriegen wir über Spenden von amerikanischen Firmen. Außerdem gibt es einige Expatgruppen: das Delhi Network und Gurgaon Connection. Ich glaube, die Initiatorin der Gurgaon Connection ist Deutsche. Ich höre mich gleich um.«

»Okay, ich muss weitermachen.«

»Warte noch schnell. Wie läuft es mit Sven? Knistert es noch im Gebüsch oder nähern wir uns schon der flammenden Leidenschaft?«

»Sally! Wir sind Deutsche. Bei uns geht das nicht so fulminant. Was soll ich sagen? Dieser blöde Vorfall und die Kündigung wirken wie Regen auf die Glut, was ich verstehe. Echt jetzt, vorhin war er zu Recht reserviert. Ich könnte mir in den Hintern beißen, dass ich nicht von Anfang an ehrlich war. Da trifft man endlich mal einen netten Kerl mit Grips im Schädel ...«

»Der zudem nicht schlecht aussieht«, warf Sally ein.

»...das auch, aber dann vermassle ich es mir durch so eine blöde Scharade.«

»Das wird schon wieder. Gib dir Mühe, zieh eine Schnute, drück auf die Tränendrüse und er liegt dir zu Füßen.«

»Wenn es so einfach wäre!« Enn seufzte. »Bye, Sally.«

»Bye, Enn.«

ॐ

Im Nachbarzimmer schlich Paul auf Zehenspitzen Richtung Balkon. Er hatte genug vom Gespräch seiner Frau mit Enn gehört. Durch seine Lauscherei hatte er eine klare Vorstellung, was passiert war. Man hatte Raj fristlos entlassen und egal, wie er es drehte, er war daran schuld. Das hatte er nicht gewollt. Er hatte nicht den ersten Stein geschmissen, aber es fühlte sich trotzdem entsetzlich an. Was konnte er machen? Auf keinen Fall würde er Raj seinem Schicksal überlassen. Er mochte ihn und Sven.

»Paul, ich geh jetzt. Vor fünf werde ich nicht zurück sein. Bye!« Mit einem sanften Plopp zog Sally die Tür hinter sich zu.

Er war allein, umso besser. Da konnte er ungestört planen, wie er Raj helfen würde. Denn obwohl Raj ihn herausgefordert hatte, nicht bewusst, aber indirekt, hatte er auch etwas Positives bewirkt. Durch die Erlebnisse und durch die Reise nach Agra war etwas in ihm in Bewegung gekommen. Die indische Muse hatte ihm Inspirationen eingehaucht. Der seit langem fehlende Schaffensdrang war zurück. Er hörte noch unbekannte Personen in seinem Kopf zetern und schachern. In seine Träume schlichen sich farbige Szenen, die hinaus wollten und nach Papier schrien. Zum ersten Mal seit Jahren vermisste er sein MacBook und seinen Assistenten Jack. Jack.

Natürlich! Er würde Raj die Stelle der indischen Hilfskraft anbieten. Er könnte für seinen nächsten Roman Hintergrundinformationen recherchieren. Sollte Raj darauf bestehen, bekäme er die Stelle des zweiten Assistenten, falls das für Jack in Ordnung wäre. Später würde er ihm freistellen, ob er mit nach Amerika wolle. Am besten würde er gleich mit seinem Steuerberater telefonieren. Zufrieden begab er sich ins Nebenzimmer, wo Sallys Laptop stand. Sie traf sich mit einer Studienfreundin, die an der amerikanischen Botschaft war. Genug Zeit, um Raj eine Offerte zu machen und mit seinem neuen Roman zu beginnen.

ॐ

Um ihrem Arbeitsessen den angemessenen Rahmen zu geben, trafen sich Amir und Swarmi in einem Separee des angesehenen Taj-Hotel-Restaurants mit Blick auf das Indiagate. Ein livrierter Diener führte Amir zu dem wartenden Swarmi, der ihn freundschaftlich begrüßte.

»Schon seltsam, wie häufig wir uns in letzter Zeit sehen. Aber schön, dass es geklappt hat. Setz` dich.«

Sie studierten die Karte, orderten eine Flasche chilenischen Wein und bestellten ein leichtes Mittagessen. Dann unterhielten sich die beiden Filmmogule über Swarmis Projekt. Amir fuhr am Rand des Weinglases entlang, bis ein leichtes Summen erklang. Erst dann schaute er seinem Gegenüber in die Augen.

»Lieber Swarmi, nachdem ich gestern lange über deine Worte nachgedacht habe, bin ich zu dem Schluss gekommen, dass dein Projekt auch für mich und meine Produktionsfirma spannend ist.

Sollten wir diesen Mann nicht finden und Plan B in Kraft treten, nehme ich die Rolle des Protagonisten unter einer Bedingung an: Ich will, dass unsere beiden Produktionsfirmen gleichberechtigt kooperieren. Wir können es so aussehen lassen, als sei es eine Folge des Praktikums deiner Tochter. Dann wirkt es nicht so, als hätte einer von uns finanzielle oder kreative Schwierigkeiten. Gemeinsam zum Wohl des indischen Films.« Amir fixierte sein Gegenüber.

»Das kommt jetzt überraschend. Einen Hauptdarsteller gefunden, aber den halben Ruhm verloren. Darf ich fragen, warum?«

»Ich bin mir, lieber Freund, nicht sicher, aber ich denke, es könnte etwas Großes für den indischen Film daraus entstehen. Ein Paradigmenwechsel, der in der Folge die normalen Menschen porträtiert, und nicht erträumte Superreiche. Da möchte ich meinen Namen an federführender Stelle sehen. So entsteht ein Ruhm weit über das irdische Leben hinaus. So ist das. Im Grunde erkenne ich mehr Potential in dieser Idee als die meisten anderen.«

Amir trank sein französisches Mineralwasser und rümpfte die Nase. »Was für eine Peinlichkeit. Wir importieren Wein aus Chile und Wasser aus Frankreich. Wo doch jedes Kind in Indien weiß, dass der Maharadscha Madho Singh II aus Jaipur

1901 heiliges Gangeswasser in riesigen Silberurnen nach England bringen ließ, um sich nicht mit englischem Brackwasser zu vergiften.«

Swarmi schmunzelte: »Soll ich dir ein Gläschen Wasser aus dem nächsten Fluss bringen lassen? Da brauchst du keine Diät mehr zu machen eher eine Entgiftung. Detox nennen das meine beiden Damen.

Zurück zum Film, okay, wenn es nur so geht, dann ja. Machen wir es so. Ich würde ja lieber den geänderten Roman verfilmen. Leider habe ich immer noch keinen Kontakt zu dem Autor der indischen Fassung aufnehmen können. Wir sind nahe dran. Wir warten förmlich nur auf den Durchbruch.«

»Brauchen wir ihn denn? Was, wenn er nicht gefunden werden will? Lässt du das Projekt dann fallen?«

»Sicher nicht. Es gibt ja den Plan B mit dir in der Hauptrolle. Trotzdem würde ich diese Geschichte zu gern verfilmen. So können wir eine Serie machen: Gib mir einen amerikanischen Roman und wir bereiten ihn indisch auf. Ich könnte einen unserer Ghostwriter bitten, sich das Buch durchzulesen und nachzuerzählen. Das ist zwar eine Mogelpackung, aber niemand kann uns copy and paste vorwerfen. Neu erzählt, kein Plagiat. Und dann verfilmen wir diese Fassung von *Der liebe Gott hilft nicht* in neuem Gewand mit geändertem Namen. Was weiß ich, was Gott vergaß oder so.«

Irgendetwas erregte Swarmis Unmut und es war nicht die Vorspeise. Doch die bekam die Gereiztheit ab. Mit gefurchter

Stirn schob er den Teller voller Austern von sich. Kaum wahrnehmbar richtete er sich auf und erhob den rechten Zeigefinger, um dem Ober zu signalisieren, dass er eine Frage hätte.

»Sind die ganz frisch?«

»Selbstverständlich Sir, wir lassen sie jeden Morgen aus Kerala einfliegen.«

Amir bemerkte die angespannte Stimmung und lenkte geschickt ab, indem er sein Tintenfisch-Carpaccio in die Mitte des Tisches schob.

»Hier, nimm von mir. Ich hätte noch eine Variation. Was hältst du von einem Plan C? Ich könnte mir vorstellen, dass wir die Geschichte zu der Geschichte erzählen und ich der bin, der das Ende umgeschrieben hat. Es fehlt zwar die Motivation, aber das kriegen wir hin. Es wäre zweckdienlich, wenn wir den ursprünglichen Autor finden könnten. Wie hieß er nochmals?«

»Rajnagar Kumar. Aber er ist wie vom Boden verschluckt. Wir wissen, dass er vor einer Woche mit dem Zug nach Bangalore fuhr, dann arbeitete er kurz im Verlag und danach haben wir seine Spur verloren. Wie gesagt, Vikram erwartet seinen Anruf.«

Swarmi trommelte nervös mit den Fingerspitzen an seinem Wasserglas. Die Austern ließ er zurückgehen. Der Appetit war ihm vergangen.

»Im Notfall machen wir es ohne ihn.«

Kapitel 20

»Niemand rettet uns, außer wir selbst. Niemand darf das.
Wir müssen selbst den Weg finden.«
Buddha

»Vater ist gestorben. Er wurde verbrannt. Wir konnten dich nicht erreichen. Ruf mich an! Meena.«

Diese Worte hallten wie ein Mantra durch seinen Kopf. Sie hatten sich in sein Gedächtnis geätzt. Ihretwegen war Raj in den letzten Tagen nicht beim Tempel gewesen. Er grollte den Göttern. Es konnte nicht schlimmer werden. Er hatte nicht nur sein Leben verpfuscht, sondern das seiner Familie gleich mit. Er hasste, wirklich hasste alles. Angefangen bei dem neuen alten Telefon, dem sinnlosen Streit mit seinem Vater, seiner Arbeitslosigkeit, den Lügen, die er seiner Familie auftischen musste, bis zu Babas Tod und den Stunden, die ungenutzt verstrichen. Nach verzweifelten, erfolglosen Versuchen seiner Schwester, mit ihm Kontakt aufzunehmen, hatte er die nieder-schmetternde Nachricht vom Tod des Vaters per WhatsApp erhalten. Er sei zusammengebrochen und tot gewesen, bevor der Krankenwagen angekommen sei.

ॐ

Meena hatte geweint, als er sie anrief. Im Hintergrund hatte er die Klagelaute seiner Mutter gehört. Er war machtlos und weit weg. Und er hatte kein Geld, um nach Agra zu reisen. Sein Vater war schon verbrannt worden, bevor er davon wusste. Sobald er wieder einen Job hatte, würde er nach Puschkar reisen und die Asche seines Vaters in den heiligen See werfen oder besser, nach Rishikesh zum Ganges. Er war es dem Mann schuldig, der ihm alles ermöglicht hatte.

ॐ

Seine Probleme reihten sich wie Perlen auf eine Schnur. Er konnte auf Anhieb nicht bestimmen, welches das Bitterste war. Existenzbedrohend war seine Arbeitslosigkeit. Schamvoll dachte er an die Lösungen, die ihm geboten wurden.

Enn hatte mit Sven geredet und bot ihm die Position eines Lehrers in einer NGO für Kinder aus unterprivilegierten Familien an, die aber nichts mit dem Verlag zu tun hatte. Voraussetzung sei eine umfangreiche Kenntnis der Geschichte Indiens und der Landeskunde. Falls Raj möchte, würde sie ihn vorschlagen. Es wäre zufällig eine Bekannte, die der Stiftung vorstand. Sven war begeistert gewesen, als er davon hörte. Raj war sich nicht sicher, ob es sich dabei um ein ernsthaftes Jobangebot oder eine mitleidige Konstruktion zur Erhaltung eines gefallenen Geschichtenerzählers war.

Als Nächstes fand er in seinem Mailaccount ein E-Mail von Paul. Er bot ihm an, ihn als indische Hilfskraft einzustellen, damit er ihn bei den Recherchearbeiten zum neuen Roman unterstütze. Es war schmeichelhaft, dass Paul ihm die Stelle anbot, doch trotz seiner aussichtslosen Lage erkannte Raj das schlechte Gewissen und das Mitleid dahinter.

Sally hatte ihn angerufen, um ihn als Redner für eine Vortragsreihe an indischen Waisenhäusern zu gewinnen. Er sah sich auch nicht als Geschichtenerzähler durchs Land tingeln.

Höflich schrieb er ihr und vertröstete sie auf später. Als sogar Frederick ihm ein Interview für eine Stelle im Verkaufsteam von Ikea anbot, war Raj erschrocken.

Zu guter Letzt ließ Gabi ihm ausrichten, sie könne ihren Verleger-Freund in Kalkutta anrufen und für Raj ein gutes Wort einlegen.

ॐ

Raj wusste nicht, ob er über diese vielen Hände, die ihn aus dem Sumpf ziehen wollten, lachen oder weinen sollte. Traute ihm keiner seiner Wegbegleiter zu, sein Leben in den Griff zu kriegen? Befürchtete Sven, dass Raj bis ans Ende der Gezeiten auf seinem Sofa kampieren wolle? Oder Paul, Sally und Enn. Wirkte er, als sei er seiner Aufgabe, sein Leben in ruhigere Bahnen zu lenken, nicht gewachsen? Ein Fähnlein im Wind, unfähig selbst zu flattern? Zwar suhlte er sich im Selbstmitleid, aber allzu lange würde er das nicht mehr machen. Er hatte normale menschliche Bedürfnisse und brauchte Geld. Er wollte arbeiten, also würde er wieder arbeiten. Aber er hatte auch seinen Stolz. Deshalb würde er sich selbst um einen Job bemühen. Aber im Augenblick war er zu traurig. Ihm fehlte es an Energie. Da die Götter nicht bereit waren, ihre schützenden Hände über ihn auszubreiten, würde er sein Leben aus eigener Kraft meistern müssen. Nur nicht heute, aber bald.

Kapitel 21

»Aber alleine seine Richtung finden und ihr folgen braucht mehr Kraft, als der Karawane fremder Erwartungen hinterher zu ziehen.«
Thomas Raab: Der Metzger muss nachsitzen.

Sven hatte darauf bestanden, dass Raj die Wäsche zur Wäscherei brachte. Dabei sollte er gleich die gebügelten Hemden abholen, die Sven gestern auf dem Weg zur Arbeit abgegeben hatte. Raj war nicht begeistert und schleppte sich entsprechend kraftlos die Straße entlang, entsetzt darüber, dass das Leben um ihn herum weiterging. Er telefonierte wieder regelmäßig mit seiner Mutter und seiner Schwester, aber er schaffte es nicht, den beiden Frauen zu gestehen, zu welchem Trauerspiel sein Leben geworden war. Einzig seinem Schwager Rakesh hatte er sich anvertraut. Offen und ehrlich hatte er die aussichtslose Lage gebeichtet, worauf der ihn tröstete. Er versicherte ihm, dass alles geregelt war. Seine Mutter lebte bei ihnen und die Wohnung der Eltern würde geräumt. Er solle sein Leben in den Griff kriegen, ermutigte Rakesh ihn, das sei das Wichtigste. Die Frauen hätten ein Bett und ein Auskommen. Dazu seien sie eine Familie.

Raj wunderte sich, wo sein Glaube war, sein unerschütterlicher Optimismus, seine tiefe Verbundenheit mit der Erde und dem Sein in Indien. Er stand am Rande einer Klippe und spürte, die nächste Welle würde entscheiden, wo es mit ihm hinging. Heruntergespült werden und ertrinken oder zurücktaumeln und sich aufrappeln?

ॐ

Als er in der Wäscherei die Hemden zahlte, gab ihm die junge Angestellte einen Plastikbeutel mit einem zerfledderten Zettelchen. Man habe diese Visitenkarte in der Brusttasche des weißen Hemdes gefunden. Leider erst nach der Wäsche. Aber vor dem Bügeln. Flecken wären dadurch keine entstanden. Wortlos starrte Raj auf die Visitenkarte. Ruf das Karma! Den ganzen Weg zurück zu Svens Wohnung dachte er über die Visitenkarte nach.

Warum hatte Gabi sie ihm zugespielt? Was verbarg sich dahinter? Konnte er einfach anrufen? Was konnte er verlieren? In der Wohnung machte er sich einen löslichen Kaffee und starrte auf die seltsame Visitenkarte. Dann nahm er sein Handy und wählte.

ॐ

Erst presste er das Handy ans Ohr, dann legte er es vor sich auf den Tisch und zählte die Klingeltöne, die laut aus dem Lautsprecher dröhnten. Mit dem Zeigefinger kreiste er über den Tasten, um den Anruf zu beenden. Nach dem siebten würde er auflegen. Er zählte mit, vier, fünf,...

Brüsk meldete sich jemand. Raj zuckte zusammen. Auflegen, dachte er, sofort auflegen. Das schroffe »Ja, wer spricht?«, verunsicherte ihn.

»Hallo, wer ist am Apparat? Diese Nummer ist exklusiv für Rajnagar Kumar eingerichtet worden. Spreche ich mit Mister Kumar?«

»Raj, mein Name ist Raj. Ja, ich bin am Apparat. Darf ich fragen, mit wem ich spreche?« Die dahingestammelten Worte verwandelten die kalte, Furcht einflößende Stimme des Gegenübers in einen sanften Bass.

»Sehr schön, Raj. Mein Name ist Vikram. Wir möchten dich gern persönlich kennenlernen. Wir, das sind Swarmi Balasub, von Tigerfilm-Production und ich, Vikram, seine rechte Hand. Wann kannst du nach Mumbai kommen?«

»Der Swarmi Balasub? Der große Produzent? Ist das ein Scherz? Den kenne ich gar nicht.« Verunsichert knete Raj an seiner Ohrmuschel.

»Noch nicht! Warte kurz. Herr Balasub möchte mit dir verbunden werden, sobald du anrufst. Ich notiere deine Nummer und verbinde dich weiter. Bleib bitte dran.«

Die Stille in der Leitung wurde von einem Bollywood-Jingle in Endlosschleife abgelöst. Während diese an sein Ohr drangen, kämpfte Raj mit dem Unglauben und einer nahenden Ohnmacht. Wie konnte es sein, dass Swarmi Balasub von seiner unbedeutenden Existenz Kenntnis hatte und auf seinen Anruf wartete?

»Hallo? Spreche ich mit Rajnagar Kumar? Dem Mann, der die indischen Götter besser versteht als jeder amerikanische Bestsellerautor?« Die Stimme war klar, klang fröhlich und laut.

»Oh, Sir, das war alles ein furchtbares Missverständnis!« Raj wusste, er hätte nicht anrufen sollen. Alles, was er zu vergessen suchte, kam schlagartig zurück.

»Nein, mein junger Freund. Das war genial. Du warst genial. Du bist genial. Du bist genau, was der indische Film im Augenblick braucht. Wann können wir uns treffen? Ich sitze gerade mit einem lieben Freund beim Lunch. Wir haben über dich geredet. Wie schnell kannst du in Mumbai sein? Air India fliegt heute noch oder Vistara, die sind besser. Vikram wird dafür sorgen, dass wir uns morgen sehen.«

»Äh, Herr Balasub, ...«

»Swarmi für dich!«

»Es tut mir leid, aber ich kann mir weder einen Flug noch ein Zugticket nach Mumbai leisten. Aber wir können zoomen.«

»Rajnagar ...«

»Raj, bitte. Mein Name ist Raj.«

»Nun denn, Raj. Selbstverständlich übernimmt meine Produktionsfirma die Reisekosten. Wie gesagt, Vikram kümmert sich um alles. Ich freue mich auf morgen.«

Es klackerte einige Male in der Leitung, bevor die Stimme vom Anfang wieder zu hören war.

»Raj, gib mir deine Adresse und packe ein paar persönliche

Dinge ein. Ich lasse dich von einem Fahrer abholen und zum Flughafen bringen. Tickets sind schon für dich gekauft worden. Wir sehen uns in Mumbai am Flughafen. Nimm den Ausgang drei, dort steht die Limousine des Filmstudios. Ich hole dich ab und bringe dich zum Chef. Noch Fragen?«

»Nein. Ich warte auf den Fahrer.«

Raj teilte seine Adresse über Google Maps und zögerte einen Moment. Was war passiert? Träumte er? Ein Telefonat, keine zehn Minuten und nichts schien mehr zu sein, wie es vorher war.

Er würde Sven anrufen müssen und ihm Bescheid geben, dass er nach Mumbai flog. Fliegen! Zum ersten Mal in seinem Leben. Für Aufregung war keine Zeit. Was wusste er, wann der Fahrer hier war. Schnell stopfte er seine wenigen Habseligkeiten in den Rucksack. Bisher hatte er es nicht geschafft, seine Siebensachen bei seinem Onkel abzuholen. Es war ihm zu peinlich. Und jetzt blieb keine Zeit. Gott sei Dank hatte er die frisch gebügelten Hemden abgeholt.

Er würde Sven fragen, ob er ihm eine Hose lieh oder besser einen Anzug. Mit einem Gürtel würde das schon gehen. Aber Schuhe, oh Gott, er hatte keine Schuhe. Fieberhaft tippte er auf dem Handy rum. Er wollte Sven nicht stören und traute sich nicht anzurufen. Deshalb schrieb er ihm eine Nachricht. Sekunden später läutete das Handy. Sven war am Telefon.

»Sag mal, Raj, was ist los? Wozu brauchst du eine Hose und klar, nimm was du willst. Wo zum Teufel gehst du hin?«

»Ich kann jetzt unmöglich mehr erklären. Mein Taxi

kommt jeden Augenblick. Ich melde mich später.« Raj flitzte durch die Wohnung, wusch sich Gesicht, Hals und Achseln, trocknete sich ab und schnappte sich eine Hose von Sven, wischte seine Schuhe ab, zog das frische Hemd an und schmierte sich Kokosöl in die Haare. Dann faltete und rollte er das weiße Hemd, um es so knitterfrei wie möglich im Rucksack zu transportieren. Man wächst mit seinen Aufgaben, dachte er sich, als er neben der Tür auf den Fahrer wartete.

Er wollte die Wartezeit nutzen, um Sven anzurufen und ihm die Vorkommnisse der letzten Stunde zu erklären. Da vibrierte sein Telefon und kündigte damit den Eingang einer Textnachricht an: »Raj, der Wagen steht vor der Tür.«

Kapitel 22

„Falls du glaubst, dass du zu klein bist, um etwas zu bewirken, dann versuche zu schlafen, wenn eine Mücke im Zimmer ist."
Dalai Lama

Ein Fahrer mit einem Schild, auf dem sein Name stand, hatte Raj am Flughafen in Mumbai erwartet. Noch ganz berauscht von seinem ersten Flug, eilte er auf ihn zu. Er war sich noch nie so wichtig vorgekommen.

In einer Limousine mit verdunkelten Scheiben rutschte er auf die Rückbank und erblickte neben sich einen eleganten Sikh mit Turban und perfekt getrimmtem Bart.

»Namaste. Ich freue mich, dass wir uns endlich kennenlernen. Mein Name ist Vikram.«

Raj hätte den Namen nicht gebraucht, um zu erkennen, dass er mit diesem Mann telefoniert hatte. Beeindruckt lehnte er sich in das Polster der Rückbank und nahm dankbar das Wasser, das ihm angeboten wurde. Vikrams Blick musterte seinen Rucksack. »Swarmi Balasub erwartet dich umgehend in seinem Büro. Daher bleibt keine Zeit, sich frisch zu machen. Ist das dein ganzes Gepäck? Das wird nicht reichen. Weißt du deine Konfektionsgröße? Wir werden Priya bitten, eine Auswahl ins Büro zu senden, nein, besser ins Hotel.«

»Welches Hotel und welche Auswahl? Ich hab` ein frisches weißes Hemd dabei. Das wollte ich anziehen.«

»Raj, wir haben für dich ein Zimmer im Intercontinental Hotel mit Blick auf den Ozean gebucht. Verzeih mir die offenen Worte, aber du wirst zumindest Schuhe brauchen. Sonst lassen die dich weder ins Restaurant noch in die Bar. Und im Filmbusiness werden Geschäfte nicht auf der Straße gemacht. Weißt du deine Schuhgröße?«

Peinlich berührt versuchte Raj seine nackten Zehen einzurollen, was Vikram sofort bemerkte.

»Raj, entspann dich. Ich bin in einem Slum aufgewachsen. Wenn jemand in diesem Auto weiß, wie sich Armut anfühlt, dann ich. Du bist nur im falschen Moment vom Schicksal überrascht worden. Lass mich dir als Freund helfen.«

Dankbar lächelte Raj den gar nicht mehr so unnahbaren Mann an. Gabi hatte Recht. Man wird aufgrund der Erscheinung beurteilt. Er studierte den Anzug und das Hemd. Selbst die dunkelgrauen Socken fielen ihm auf. Die Krawatte nahm den Farbton des Turbans auf. Ein perfektes, rundes Bild.

»Danke«, murmelte Raj und schob sich tiefer ins Polster.

»Keine große Sache. Ich bewundere dich. Ich beuge mein Haupt vor Menschen, die für ihren Glauben eintreten und große Dinge erkennen, wenn sie ihnen begegnen. Entspann dich. Swarmi Balasub war schon mein bester Freund, als wir Kinder waren. Verstehst du?«

Raj hörte Vikram genau zu.

Eifrig darum bemüht, keine schäbige Figur neben dem hochgewachsenen, vornehmen Mann abzugeben, folgte er ihm, als sie das Bürogebäude mit dem Tigeremblem über dem Eingang betraten. Tigerfilm-Production war ein wichtiges Filmstudio in Bollywood. Trotzdem gingen sie unbehelligt durch die Sicherheitskontrolle und betraten den Aufzug, wo Vikram mit einer Schlüsselkarte ganz hochfuhr.

ॐ

Als sich die Aufzugtür öffnete, fiel Rajs Blick auf die schönste Frau, der er je im echten Leben gegenübergestanden hatte. In einer puderrosafarbenen Salwar Kameez lächelte sie Vikram und Raj an.

»Priyanka, darf ich dir unseren großen Unbekannten, Rajnagar Kumar, vorstellen? Raj, darf ich dir die bezauberndste Frau von Tigerfilm-Productions vorstellen: Priyanka.«

»Es ist Raj, nur Raj«, stotterte Raj, bevor er sich vor Priya mit einem tiefen Namaste verneigte.

»So wie es bei mir Priya ist, nur Priya. Es ist schön, dich kennenzulernen. Ich liebe deinen Roman. Wir haben uns alle sehr auf dich gefreut.« Rajs Wangen wurden heiß vor Freude.

»Es ist nicht mein Roman, wenn ich das bemerken darf. Es war ein schlimmes Missverständnis und ich entschuldige mich dafür.«

Da schaltete sich Vikram in die Begrüßungszeremonie ein:

»Priya, du musst unserem jungen Freund helfen. Die Airline hat sein Gepäck verschlampt. Da Swarmi auf uns wartet, blieb keine Zeit etwas auf dem Weg zu besorgen. Wir brauchen eine Grundausstattung für ein oder zwei Tage, bis diese Nichtsnutze von der Gepäcksuchstelle seine Koffer gefunden haben. Raj, was hast du gesagt, welche Konfektionsgröße hast du?« Vikram bemaß ihn mit den Augen. »Ich schätze, es ist ein medium/small und die Schuhe Größe 42. Stell alles zusammen und lass es zur Auswahl auf sein Zimmer ins Intercontinental Hotel liefern. Es wäre peinlich, wenn man unseren neuen Starautor aufgrund eines bedauerlichen Fehlers der Airline nicht den notwendigen Respekt zollen würde. Sonst kann der arme Mann weder auf einen Sundowner in die Rooftopbar noch morgen früh in den Frühstücksalon gehen.«

Priya machte sich eifrig Notizen, ohne Fragen zu stellen. Raj wunderte das. Wie oft stattete sie unbekannte Männer aus? Dann beugte sie sich zu ihrem Schreibtisch und kündigte ihre Anwesenheit durch die Sprechanlage an.

»Mister Balasub, Mister Kumar ist da.« Die Antwort kam so laut aus dem winzigen Apparat, dass jeder im Raum es hören musste.

»Mädchen, worauf wartest du? Schick ihn rein!«

ॐ

Sprachlos stellte Raj fest, dass nicht nur der wichtigste

Mann des populären indischen Kinos hinter der gepolsterten Türe wartete.

Bei seinem Eintreten erhoben sich zwei Herren aus den tiefen Sesseln der Ledersitzgarnitur. Neben dem Besitzer der Produktionsfirma stand Amir Shah in einer weißen Kurta mit grüner Nehru-Weste. Fassungslos sah Raj auf seine Hand, nachdem diese erst von Swarmi Balasub kräftig geschüttelt worden war und er dann mit einem warmen Händedruck von Amir Shah begrüßt wurde.

Er befand sich in einem Traum. Ja, so musste es sein. Mit wackeligen Knien nahm er Platz und trank Mineralwasser aus kleinen grünen Glasflaschen. Vor Aufregung und wegen des vielen Wassers würde er bald ein Bad benötigen, das war ihm klar. Aber er gedachte nicht, seinen Platz zu verlassen. Es saß im Zentrum der cineastischen Macht Indiens. Der Sohn eines Chauffeurs aus Agra. Das würde ihm niemand glauben.

»Lieber Raj, wir freuen uns ungemein, mit dir das fehlende Puzzlestück für unser neuestes Vorhaben gefunden zu haben.«

Swarmi erklärte dem überraschten Raj seinen abenteuerlichen Plan und dessen Rolle darin. Ein Film, dessen Drehbuch er schreiben sollte, über sein Wissen um das Zusammenspiel des indischen Nationalstolzes mit den allmächtigen Göttern und dem Mut des Einzelnen. Ihm schwirrte der Kopf. Swarmi schwärmte von einem Film, der Indien erschüttern würde. Das alles mit Amir Shah als Raj. Oder so ähnlich. Es war unvorstellbar. Wo war ein Notizblock, wenn man ihn braucht, dachte sich Raj, ob der vielen Einzelheiten, die Swarmi über ihn ergoss.

»Ich war so frei und habe durch unsere Anwälte einen Vertrag vorbereiten lassen, der mir, entschuldige Amir, uns, die Rechte an deiner Geschichte sichert.«

Swarmi nahm zwei Umschläge vom Tisch, einen im Format Din A4 und einen schmalen langen. »Da sind zwei Ausdrucke drin, eines ist dein Exemplar. Nimm es, bitte, mit. Lies es, prüfe es, wenn du Fragen hast, lass es mich wissen. Bitte, unterschreibe und schicke ihn mir so schnell wie möglich. Und hier ist dein Vorschuss.« Damit reichte er ihm den länglichen kleineren Umschlag.

Raj zuckte zurück, als wäre Geld eine furchtbar ansteckende Krankheit.

»Nein, nein, nimm es! Das ist üblich in unserer Branche. Es braucht lange Zeit bis ein Drehbuch fertig ist und wir wollen ja nicht, dass unsere Autoren in der Zwischenzeit verhungern oder bei Starbucks jobben müssen. So, damit wären die wichtigsten Themen vom Tisch. Was haltet ihr von einem guten Whisky auf diesen erfolgreichen Nachmittag?«

Raj glaubte den Abdruck des Hochgeschwindigkeitszuges, der ihn eben überrollt hatte, zu spüren.

»Swarmi, ich glaube, die Reise und die Unannehmlichkeiten am Flughafen haben Raj ein wenig mitgenommen. Wollt ihr euch nicht lieber später auf einen Schlummertrunk in der

Rooftopbar des Intercontinental treffen? Ich begleite Raj ins Hotel und zeige ihm sein Zimmer. Dann kann er sich frisch machen, einen Imbiss zu sich nehmen und später erholt den Whisky genießen.«

»Vikram, du denkst wirklich an alles. Ja, so machen wir das. Und morgen kommst du zu mir nach Hause. Meine Damen können es nicht erwarten, dich endlich persönlich kennenzulernen. Sie sind glühende Verehrerinnen deines Romans. Ganz zwanglos, nur ein kleiner familiärer Lunch.«

Mit diesen Worten klopfte Swarmi seinem neuen Hoffnungsträger auf den Rücken und begleitete ihn zur Tür.

ॐ

Das Hotel war unfassbar luxuriös. Mit ungläubigem Blick betrat Raj zum ersten Mal in seinem Leben ein Hotelzimmer eines Fünfsternehotels. Er bestaunte das wüstensandfarbene Zimmer. Einige meerblaue Federkissen und eine passende Tagesdecke verzierten das Bett.

Im Schrank zeigte Vikram ihm eine exquisite Auswahl an Anzügen, Freizeithosen, Polos, Segeltuch- und Lederschuhen. In den Schubladen lagen Boxershorts, bei deren Anblick Raj rote Ohren bekam. Hatte Priya Unterhosen für ihn bestellt?

Vikram, der ihn genau beobachtete, zuckte mit den Mundwinkeln. »Mach dir keine Sorgen. Priya hat sich dabei nichts gedacht. Für sie ist es selbstverständlich, dass du Unterwäsche, Socken, Rasierzeug und eine Badehose brauchst.

Das ist alles für dein Wohlbefinden. Ich lass dich jetzt allein. Dusch dich, ruh dich aus, nutz den Zimmerservice, falls du Hunger hast. Die Bar ist im 24. Stock, dort treffen wir uns um 21 Uhr. Und sei nicht pünktlich. Swarmi kommt mindestens 30 Minuten zu spät.«

ॐ

Raj starrte auf die Tür, die hinter Vikram ins Schloss gefallen war. Er stand apathisch am Fenster, als er sein Handy aus der Hosentasche fischte und die Wiederwahltaste drückte.

»Sven? Ich bin es, Raj. Du wirst nicht glauben, was heute passiert ist.« Dann begann er seinem Freund die unglaubliche Geschichte von Anfang an zu erzählen. Selbst die Unterhosen, die von der schönsten Blume Indiens für ihn gekauft worden waren, ließ er nicht unerwähnt.

Fasziniert lauschte Sven seiner Erzählung. »Du bist im Intercontinental Hotel?«

»Mit Blick auf den Ozean.«

»Mann, oh Mann, die kleckern nicht, die klotzen. Das ist sauteuer. Jetzt erzähl nochmal. Die haben dir eine Garderobe zur Verfügung gestellt? Einfach so. Alles?«

»Oh, Sven, frag nicht. Das ist mir so peinlich. Priya ...«

»Die hinreißende Bombenfrau im Vorzimmer von diesem Ballermann ...«, zog Sven Raj auf.

»Er heißt Balasub, Sven. Und ja, die keusche Priya hat mir

UNTERHOSEN gekauft. Oh, ich kann ihr niemals wieder in die Augen sehen, ohne vor Scham im Boden zu versinken.«

»Abgesehen davon hört sich das hammermäßig an. Wirst du unterschreiben? Brauchst du einen Anwalt, der das lesen kann?«

»Sven, der Vertrag ist von Swarmi Balasub und Amir Shah! Das sind Götter in Bollywood. Warum sollten die mich übers Ohr hauen? Ich mache mir eher Sorgen wegen Gabi und dem Verlag und Paul. Was rätst du mir? Soll ich die einfach anrufen oder doch besser eine E-Mail schreiben? Aber ich habe weder von Paul noch von Gabi die Kontakte.«

»Gute Frage. Die Kontakte kriegst du von mir. Enn hat sicher die private Telefonnummer von Paul und von Gabi habe ich alles. Ruf an. Das geht schneller. Ja, das ist besser. Kläre, was wichtig ist. Nicht, dass du nochmals in einer Hexenjagd endest. Ich schicke dir die Daten, sobald wir aufgelegt haben. Magst du auch die Handynummer von Enn?«

»Nein, vorerst nicht. Ich muss Schritt für Schritt vorgehen. Hast du mit Gabi geredet? Ist sie noch sauer auf mich?«

»Nein, alles gut. Gabi ärgert sich am meisten über sich selbst. Sie gibt sich die Schuld. Apropos Schuld. Kannst du irgendwann zwischen zwei Gläsern Champagner bei Pia anrufen? Die leidet unsäglich und hat ihr Praktikum gekündigt. Soweit ich weiß, ist sie nur noch bis Ende der Woche da.«

»Klar, mach ich, aber zuerst spreche ist mit Gabi.«

ॐ

Das Gespräch mit Gabi verlief angenehm. Seine Förderin hatte sich für ihn gefreut und seine Sorge um die Rechte des Verlages an der Ausgabe mit den offensichtlichen Fehlern zerstreut.

»Nachdem unsere Rechtsabteilung dir daraus den Strick gedreht hat und dich zum Sündenbock machte, müssen die ruhig sein. Helen kann dich schlecht unehrenhaft entlassen und im nächsten Atemzug die Ausnutzung deiner Sünden verwehren. Da wärst du doppelt gestraft. Und da ist dann mal Schluss. Du hast das in deiner Freizeit geschrieben. Ich kann das bezeugen. Mach dir keine Sorgen. Genieße deinen Erfolg. Und Raj ... mach das Beste daraus, du hast es verdient.«

ॐ

Das nächste Gespräch könnte heikler werden. Paul Forster war eine andere Liga. Er war ein renommierter Autor, der Raj dafür verantwortlich machte, dass sein Werk lächerlich gemacht worden war. Seit Raj wusste, wer Paul war, befürchtete er keine Klage wegen der Verletzung des Urheberschutzes mehr, aber die Angst war stets in seinem Hinterkopf präsent.

Sven hatte ihm an ihrem gemeinsamen Abend, nachdem er ihn aus dem Ghat gezogen hatte, in seiner Wohnung offenbart, wer sich hinter der letzten Touristengruppe in Agra verbarg. Wäre Paul überrascht, wenn sein ehemaliger Fremdenführer ihn anriefe? Und wenn Raj den Kontakt suchte, würde Paul davon ausgehen, dass er das Jobangebot annehmen wollte? Er konnte ihm schlecht sagen, dass auch ein Inder seinen Stolz hatte. Raj wurde aus dem Amerikaner nicht schlau. Deshalb beschloss er, vorab eine WhatsApp-Mitteilung an die Nummer zu schicken, die Sven ihm über Enn besorgt hatte.

ॐ

Obwohl Telefonieren in Rajs Leben in den letzten 24 Stunden eine neue Dimension angenommen hatte, flatterten seine Magenwände, als Pauls Nummer umgehend auf dem Display erschien.

»Raj, ich bin froh, dass du einen Job hast. Mir lagen die Auswirkungen, die meine Wut auf dich hatten, schwer auf der Seele. Ich ahnte nicht, was mein Zorn alles anrichtete. Sollte jemals wieder einer meiner Romane in die Schlagzeilen kommen, dann hoffentlich, weil ich einen Bestseller geschrieben habe.«

»Danke, Paul, das erleichtert mich. Bitte, richte Sally meine Grüße aus. Es tut mir alles so leid und ich bin dir dankbar.«

»Raj, ein Heiliger bin ich nicht. Aufgrund der hohen Wellen, die die Aktion auf dem Buchmarkt geschlagen hat, verkaufen sich meine Romane wie warme Semmeln. Unvorstellbar. Wir sollten uns überlegen, ob wir deine Version mit einem Vorwort von mir als Sonderausgabe herausbringen. Was denkst du? Und noch etwas, Raj, wenn deine Story verfilmt wird, tue mir einen Gefallen: Nimm einen gutaussehenden

Schauspieler für mich. Das würde mir gefallen.«

»Paul, du machst einen Spaß. Wen interessiert das Aussehen? Deine Romane sind Publikumserfolge. Was willst du mehr?«

»Oh, Raj, du bist so jung. Ich will den Leuten lieber als smarter Kevin Costner in Erinnerung bleiben und nicht als glatzköpfiger Peter Ustinow.«

»Alles klar, das verstehe ich. Ich mache meinen Einfluss, sollte ich denn einen haben, geltend und behalte die Besetzungsliste im Auge.«

Mit einem erleichternden Lachen legte er auf und überlegte, was er zu dem Treffen in der Bar anziehen sollte. Eine Bar auf dem Dach, dem Himmel so nah. Er war überwältigt.

Während er vor dem Spiegel einige Kombinationen probierte, bis er zufrieden war, glitten seine Gedanken dankbar zu Gabi und den Tipps, mit denen sie ihm den Weg geebnet hatte. Als er sich auf den Weg in den 24. Stock machte, nahm er sich fest vor, nur zuzuhören und auf keinen Fall Alkohol zu trinken.

Kapitel 23

„Du wirst morgen sein, was du heute denkst."
Buddha

Pünktlich klopfte es am nächsten Morgen an seine Zimmertür. Als Raj öffnete, staunte er, als er Vikram gegenüberstand.

»Guten Morgen, junger Freund, bist du bereit?« Vikrams Blick inspizierte Raj in seinem Anzug.

Verunsichert wischte Raj mit den Händen über seine Hose und verfolgte Vikrams Mienenspiel.

»Passt das so?« Er hatte sich für einen grauen Anzug entschieden und trug ihn mit einem hellblauen Hemd und Krawatte. Vikram ging an Raj vorbei ins Zimmer und öffnete den Schrank.

»Du wirst dich umziehen müssen. Einen grauen Anzug trägst du im offiziellen Business. Heute besuchst du Swarmi in seinem Privathaus südlich von Mumbai. Du kannst das nicht wissen, aber die Villa liegt am Meer. Also ist ein heller Leinenanzug besser. Priya hat dir sicherlich etwas Beiges bringen lassen.« Schnell fand Vikram auf den Bügeln das Gesuchte. »Nimm den, das Hemd ist schön, aber wir tragen keine Krawatte.«

»Keine Krawatte?«

»Nein, eine Krawatte ist unangebracht. Als wärst du ein

Bankangestellter mit Kundenkontakt. Du bist wichtig, du bist wertvoll, du bist ein Macher. Das zeigst du, indem du die Krawatte weglässt und den obersten Hemdknopf öffnest. Angemessen, aber lässig. So wirst du auftreten.«

Schnell wechselte Raj den Anzug. Verunsichert hielt er hellbraune Lederslipper hoch. Vikram nickte. Damit schien er nichts falsch gemacht zu haben. Zufrieden mit seinem Aussehen machten sie sich auf den Weg.

ॐ

In der Hotelhalle stoppte Rajs Hand den Sikh beim Souvenirshop.

»Soll ich Geschenke für Swarmis Gattin und Tochter kaufen? Paschminas? Was denkst du, welche Farben würden ihnen gefallen.«

Vikram zog die Augenbraue hoch. »Raj, du gehst zu einem der reichsten Männer Mumbais. Da bringt man nichts mit. Würdest du etwas mitbringen, müsste es angemessen sein. Eine Schachtel Pralinen aus Brüssel oder eine Sachertorte aus Wien. Nimm niemals ein Präsent mit, das aus dem Souvenirshop ist. Das würde sie beleidigen und man würde dich hinter vorgehaltener Hand belächeln. Aber du bringst mich auf eine Idee.« Zielstrebig ging er in den Shop, nahm einen Panamahut vom Regal und ließ ihn auf die Zimmerrechnung buchen.

»Hier, setz den auf! Das gibt dir etwas Künstlerisches.«

»Einen Sonnenhut?«

»Er kühlt den Kopf und schützt deine wertvollste Gabe: die schöpferische Kraft.«

Zufrieden stiegen sie in die wartende Limousine.

ॐ

Es dauerte fast eine Stunde bis sie Swarmis Villa über Landstraßen durch Weingärten, Ackerland und an Kühen vorbei erreichten. Verwundert sah Raj, dass der Fahrer in eine Pferdefarm bog. Nachdem sie diese durchfahren hatten, folgte er einer geschwungenen Zufahrt und blieb in der Auffahrt stehen. Swarmis Anwesen war spektakulär und beeindruckend. Kaum stand der Wagen, eilte ein Page in Livre herbei und öffnete die Autotür. Beeindruckt stolperte Raj fast über seine eigenen Füße auf dem Weg zur Eingangstür. Die untertreiben in ihren Bollywoodfilmen, schoss es ihm durch den Kopf.

Er grübelte, ob ein Trinkgeld angebracht wäre, während er dem Diener die wenigen Schritte zum Portal hinauf folgte. Seit er gestern Abend den unfassbar hohen Vorschuss in den Händen gehalten hatte, wollte er großzügig sein. Im kühlen Eingangsbereich angekommen bat man ihn, zu warten. Vikram war verschwunden, bevor Raj durch die Eingangstür ging.

ॐ

Verunsichert blickte Raj sich um, als sein Blick an der

Treppe hängen blieb. Im schwarz-weißen Klaviertastaturdesign schien sie gradewegs in den Himmel zu führen. Raj war sich nicht sicher, aus welchem Material dieser Traum eines Pianisten war. Sie glänzte wie nasses Glas. Noch immer in wortlosem Staunen versunken, merkte er gar nicht, wie sich ihm sein Gastgeber mit einer jungen Frau näherte.

»Mein lieber Freund, willkommen in meiner bescheidenen Unterkunft!«

»Namaskar«, hauchte Raj mit vor der Brust gefalteten Händen und deutete eine Verbeugung an.

»Raj, lass die Förmlichkeiten, du bist unser neuer Starautor. Darf ich dir meine Tochter Sapna vorstellen, die nicht ganz unbeteiligt an unserem Zusammentreffen ist.«

Swarmis Tochter ergriff Rajs Hand und begrüßte ihn herzlich.

»Mein lieber Herr Rajnagar, ich bin so glücklich, Sie kennenlernen zu dürfen. Ich liebe Ihren Roman! Wir haben von nichts anderem auf dem Jaipur-Literaturfestival geredet. Sie waren unser Star, müssen Sie wissen! Sie sind so jung, toll! Einer von uns!«

»Meine Tochter vergaß zu erwähnen, dass sie als freiwillige Helferin beim Festival mitgearbeitet hat und du der Held der jungen Mitarbeiter warst.«

»Swarmi, die herrliche Veränderung des Dramas gefällt auch Frauen gehobenen Alters.«

Swarmi wandte sich einer warmherzig lächelnden Frau zu, die hinter Swarmi und Sapna in den Raum kam.

»Raj, diese Blume aus dem Orient ist meine schöne Frau Kala.«

Erneut verneigte sich Raj zum höflichen Namaskar. Frau Balasub war die Gastgeberin. Ihr gebührte Respekt. Sollte er den Saum ihres Kleides küssen? Er war sich nicht sicher, was angebracht war. Nur, dann hatte er eine Hand zu wenig. Hut abnehmen und Namaskar zur selben Zeit erforderten ja schon drei Hände. Eine weitere Hand bräuchte er zum Saumanheben und Küssen. Er ließ es sein.

»Mein lieber Raj, du weißt gar nicht, was für eine große Ehre und Freude es ist, dich heute in unserem privaten Heim begrüßen zu dürfen. Swarmi redet seit Tagen von nichts anderem mehr und ich bin voller Neugier. Ich will alles über dich erfahren. Komm mit auf die Terrasse. Möchtest du einen Tee?«

»Eine Tasse Tee wäre schön.« Er hielt seinen neuen Hut vorsichtig wie eine filigrane Torte vor sich und bewunderte den Ausblick über den Hügel hinab zum Meer. Es war unglaublich beeindruckend, umso mehr für jemand, der keine Wohnung sein Eigen nennen durfte, geschweige denn jemals eine Terrasse betreten hatte, die einen privaten Blick über das Arabische Meer bot.

ॐ

Das familiäre Treffen zeigte Raj, wie leicht es sein konnte, reichen Indern auf Augenhöhe zu begegnen. Versunken in den weichen Polstern der eleganten Terrassenmöbel studierte er seine Gastgeber. Die lebhafte Sapna stand mit ihrem Handy etwas abseits in einer Gruppe junger Leute, Freunde nahm er an. Sie unterhielten sich aufgeregt und verbreiteten offensichtlich die Fotos, die sie mit Raj gemacht hatten. Einer von ihnen war mit einem spitzbübischen Lächeln auf ihn zugesteuert und fragte nach einem Selfie mit Raj für seine Mutter. Er hatte eine Taschenbuchausgabe von *Der liebe Gott hilft nicht* mitgebracht und bat Raj um eine Widmung. Raj staunte. Seine erste Widmung in einem Buch.

ॐ

Entgegen Swarmis Ankündigung war nichts zwanglos, alles war spektakulär. Er war Vikram dankbar, dass seine Garderobe dem Anlass entsprach.

Hier war er nicht der sprachbegabte Enkel eines Tagelöhners. Auch nicht der Sohn eines Fahrers in abgetragenen Kleidern. Selbst sein Erfolg im Verlag zählte nicht so viel, wie sein dilettantischer Versuch, ein indisches Ende zu einem Roman zu schreiben.

Er galt als ein Meister der Worte. Und wenn er Swarmi Glauben schenken durfte, wollte dieser sein Wissen und seine spezielle Sicht der Dinge in den kommenden Jahren für eine Reihe von Filmen nutzen, die den Patriotismus des jungen Indiens unterstützen sollten. Man wollte eine Generation

Menschen dazu bringen, nicht mehr nach Amerika zu schielen. Sie sollten ihr Selbstwertgefühl aus einer indischen Quelle schöpfen. Raj war für Swarmi das Sesam öffne dich zu dieser Kraft.

Für dessen Tochter Sapna war Raj schon ein Star und während der Stunden, die sie aufgeregt neben ihren Eltern saß oder mit ihren Freunden scherzte, nutzte sie jede Gelegenheit, um Selfies mit Raj zu machen, die sie umgehend auf Instagram teilte.

»Weißt du Raj, mein Vater hat mir versprochen, dass ich in der Produktion deines Filmes als erste Assistentin arbeiten darf. Das verbindet meinen Namen für immer mit einem Meilenstein der indischen Filmgeschichte. Ich bin so aufgeregt, so happy. Und stell dir vor, ich darf vorher ein Praktikum in der Produktionsfirma von Amir Shah machen. Dadurch lerne ich schon viel über das Filmbusiness, bevor ich bei Papa anfange.«

ॐ

»Raj, magst du mexikanisches Essen?«, fragte seine Gastgeberin Kala ihn, als sie ihm gegenüber an ihrem Rotwein nippte.

»Ich hatte bisher nicht die Gelegenheit es zu kosten.«

»Dann freue ich mich, dass wir das Glück haben, so kurzfristig Chef Vivek, den Master Chef India Gewinner, zu engagieren. Alleine die Erwähnung, dass der mysteriöse Weltverbesserer bei uns zu Gast sei, machte die Planung zu einem Kinderspiel. Mit Rührung entsprach er meiner Bitte und ließ es sich nicht nehmen, persönlich für dich zu kochen. Er und seine Crew sind in meine Küche eingefallen, um dich mit mexikanischem Essen zu verwöhnen.«

Und so kam es, dass Rajnagar Kumar, Sohn eines Chauffeurs aus Agra, scharfe Guacamole von ungewöhnlich harten Kartoffelchips lutschte, während er zum ersten Mal die Sonne im Arabischen Meer versinken sah.

ॐ

Obwohl der Nachmittag angenehm war, verlor sich Rajs Blick sehnsüchtig in den Weiten des Ozeans und er war froh, als er wieder zurückfahren konnte. Sich lange Zeit zu konzentrieren, um keine Fehler zu begehen, strengte an. Erfreut traf er auf Vikram im Auto auf dem Weg zurück. Er hielt ihm den Hut entgegen, zwinkerte und plumpste auf die Rückbank. Dankbar strahlte er seinen neuen Freund an.

»Wie war es?«, fragte ihn der besonnene Sikh.

»Es war wie ein Wunder. Danke, dass du mir geholfen hast, mich würdig zu kleiden.«

»Gern geschehen. Aber die Kleidung ist nebensächlich, wenn der Inhalt stimmt.«

»Das hat man mir schon einmal gesagt. Meine Chefin Gabi im Verlag. Sie hat mir damals gezeigt, wie wichtig es ist, die richtige Botschaft mit der angemessenen Kleidung zu übermitteln. Und heute habe ich das Gefühl, du hast mir beim nächsten Schritt geholfen. Danke, Vikram. Ich stehe in deiner Schuld.«

Schweigend nahm Vikram den Dank entgegen. Es dauerte eine Weile, bis er sich an Raj wandte.

»Was ich mich schon die ganze Zeit frage, ist, wie es kommt, dass du so gut Deutsch sprechen kannst. Und es muss außerordentlich gut sein, wenn du in einem deutschen Verlag als Lektor arbeiten kannst.«

»Genau genommen bin ich ein Korrektor, kein Lektor, aber ich weiß, was du meinst. Mein Vater hat viele Jahre als Fahrer von Expats in Delhi gearbeitet, darunter viele Deutsche. Manchmal wohnten wir in den Quartieren der Hausangestellten. Irgendwann wollten mein Vater und sein Chef den deutschen Kindern Kricket beibringen und sie haben mich gebeten, die Schläge zu zeigen, während mein Vater sie erklärte. Danach haben wir Kinder gemeinsam gespielt. Ich habe Fußball und Volleyball gelernt, die anderen Kricket. Offenbar habe ich ein Talent, Sprachen zu lernen. Ich konnte schnell genug deutsch sprechen. Eigentlich wollte ich nach der Schule in einer Sprachenschule Englisch lernen, aber es gab keinen Platz für mich. Damals war die Chefin meines Vaters die Leiterin des Goetheinstitutes in Delhi und so kam ich in die Deutschklasse mit Vorkenntnissen. Den Abschluss habe ich als Bester gemacht und dann das Jobangebot des Verlages in Bangalore bekommen. Da habe ich mich vorgestellt und bin dortgeblieben. Das war vor fast sechs Jahren.«

»Beeindruckend. Was hast du jetzt vor?«

»Swarmi«, es fiel Raj schwer, den großen Macher von Bollywood beim Vornamen zu nenne, »meint, wir beginnen so schnell wie möglich mit dem Drehbuch. Dazu hat er einen Co-Autor, einen alten Hasen, wie er ihn nennt, der ständig für ihn schreibt. Zusammen haben wir zwei bis drei Monate, um den Roman in ein neues Format zu gießen. Diese Arbeit mache ich in Mumbai in einer Firmenwohnung, damit die Wege kurz sind. Zeitgleich kümmern sich Amir und er um die passenden Schauspieler und klären die Sets. So wie er es erzählt hat, sind wir in spätestens drei Monaten so weit, mit dem Dreh anzufangen. Dann tingeln wir von Drehort zu Drehort, einige Szenen drehen wir in seinem Studio in Bollywood. Mehr weiß ich noch nicht. Swarmi meinte, ich muss mir Gedanken zu den nächsten Drehbüchern machen. Mindestens eines pro Jahr, zwei wären besser. Inhalt sei egal, solange es in Indien ist. Wie gesagt, ich arbeite erst seit gestern in dieser Branche und sie scheint mir atemraubend schnell zu sein.«

»Hör mir zu, junger Freund, ich möchte dir einen Rat geben: Nimm dein Schicksal selbst in die Hand. Wenn es dir zu schnell geht, mache langsamer. Wenn es zu viel wird, mache weniger. Wenn es zur Qual wird, höre auf damit. Swarmi ist ein netter Kerl, aber er verbirgt ein gieriges Monster hinter seinem sympatischen Lächeln. Denk daran: Du hast ein Leben, folge deinem Traum, sei neugierig, mach was du möchtest und liebe, was du machst. Und vergiss nie die Menschen, die dir wichtig sind. Morgen hast du einen Rückflug nach Bangalore, ich werde dich pünktlich abholen lassen und dafür sorgen, dass du wohlbehalten bei deinem Freund Sven ankommst. Falls du etwas brauchst, egal was, hast du meine Nummer.«

Wortlos hatte Raj dem älteren und lebensklugen Sikh zugehört. Er wollte werden wie Vikram, ein Fels in der Brandung. Die Limousine war beim Hotel angekommen. »Was soll ich mit den Kleidern machen? Kannst du die abholen lassen?«

»Nur wenn du sie hier zwischenlagern willst. Dann lasse ich sie in deine Wohnung bringen, sobald mir Swarmi mitgeteilt hat, wo du wohnen wirst. Sonst packe die Sachen in den Koffer, den Priya dir gekauft hat und nimm sie mit nach Bangalore. Du weißt ja nicht, wo du als Nächstes etwas davon tragen wirst.«

»Du meinst, sie gehören mir? Alles? Auch die Schuhe und der Hut?«

»Raj, lass dir gesagt sein, du spielst jetzt mit den Großen. Nimm mit Würde, was man dir anbietet, du bist viel mehr wert.« Raj schluckte und sah Vikram an, der ihm die Hand hinhielt. »Es war mir eine Ehre.«

Kapitel 24

*»Lasst uns dankbar sein gegenüber Menschen,
die uns glücklich machen. Sie sind liebenswerte Gärtner,
die unsere Seele zum Blühen bringen.«
Marcel Proust*

Sieben Monate später…

Aufmerksam folgte Rajs Blick den Händen seiner Mutter, die ihm Masala Chai in eine hauchdünne Porzellanteetasse goss. Verfeinert mit etwas Honig reichte sie sie ihm. Es schmeckte herrlich. Raj genoss den duftenden Tee und den Blick auf die Sonne, die langsam im Arabischen Meer versank.

»Bist du glücklich?«, fragte seine Schwester Meena. Sie glitt auf die Sonnencouch neben ihm, gehüllt in einen exquisiten meerblauen Sari. Der kleine Nagar war vor wenigen Minuten, todmüde vom Plantschen im Pool, von einer Nanni ins Bett gebracht worden.

»Ja. Ich wünschte nur, unser Vater hätte das miterlebt. Es ist so furchtbar, dass ich ihn nicht mehr sprechen konnte, bevor er starb.«

»Er hat dich immer geliebt, Bruder. Und er hat an dich geglaubt. Ich weiß, dass er hier unter uns ist. Mach dir keine

Vorwürfe. Die Ärzte hatten große Sorge, lange bevor du nach Agra gekommen bist. Aber er hat es nicht wahrhaben wollen. Du hättest ihn mit allem Geld der Welt nicht retten können. Dafür hast du seine Asche in den heiligen Fluss gegeben und seiner Seele in die nächste Ebene geholfen. Das ist doch der Traum jedes Hindu. Genieße, was du jetzt hast. Und mach um Gottes willen Fotos von Mama-ji mit all den bekannten Leuten. Ich glaube, sie hat der ganzen Nachbarschaft erzählt, dass sie nach Goa fliegt. Fliegt! Raj! Sie war nie irgendwo außer in Delhi und in Agra. Und wenn sie mit uns und Vater reiste, war es auf dem Motorroller oder selten im Auto. Du hättest sie erleben sollen, als wir in Agra die Rolltreppe benutzen wollten. Sie war um nichts in der Welt dazu zu bewegen, auf die erste Stufe zu treten. Ich dachte schon, Rakesh würde sie über die Schultern werfen und mit ihr hochfahren. Hinter uns stauten sich ungeduldige Reisende. Und gejammert hat sie, als würden wir sie zwingen, Kuhfleisch zu essen.«

Raj musste lachen, wofür er sich einen strafenden Blick von seiner Mutter einhandelte. Er genoss es, sie anzuschauen mit dem kostbaren Paschmina, den er im exklusivsten Geschäft von Delhi gekauft hatte. Der beige Kaschmirschal umschloss ihre Schultern und sie streichelte mit der mageren Hand das Tuch liebevoll glatt. Sie hatte lange über die wunderschöne rosafarbene Stickerei gestaunt. Endlich konnte er seiner Mutter ein bisschen Luxus ermöglichen. Er würde ihr hier ein Haus kaufen, nichts Großes, aber am Strand gelegen, wo sie ihren Lebensabend entspannt genießen konnte. Aber er wollte erst abwarten, ob sich die Einnahmen an den Kinokassen so verhielten, wie Swarmi und Amir ihm prognostiziert hatten. Die beiden lachten, wenn er so vorsichtig mit seinem Geld umging. Man vergaß scheinbar schnell, wie Armut schmeckt, wenn man lange genug in Saus und Braus gelebt hat, dachte er sich. Er würde auf jeden Fall auf Sicherheit setzen.

»Geh! Kümmere dich um deine Gäste, wir sitzen hier und genießen den schönsten Sonnenuntergang unseres Lebens.« Seine Schwester tätschelte seine Hand und prostete dann mit der Champagnerflöte ihrem Mann Rakesh zu. »Das Leben hat so viel mehr zu bieten, als wir uns das in Agra jemals hatten vorstellen können.«

Den wachsamen Augen seiner Mutter entging keine Bewegung von Amir Shah oder Swarmi Balasub. Man konnte ihre Aufregung auch an dem flinken Hin und Her ihrer Augen erkennen, wenn sie den Bewegungen der Dienstboten folgte. Nichts war für sie selbstverständlich. Sie, eine Frau aus dem Volk, die nie eine richtige Schule besucht hatte und kaum Englisch sprach, erlebte einen Abend inmitten von unvorstellbarem Reichtum, weil ihr Sohn so ein begnadeter Geschichtenerzähler war. Wer hätte das gedacht.

ॐ

Hand in Hand bummelten Paul und Sally im Sand entlang. Vor ihnen verschwanden blitzschnell hunderte winziger Krebse in Luftlöchern, die sich im nassen Sand bildeten. Viele von ihnen liefen geradewegs in den Schlund eines größeren Tieres, das kein Vegetarier war und damit in den sicheren Tod. »Fressen und gefressen werden«, dachte sich Paul. Wortlos verfolgten die beiden Amerikaner das Treiben, bevor sie aufsahen zu der beleuchteten Terrasse ihres Gastgebers.

»Ich werde nie wieder etwas machen, von dem ich glaube, es sei eine geniale Idee. Wirklich. Damit ist Schluss. Ab heute kümmere ich mich nur um meinen inneren Frieden.« Sally stupste mit ihrem Kopf kurz an Pauls Schulter.

»Hoffentlich lässt dein innerer Frieden ein bisschen Platz für deinen Mann«, neckte er sie. »Immerhin würde der deine verblüffenden Ideen vermissen. Ich brauche deine Spontanität und deine Begeisterungsfähigkeit, sonst wäre mein Leben zu eintönig, mein Schatz. Du machst unser Leben farbenfroh und abwechslungsreich. Ich mag dich gar nicht anders. Und wie wir an diesem Vorfall gesehen haben, nichts wird so heiß gegessen, wie es serviert wird.«

»Trotzdem. Ich habe mit dieser Reise so viele Dinge in Bewegung gebracht. Wir hätten beide deutlich weniger graue Haare, wenn wir deinem Weg gefolgt wären.«

»Vielleicht. Aber dann wären wir schon längst wieder in Amerika und hätten diese wunderbaren Menschen nicht getroffen, die so bemerkenswert sind, dass jeder Einzelne es verdient hätte, einen eigenen Roman zu bekommen. Und schau dir unsere liebe kleine Enn an. Plötzlich wird die Taffe sanft. Wer hätte das gedacht, dass ein junger Germane mit blondem Strubbelhaar ihr Herz zum Schmelzen bringt?«

»Ja, mein Schatz, das ist schön. Wobei ich glaube, dass es die Augen waren. Er hat sie mit seinem Welpenblick verzaubert.«

ॐ

Erneut standen Amir und Swarmi mit einem Johnnie Walker in der Hand zusammen. Swarmi stieß mit seinem Glas an das des Mitstreiters.

»Zum Wohl! Auf ein grandioses Projekt und eine gelungene Zusammenarbeit. Damit haben wir Indien eine neue Perspektive geschenkt.« Zufrieden schloss er die Augen und genoss den Augenblick.

»Zumindest im Kino«, schränkte Amir ein. »Wer hätte das gedacht, dass aus uns beiden ein Paar wird«, witzelte er und nahm einen Schluck des rauchigen Whiskeys.

»Ja, unerwartet, aber unvorstellbar erfolgreich, wie ich finde.«

»Und ist das das Ende oder ein neuer Anfang?«

»Ein Anfang mit Fanfaren und Trompeten, lieber Freund. Als Nächstes drehen wir den Film mit dir als Raj fertig und dann sehen wir weiter.«

Amir griff sich von dem Tablett des vorbeigehenden Kellners eine kleine Teigtasche, biss hinein und stutzte.

»Die sind wunderbar. Samosas nehme ich an, aber irgendwie schmecken sie anders. Swarmi, hast du die probiert? Die sind exquisit.«

»Es handelt sich um ein Geheimrezept meines Großcousins, des großen Karims in Old Delhi. Lieblingskoch des Großmoguls und Begründer des weltbekannten Karims nahe der großen Moschee am Ende des Kinari Baazars. Wenn ich so unbescheiden das Gespräch der edlen Herren stören darf.«

Karim hatte sich in Schale geschmissen. Er war niemals in so einem Reichtum gewandelt, weshalb er darauf bedacht war, seinem Freund Raj keine Schande zu bereiten. Herausgekommen waren ein schimmerndes Gewand und goldene Ringe an den Fingern. Stolz trug er die seltene Tag-Heuer-Uhr, die ihm Raj bei seinem letzten Besuch in Bangalore geschenkt hatte.

Die beiden Produzenten betrachteten ihn in seinem auffälligen Ornat. Swarmi fand als erster wieder Worte.

»Bist du ein Freund von Raj aus Agra?«

»Ja und nein, hoher Herr. Ich bin ein Freund, aber aus Bangalore, wo meine Familie nach der Separation hin floh. Sven und Raj kamen regelmäßig in mein Restaurant, um bei einem köstlichen Mittagsmahl über das Leben zu philosophieren. Ich habe ihnen höchstpersönlich serviert und im Rahmen meiner bescheidenen Möglichkeiten, meinen Teil dazu beigetragen. Unter anderem bekam der listige Vikram an meiner Garküche die entscheidende Information, die zur Auffindung von Raj führte!«

»Und ich habe von Karim über die vielfältigen Errungenschaften der Inder erfahren. Wusstet ihr, dass es ein Inder war, der die Null erfunden hat?«, warf Sven ein, der an die kleine Gruppe herangetreten war.

»Ach, musste man die Null denn erfinden? War die nicht schon da oder eben nicht da?« Swarmi steckte sich eine weitere Samosa in den Mund.

»Ja, das dachte ich auch. Aber ohne die Null wäre es nur die Abwesenheit von allem. Mit der Null begann die Geschichte der Mathematik.«

»Und die Normziegel haben die Inder erfunden, ebenso wie die erste Fußbodenheizung. Ja, wir sind Kinder einer großen Nation.« Karim winkte einen weiteren Kellner herbei, »Probiert das, es sind Minidosas gefüllt mit Kokosnuss-Chutney, extra für solche Gelegenheiten wie heute. Man kann sie aus der Hand essen. Das ist ein Rezept von mir, speziell für meinen deutschen Freund Sven.«

»Köstlich!«

ॐ

Während Swarmi sich von den Worten des geistreichen Kochs einlullen ließ, ruhten Amirs Augen nachdenklich auf Karim. Er fuhr mit dem Zeigefinger sanft den Rand seines Weinglases entlang, bis das Glas leise zu singen anfing. In diesem Moment sprach er den kleinen Koch an:

»Erzähl, Karim, Cousin des größten Kochs Indiens, was erlebst du in deinem Restaurant? Wenn ich das richtig verstehe, befindet sich deine Garküche dort, wo die moderne IT-Branche auf das tausendjährige Indien trifft.«

»Nun, ganz recht. Bei mir treffen sich ungewöhnliche Menschen aus unserem Subkontinent und der gesamten restlichen Welt. Unlängst verbrannte sich ein CEO aus Chile bei mir den Mund. Er dachte, mein Chili sei wie sein lateinamerikanisches Chili. Dabei weiß man doch, dass das schärfste Chili in Indien verkocht wird.«

»Soso, Karim. Bist du weit gereist oder sehr belesen?«

Amir strich mit der Fingerspitze weiterhin über den Rand seines Glases. Gebannt starrte Karim auf den kreisenden Finger.

»Nein, so etwas lernt man im Leben. Die Weisheit der Küche wird von Mutter zu Sohn und von Großmutter zu Enkel weitergegeben. Kochen lernt man nicht, zum Koch wird man erzogen!« Stolz schob der schmale Karim seinen Brustkorb nach vorne und schaute mit seinen nachtschwarzen Augen den großen Star der Kinoleinwand an. »Es ist wie mit den Schauspielern. Man wird zum Schauspieler geboren.«

Swarmi ließ frischen Champagner servieren und sie stießen erneut auf den Erfolg des Films an. Als er dabei das Summen von Amirs Glas beendete, sahen sie sich wissend in die Augen. Gute Filmstoffe schrieb das Leben, man musste sie nur erkennen.

ॐ

Es war dieselbe Gruppe wie damals in Agra, die der Sonne bei ihrem filmreifen Verschwinden im Meer zusah. Rund um die Terrasse brannten Fackeln. Im Pool schwammen hunderte Kerzen.

Raj, der mittlerweile zum Champagner übergegangen war, stieß mit seinen Freunden an. Gleich würden unter ihnen am Strand Leuchtballons aufsteigen. Swarmis Frau Kala hatte dafür gesorgt, dass jedes Kind in Agonda mindestens einen hatte und bei Einbruch der Dunkelheit würden sie beladen mit den kleinen Teelichtern und Wünschen an ein gnädiges Universum in den Himmel steigen. Die Stimmung glich der sanften Hintergrundmusik. Leicht, unaufdringlich und unendlich romantisch.

»Raj, es ist so schön, dass wir uns hier alle noch einmal sehen. Danke für deine Einladung. Der Film ist großartig und ich bin so stolz darauf, dass wir einen Teil dazu beigetragen haben. Abgesehen davon ist die Schauspielerin, die mich verkörpert, toll.« Sally erhob erneut das Glas.

»Sie kommt natürlich nicht an das Original heran, mein Schatz.« Paul nahm Sally in den Arm und küsste ihre Schläfe.

Enn schob ihre Hand in Svens und strahlte ihn an. »So möchte ich in 20 Jahren auch noch in dich verliebt sein.«

»Ach so, bist du denn jetzt in mich verliebt?«, zog Sven sie auf.

Raj verfolgte den Wortwechsel. Er war gespannt, wie sein Freund die Fernbeziehung handhaben wollte. Von Gabi, die leider nicht dabei sein konnte, wusste er, dass Sven wieder in

Amt und Würden war und bleiben konnte, solange er das wollte. Aber Raj nahm an, dass der Freund seinem Herz folgen würde. Er fragte sich nur, wann und wie?

»Hej, Raj, alte Hütte, schau nicht so. Das ist ein Pool und kein Wasserbecken in einem Ghat. Trübsal blasen war gestern, die Götter haben uns auf den Weg gebracht, in die richtige Richtung gestellt und ein bisschen angeschubst. Das reicht. Wir lösen unsere Probleme aktiv, das habe ich von dir gelernt.«

»Ach ja, und wie gehst du, entschuldige Enn, geht ihr das an?« Raj war neugierig.

»Im Dezember gehe ich zurück nach Deutschland und mach mein praktisches Jahr. Danach entscheide ich, ob ich in einer Klinik arbeite oder als niedergelassener Arzt. Aber das lasse ich auf mich zukommen. Ich möchte mich bei Ärzten ohne Grenzen verpflichten. Vielleicht gehe ich sogar ins Ausland. Das kommt darauf an, was meine Frau beruflich machen möchte.«

Nach sekundenlangem sprachlosem Schweigen jubelte die kleine Gruppe. Raj gratulierte als erster und nahm den Freund in den Arm. »Ich wünsche euch den Himmel auf Erden!«

»Wäre das möglich, dass du als Hindu mein Trauzeuge wirst? Dann hast du einen guten Grund, um nach Deutschland zu kommen.«

Gerührt sagte Raj zu. Eine Reise nach Deutschland, eine christliche Hochzeit und eine Fülle neuer Erlebnisse. Und wenn er Zeit hatte, würde er auf dem Heimweg in Ägypten die Pyramiden anschauen. Er hob das Champagnerglas in die Höhe und dankte seinem Schicksal.

»Es ist nicht das Schicksal«, sagte Vikram, der lautlos neben Raj getreten war. »Es ist die Folge deines Karmas.«

Verständnislos sah Raj den geheimnisvollen Sikh an.

»Karma wird meist als Schicksal übersetzt. Das ist so nicht richtig. Karma ist ein spirituelles Gesetz, nach dem jede Handlung unweigerlich eine Folge hat.«

Glossar

„Da wusste ich auch noch nicht, was ich heute weiß."
Mahatma Gandhi

Erklärung von indischem Vokabular:

Aloo	Kartoffel
Aurangzeb	Mogulherrscher, Sohn von Shah Jahan.
Biryani	Reisgericht mit Gemüse.
Bollywood	indisches Pendant zu Hollywood im Mumbai.
Chapati	ungesäuertes Fladenbrot, auch Roti.
Dhal makhani	Linsen (Dhal) in Tomaten-Buttersoße gekocht.
Delli Belli	gängiges Wort für Durchfall bei Touristen.
Dhaba	Straßenimbiss, Garküche.
Diwali	hinduistisches Lichterfest.
Dosa	salziger Pfannkuchen aus Linsenreisteig.
Expat	jemand, der berufsbedingt im Ausland lebt.
Ganesha	elefantenköpfiger Sohn Shivas.
Ghat	Zugang zum Wasser, meist Stufen die zu einem Fluss führen.

Ghee	mehrfach geklärte Butter.
Hinduismus	indische Volksreligion und Lebensweise.
Holi	Hindufest im Frühjahr, man bewirft sich mit Farbpuder.
Ji	Nachsilbe, Zeichen des Respekts.
Karma	jede Tat und Handlung hat eine Folge.
Kohinoor	bekannter indischer Diamant, der sich zurzeit in England befindet.
Kricket	indischer Volkssport.
Kuli	Gepäckträger auf dem Markt.
Kurta	langes Männerhemd, meist mit weißer Hose.
Lakshmi	Göttin des Wohlstandes, Diwali ist ihr Fest.
Lassi	Joghurtshake, meist mit Fruchtfleisch.
Madurai	Tempelstadt in Südindien, Pilgerstätte.
Maya	Täuschung, Illusion, Schein.
Mayapuri	indisches Filmmagazin.
Namaskar	wie Namaste, nur förmlicher.
Namaste	Begrüßungsformel der Inder.
Nandi	der Stier ist Shivas Gefährte.
Om	Urklang, Anfang und Ende jeder Meditation.
Paneer	schnittfester Hüttenkäse.
Puja	Einweihung, Ritual, wie eine Taufe für alles.
Pyjama	indisches Wort für Hose.

Roti	ungesäuertes Fladenbrot.
Salwar Kameez	Frauengewand, Tunika, Tuch.
Samosa	frittierte dreieckige Teigtasche.
Sarasvati	Göttin und Frau Brahmas.
Sari	6m langes, gewickeltes Frauengewand.
Shah Jahan	Mogulherrscher (reg. 1627-58).
Samsara	Kreislauf von Geburt und Tod.
Shawarma	Döner Kebap, meist gerollt.
Sherwani	langer Mantel mit Churida (Pumphose).
Shiva	Gott, aus seinen Locken entspringt der Ganges.
Sikh	Anhänger des Sikhismus, erkennbar an Turban und Armreif.
Tuktuk	Autorikscha, gelbgrünes Dreiradtaxi.
Vahana	Tragetier der Götter.

Die Autorin

Edith Hummel, Jahrgang 1964, würde gern sagen: »Ich folge meinem Schicksal,« wo sie in Wahrheit ihrem Mann folgt. Dadurch hatte sie das Glück, fünf Jahre in Indien und seit Juli 2019 in Südamerika zu leben. Ursprünglich kommt die Schwäbin aus der Verlagsbranche, studierte in Bamberg Literaturvermittlung, arbeitete im Spielwarenhandel, funkelte bei Swarovski und schrieb für verschiedene Zeitschrifen, wie Braut&Bräutigam Österreich, der Badener Zeitung und dem Condor in Chile.

Der Sprache beraubt und mit Gästen gesegnet, brennt in ihr das Feuer, ihre Beobachtungen, Erfahrungen und Gedanken mitzuteilen. So entstand im spanischsprachigen Chile ein zeitgenössischer, interkultureller Gesellschaftsroman, der sich augenzwinkernd mit Indien beschäftigt.